KB272401

제복의 상처

제복의 상처

제복의 상처 하근찬 전집 20

초판 1쇄 발행 2026년 4월 18일

지은이 하근찬
펴낸이 강수걸
편집 오해은 강나래 이선화 이소영 박재화 이채연
디자인 권문경 조은비
펴낸곳 산지니
등록 2005년 2월 7일 제333-3370000251002005000001호
주소 부산시 해운대구 수영강변대로 140 BCC 626호
전화 051-504-7070 | 팩스 051-507-7543
홈페이지 www.sanzinibook.com
전자우편 sanzini@sanzinibook.com
블로그 http://sanzinibook.tistory.com

ISBN 979-11-6861-656-1 04810
ISBN 978-89-6545-749-7 (세트)

* 책값은 뒤표지에 있습니다.
* 잘못 만들어진 책은 구입처에서 교환해드립니다.
* 본 전집은 백신애기념사업회가 영천시의 지원을 받아 제작되었습니다.

하근찬 전집 20

제복의 상처

산지니

발간사

밑바닥을 향한 진실한 시선

세상은 속도에 차이는 있겠지만 늘 변해왔다. 그 변화에 사람들은 순응하기도 하고 저항하기도 하면서 발걸음을 맞춰왔다. 좋은 작가에게 우리가 거는 기대가 있다면, '새로운 눈'으로 세상의 변화를 보여주는 것이다. 작가가 보여주는 세계는 새로운 세상의 창조와 같다. 작가가 개성적으로 바라보는 창조적 관점은 세계에 새로운 옷을 입히는 것과 같기 때문이다.

하근찬은 한국전쟁 이후의 상처를 민중의 관점에서 어루만지면서 '치유의 서사'를 펼쳐 보인 좋은 작가다. 그는 전쟁 이후의 혼란한 세계 속에서 '새로운 눈'으로 창조적 소설 작품을 써낸 존재다. 진실을 향한 집념을 가진 작가는 좋은 작품들을 남긴다. 하근찬은 '새로운 눈'과 '진실을 향한 집념'으로 사실의 기록자에 머물지 않고 진정한 창작자가 되었다.

작가는 맑고 정상적인 눈을 가져야 한다. 건강한 눈으로 항상 세상을 골고루 넓게, 그리고 똑바로 바라보아야 한다. 똑바로 바라본다는 것은 바꾸어 말하면 어떤 현상의 밑바닥에 흐르는 진실을 꿰뚫어 보아야 한다는 뜻이다.

세상을 골고루 넓게 바라보는 것도 중요하지만, 똑바로 바라보는, 즉 꿰뚫어 보는 안광이 작가에게는 더욱 중요하다. 그렇지 않고서는 세상이 빚어내는 갖가지 일들의 의미를 파악할 수가 없는 것이다.(하근찬, 「진실을 꿰뚫어야 하는 안광(眼光)」, 『내 안에 내가 있다』, 엔터, 1997, 274쪽.)

하근찬은 세상을 바라보는 '눈'에는 두 가지가 있다고 보았다. 하나는 '세상을 골고루 넓게' 바라보는 눈이고, 또 하나는 '세상을 똑바로' 바라보는 눈이다. 그렇다면 작가가 강조하는 '똑바로 바라보는 눈'이란 무엇일까? 그것은 나타나는 현상에만 머물지 않고, 그 현상의 밑바닥에 있는 원인을 꿰뚫는 혜안을 말한다. '사건이 있었네!'에서, '왜 이 사건이 일어났을까?'라고 질문하는 탐구정신이기도 하다. 하근찬은 '바로 본다는 것'은 보이는 것에만 시선을 두지 않고, "밑바닥에 흐르는 진실"을 밝히는 것이라고 했다. 진실을 위해서는 깊이, 그리고 많이 생각해야 하고, 현상 이면에 담긴 원리와 작용하는 힘을 밝혀내는 노력을 해야 한다.

하근찬은 밑바닥에 흐르는 진실을 탐구한 작가였다. 웅숭깊은 그의 이 시선과 거룩한 문학적 성취는 한국문단에서 보기 드문 문학적 자산이다. 그럼에도 그의 문학세계를 전체적으로 살필 수 있는 전집이 없었으며, 참고할 만한 좋은 선집도 간행되지 못했다는 것은 참으로 안타까운 일이었다.

하근찬 탄생 90주년을 맞아 구성된 '하근찬 문학전집' 간행위원회는 다음과 같은 목표를 설정하였다.

첫째, 하근찬 작품 세계 전체를 충실히 복원하고자 했다. 그간 하근찬의 소설세계는 단편적으로만 알려져 있었다. 하근찬의 등단작 「수난이대」는 일제강점기와 한국전쟁으로 이어져온 민중의 상처를 상징적으로 치유한 수작이다. 그러나 그의 문학세계는 「수난이대」로만 수렴되는 경향이 있었다. 하근찬은 「수난이대」 이후에도 2002년까지 집필 활동을 하면서, 단편집 6권과 장편소설 12편을 창작했고 미완의 장편소설 3편을 남겼다. 문업(文業)만으로도 45년을 이어온 큰 작가였다. '하근찬 문학전집' 간행위원회는 하근찬의 작품 세계를 '중단편 전집' 8권과 '장편 전집' 13권으로 나눠 총 21권을 간행함으로써, 초기의 하근찬 문학에 국한되지 않는 전체적 복원을 기획했다.

둘째, 하근찬 문학세계의 체계적 정리, 원본에 충실한 편집, 발굴 작품 수록을 통해 자료적 가치를 확보하려고 노력했다. 하근찬 문학전집은 '중단편 전집'과 '장편 전집'으로 구분하여 간행했다. 먼저 '중단편 전집'은 단행본 발표 순서인 『수난이대』, 『흰 종이수염』, 『일본도』, 『서울 개구리』, 『화가 남궁 씨의 수염』을 저본으로 삼았다. 이때 각 작품집에 중복 수록된 작품은 제외하여 편집하였다. 또한 단행본에 수록되지 않은 알려지지 않은 하근찬의 작품들도 발굴하여 별도로 엮어냈다. 이를 통해 전집의 자료적 가치를 높였다. 다음으로, 장편의 경우 하근찬 작가의 대표작인 『야호』, 『달섬 이야기』, 『월례소전』, 『산에 들에』뿐만 아니라, 미완으로 남아 있는 『직녀기』, 『산중 눈보라』, 『은장도 이야기』까지 간행하여 전체 문학 세계를 조망할 수 있도록 했다.

셋째, 젊은 세내들의 감각과 해석을 반영하여 그의 문학에 새로운 생명력을 불어넣고자 했다. 하근찬의 작품세계가 펼쳐 보이고 있는 한국현대사의 진실한 풍경들도 젊은 세대들에 의해 읽히지 않으면 의미가 반감될 수밖에 없다. 하근찬 문학의 새로운 해석의 발판을 마련하기 위해, 젊은 연구자들의 충실하고 의미 있는 해설을 덧붙였다. 또한, 개작, 제목 바뀜, 재수록 등을 작품 연보에서 제시하여 실증적 가치를 높이기 위해서도 노력했다.

한 작가의 문학적 평가는 전집이 간행되었을 때 비로소 그 발판이 마련된다고 한다. 1957년에 등단, 집필기간만도 45년의 문업을 이루어온 장인적 작가에 대한 본격적 연구의 발판이 60여 년이 지난 이제야 비로소 마련되었다는 것은 안타까운 일이다. 하근찬의 문학세계에 대한 새로운 조명이 2021년 문학전집 간행과 함께 활기를 띨 수 있기를 기대한다.

2021.10.
『하근찬 문학전집』 간행위원회
송주현 · 오창은 · 이정숙 · 이중기 · 장수희

일러두기

1) 『하근찬 중단편전집』과 『하근찬 장편전집』은 하근찬의 소설세계를 일반 독자들에게
   널리 소개하고, 그 문학적 의미가 현대적으로 재해석되도록 하는 데 목적이 있다.

2) 이 책의 작품 수록 순서는 단행본으로 발표된 순서에 따랐으며, 출전을 작품의
   끝부분에 밝혀두었다.

3) 작가가 지문에서 사용한 방언과 비표준어는 작품을 훼손하지 않는 범위 내에서
   현대어로 바꾸었으며, 작가가 의도적으로 구분해서 사용한 '목덜미'와 '목줄기'는
   그대로 살렸다.

4) 작가 고유의 표현은 그대로 살렸다.
   예 : 오리막(오르막), 고깃전(어물전), 변솟간(변소), 동넷방(동네 방), 생각키는/
       생각히는(생각나는) 등.

5) 한 작품에서 같은 뜻의 단어를 표준어와 비표준어 또는 방언을 혼용해서 사용한 경우
   하나로 통일했다.
   예 : 뒤안/뒤란 → 뒤안, 복받치는/북받치는 → 복받치는, 무신/무슨 → 무슨,
       잘몬/잘못 → 잘못, 부스스/부스스 → 부스스, 돋우다/돋구다 → 돋우다 등.

6) 다음과 같은 표현은 어법에 맞게 수정했다.
   예 : 소중스리 → 소중하게, 뭐라고든지 → 뭐라든지, 칭칭하게 감은 → 칭칭 감은,
       그리고 나서 → 그러고 나서

7) 영어 표현의 경우 현행 '외래어표기법'에 따르는 것을 원칙으로 했다.

차례

프롤로그

    어느 날, 다락 속에 쌓여 있는 헌책이랑 잡지 나부랭이, 혹은 신문 뭉치 같은 것을 정리하다가 나는 서류 봉투에 든 세 권의 노트를 발견했다.

    그저 보통 중고등학생들이 쓰는 노트였다. 그런 노트 세 권에 빽빽이 깨알같이 글씨가 박혀 있었다. 그리고 표지에는 '제복의 상처'라는 제목과 '양혜선'이라는 이름이 적혀 있었다.

    "으흠—"

    나는 그 세 권의 노트를 펼쳐 보며 혼자 고개를 끄덕거렸다. 잊어버렸던 기억이 되살아났던 것이다.

    수색에 살 때의 일이다. 그러니까 어느덧 오륙 년 전의 일이 된다.

    어느 날 오후, 글을 쓰다가 낮잠을 한숨 잘까 하고 누워 있는데,

    "실례합니다. 실례합니다."

    밖에서 누가 찾는 소리가 났다. 여자의 목소리였다.

마침 집에 나 혼자밖에 없어서 나는 부스스 일어나 기지개를 켜
며 나가보는 수밖에 없었다.

대문 밖에 웬 낯선 여자가 서 있었다. 서른 가까이 되어 보이는
여자였다.

"저……. 실렙니다만, 하 선생님 되십니까?"

여인은 약간 수줍은 듯한 표정으로 공손히 말했다.

"예, 그렇습니다만, 뉘신지……?"

"선생님의 글을 애독하고 있는 독잡니다. 초면에 이렇게 찾아와
서 실례가 아닌지 모르겠습니다."

"괜찮습니다."

"저……. 선생님께 좀 지도를 받고 싶어서……."

여인은 핸드백과 함께 서류 봉투 하나를 쥐고 있었다. 좀 들어가
도 좋으냐는 그런 표정이었다.

"예, 들어오세요."

나는 여인을 서재로 데리고 들어갔다. 서재래야 뭐 일상 내가 기
거하고 있는 작은 방이었다.

방 윗목에 여인은 다소곳이 앉았다. 얼른 보아도 꽤 미인이었다.
그런데 그 얼굴이 도무지 밝지가 못하고, 그늘 같은 것이 서려 있
는 듯했다. 꽤 짙게 화장을 했는데도 혈색도 별로 좋아 보이지가
않았다.

그리고 한쪽 볼에 제법 큰 흉터가 있었다. 칼날 같은 것으로 찍
그은 듯한 그런 흉터였다. 화장으로 그것을 묻어버리려고 애를 쓴
흔적이 느껴졌다. 고운 얼굴에 참 망측한 흉터였다.

나는 되도록 여인의 그 흉터를 못 본 체했다.

여인은 내 무슨 작품, 무슨 작품을 특히 감명 깊게 읽었다느니, 지금 잡지에 연재하고 있는 소설도 계속 읽고 있다느니 하고 먼저 나의 글에 대해서 늘어놓았다. 그리고 자기도 소설에 뜻이 있는데 잘 되지 않는다면서 수줍게 웃었다.

"선생님, 소설을 잘 쓰려면 어떻게 하면 돼요?"

나는 뭐라고 얼른 대답이 나오지가 않아 그저,

"허허허……."

웃기만 했다.

소설을 잘 쓰는 비결 같은 것이 있는지 실은 나도 잘 모른다. 그리고 그런 식의 질문은 그저 건성으로 장난삼아 묻는 것이 아니라면 매우 치졸한 물음이다.

나의 표정에 그런 기색이 내비쳤던지. 여인은 살짝 얼굴을 붉히며 잠시 말이 없었다.

방 안 공기가 좀 어색해지는 것 같아서 내가 입을 열었다.

"소설을 많이 써 보셨나요?"

"아니에요. 여고 시절부터 취미는 가지고 있었습니다만……."

그리고 여인은 용기를 얻은 듯이,

"선생님, 이거 제가 쓴 건데, 한 번 읽어봐 주시겠어요?"

하면서 서류 봉투에서 세 권의 노트를 꺼냈다.

그것을 받아 펼쳐 보니 깨알 같은 글씨로 세 권의 노트가 온통 다 메워져 있는 것이 아닌가. 결코 만만한 길이가 아니었다. 충분히 한 편의 장편 소설이 될 것 같았다.

얼른 보아도 무척 정성을 들인 것 같아 나는 말없이 고개를 끄덕거렸다. 그러나 선뜻 읽어 보겠다는 응낙보다는 고역이라는 생각이 들었다. 단편이라면 또 모르지만, 이렇게 긴 것을, 더구나 원고지도 아닌 노트에 깨알같이 박아 쓴 것을 읽는다는 것은 여간 고역이 아닌 것이다.

그러자 여인은 내 눈치를 힐끗힐끗 보면서 말했다.

"제가 실제로 겪은 이야기를 써 본 건데, 글이 됐는지 어떤지, 선생님 수고스럽지만 좀 읽어봐 주세요."

"그럼 소설이 아니라, 수기란 말이군요."

"글쎄요. 저는 소설이라고 했는데……. 호호호……."

여인은 한손으로 살짝 입을 가리며 좀 무안한 듯이 웃었다. 그리고 말을 이었다.

"다른 소설가 선생님을 찾아가지 않고, 하 선생님을 찾아온 것은 제가 선생님 작품을 무척 좋아하고, 또 선생님을 찾아오면 거절하시지 않고, 어쩐지 잘 이끌어 주실 것 같은 생각이 들어서예요. 수고스럽지만 좀 읽어 보시고, 지도해주세요."

여인은 여자 특유의 교태까지 약간 내비쳤다.

"예, 좋습니다. 읽어 보죠."

나는 쾌히 응낙을 하는 수밖에 없었다.

"아이 고마워요. 글씨가 너무 작아서 읽기가 힘드시겠지만……. 선생님 부탁해요."

여인은 활짝 밝은 표정을 지었다.

그렇게 밝은 표정을 짓자, 여인의 그 한쪽 불의 흉터가 한결 선명하게 드러나는 것 같았다. 나는 어쩐지 좀 민망해서 얼른 시선을 돌렸다.

잠시 앉아서 이런 얘기 저런 얘기 하다가 여인은 곧 또 찾아뵙겠다면서 돌아갔다.

여인이 돌아가자, 나는 도로 자리에 누워서 그 노트의 첫 권을 펼쳐 들었다. 첫 대목을 좀 읽어 보니 제법 괜찮았다. 읽어볼 만하구나 싶었다.

나는 그 노트 세 권을 이주일가량 걸려서 쉬엄쉬엄 다 읽었다. 문장이나 표현이 아직 미숙한 점은 많았으나 재미있는 편이었고, 소재가 특이하다면 특이했다. 여인의 그 얼굴 흉터의 비밀도 절로 다 밝혀지는 것이었다. 어쩌면 그 흉터가 왜 생기게 되었는가 하는 데다가 초점을 두고, 그 전후 사정을 그려놓은 글이라고 볼 수도 있었다. 불행한 여인의 첫 비극의 기록인 셈이었다. 잘 고치면 그런대로 쓸 만한 것이 될 것 같았다.

그런데 그 후 어찌된 영문인지 또 찾아뵙겠다던 여인은 영 나타나지 않았다. 물론 편지 같은 것도 없었다. 그곳 수색에서 이 년 가까이 더 살다가 이사를 했는데, 혹시 그 후에 찾아왔을지도 모를 일이지만, 십중팔구 그럴 턱도 없다.

그러니까 말하자면 여인은 그 소설을 나에게 놓고 사라져 버린 셈이다.

결국 그 세 권의 노트는 서류 봉투에 넣어진 채 우리 집 다락 구석에 헌책 나부랭이와 함께 처박히는 신세가 되었고, 내 뇌리에서도 사라져 버리고 말았던 것이다.

오륙 년 만에 그 세 권의 노트를 발견한 나는 그것을 어떻게 처리했으면 좋을지 망설이지 않을 수 없었다. 헌 잡지나 신문 나부랭이와 함께 싸잡아서 고물장수에게 팔아 치워버릴 것인지, 아니면 그대로 계속 보관하고 있을 것인지……. 남은 애써 쓴 것을 휴지로서 팔아 버린다는 것도 좀 뭐하고, 그렇다고 주인이 나타나지도 않는 것을 언제까지나 보관하고 있다는 것도 우스웠다.

그래서 생각한 끝에 나는 그것을 잘 고치고 다듬어서 널리 사람들에게 읽히기로 했다. 어쩌면 그런 결과를 기대하고 그 여인이 그것을 나에게 놓고 사라져 버렸는지도 모를 일이니까…….

아무튼 그냥 없애 버리기에는 어딘지 아쉬움이 남는 그런 가련한 한 여인의 이야기인 것이다.

바다가 보이는 언덕

1

새엄마가 온다는 날, 나는 학교가 파하고도 얼른 집에 돌아갈 생각을 하지 않았다. 교문을 나서기는 했으나, 도무지 걸음이 집 방향으로 향하지가 않았다.

그렇다고 친구와 함께 어디로 놀러 가고 싶은 생각도 없었다. 그저 혼자 자꾸 걸어가다가 어디론지 사라져버리고 싶은 그런 심정이었다.

"혜선아, 어디 가니?"

교문을 나서 집과는 반대 쪽 길로 걸음을 옮기는 나를 보고 친구인 미애가 물었다.

그러나 나는 미애를 돌아보고 쓸쓸히 한 번 웃었을 뿐, 아무 말도 하지 않았다.

그런 내가 이상하다는 듯이 미애는,

"너 오늘 왜 그러니? 좀 이상한데……."

하고 나를 따라오려 했다.

나는 말없이 자꾸 걸음을 떼놓았다.

"무슨 기분 나쁜 일이라도 있니?"

"……."

"혹시 너 실연한 거 아니니?"

그러면서 미애는 재미있다는 듯이 킬킬 웃었다.

그제야 나는,

"오늘 나 좀 가만히 내버려 놓아두면 좋겠어."

약간 쌀쌀한 어조로 말했다.

내가 귀찮아하는 빛이 역력하자, 미애는 좀 무안한 듯,

"애도 참……."

하면서 자기 갈 쪽으로 얼른 사라져 버렸다.

나는 학교 담벼락을 끼고 한참 걷다가, 호떡집이 눈에 띄자 거기 들어갈까 했다. 그러나 평소에 그처럼 좋아하던 꿀 든 호떡이 그날 따라 왜 그렇게 별안간 싫어지는지 참 알 수가 없었다. 도무지 먹고 싶은 생각이 요만큼도 나지가 않았다. 실상 배가 꽤 고픈데도 말이다.

나는 진열장에 가지런히 쌓여 있는 호떡 무더기를 공연히 한 번 힐끗 흘겨보며,

"진짜 꿀도 아닌 가짜를 넣어 가지고서……."

이렇게 속으로 중얼거렸다.

평소 그처럼 달고 맛있기만 하던 호떡 속의 꿀까지가 맥없이 못

마땅하기만 한 것이었다.

나는 결국 학교 뒷산 쪽으로 향하고 있었다.

학교 뒤에는 별로 높지 않은 산이 있는데, 그 한쪽 언덕배기에 옛날 일본 군인들의 포대(砲臺)가 있었다. 그래서 흔히 그 언덕을 그냥 '포대'라고 불렀다.

물론 지금은 대포 같은 것은 없고, 포대도 거의 허물어져서 폐허 비슷한 언덕이 되었지만, 좌우간 그 언덕 주위에는 동백나무가 무성하고, 또 언덕에서 바라보면 바다가 온통 한눈에 들어오기 때문에 곧잘 사람들은 그 포대에 오르곤 했다.

학교 뒷문으로 나오면 곧바로 포대로 오를 수 있기 때문에 간혹 점심시간 같은 때 우리는 몰래 빠져나와 그 포대의 동백나무 그늘에 앉아 바다를 바라보며 히히덕거리기도 했고, 노래를 부르기도 했다.

말하자면 그 포대는 우리들의 꿈이 피어나는 희망의 언덕인 셈이었다. 비록 폐허이기는 하지만.

그러나 그날의 그 언덕은 나에게 있어서 꿈이 사라지는 절망의 언덕 같은 느낌이었다. 눈앞에 펼쳐진 바다도 도무지 후련하지가 않고 답답하기만 했다. 불어오는 바닷바람도 시원하지가 않았고, 알맞게 쏟아지는 가을 햇빛도 짜증이 나기만 했다.

나는 한쪽 으슥한 동백나무 그늘에 가서 힘없이 앉았다.

멀리 고기잡이배들이 한가로이 떠 있고, 서너 마리의 갈매기가 희끗희끗 나부끼고 있었다. 여느 때 같으면 절로 노랫소리가 흘러나올 그런 정경이었다.

그러나 나는 도무지 모든 게 회색으로 칠해진 경치처럼 무미하고 시들했다.

　잠시 멍하게 앉아 있던 나는 그만 복받쳐 오르는 슬픔을 참지 못해 훌쩍훌쩍 흐느껴 울기 시작했다. 아침에 집을 나설 때, 아버지가 하던 말이 생각났던 것이다.

　"혜선아, 오늘이 새엄마가 들어오는 날이다. 뭐라고 말을 했으면 좋을지 모르겠다. 너도 이제 다 큰 셈이니, 이 애비의 심정을 이해하리라 믿는다. 혜선아, 좌우간 미안하다. 학교 끝나거든 일찍 집에 돌아오너라."

　아버지는 이렇게 말했던 것이다.

　'혜선아, 좌우간 미안하다' 아버지의 이 말이 생각할수록 왜 그렇게 서럽게 가슴에 다가오는지 나는 두 무릎 위에 얼굴을 묻고, 걷잡을 수 없이 어깨를 떨었다.

2

　집에 돌아간 것은 해가 진 뒤였다. 사방에 땅거미가 깔리기 시작하자, 나는 하는 수 없이 언덕을 내려왔던 것이다.

　집 대문을 들어서자, 대뜸 큰방 문이 열리며,

　"아이고 야야, 왜 이제 오니?"

하고 고모가 얼굴을 내밀었다.

　좀 거리가 있긴 하지만, 같은 시내에 사는 고모라, 자주 얼굴을 대하는 터였다. 그런데 여느 때와는 달리 몹시 반가운 듯 유난히 관심을 표시하는 것이었다.

그런 고모가 나는 대뜸 싫었다. 왜 그러는지 그 심정이 빤히 들여다보이는 것이다. 그러나,

"고모 왔어?"

한마디 알은체는 안 할 수가 없었다.

"어서 이리 들어온나."

"……."

나는 말없이 얼른 내 방으로 향했다. 마치 어디가 아프기라도 한 것처럼 이맛살을 찌푸려 가지고서.

방에 들어서자, 나는 책가방이 무슨 원수덩이나 되는 것처럼 아무렇게나 책상 위에 내동댕이쳤다. 그리고 교복을 벗을 생각도 않고 그대로 이불을 꺼내어 그 속에 푹 파묻혀 버렸다.

잠시 후, 방문이 열리고,

"야야, 어디 아프니?"

고모의 목소리가 들렸다.

나는 애써 눈을 꼭 감고 못 들은 체 숨을 죽이고 있었다.

"야야, 혜선아, 혜선아."

고모는 수다스럽게 기어이 이불을 들추기까지 했다.

"나 좀 가만 놔둬."

나는 약간 신경질적으로 말했다.

"어디 아프냔 말이야?"

"……."

"안 아프면 이런 법이 어디 있니? 너도 이제 그만한 건 알 만한 나이가 아니냐. 새엄마가 어떻게 생각하겠니? 어서 일어나거라."

"새엄마고 뭐고, 나 지금 어지럽단 말이야. 가만 좀 놔둬."

나는 도로 이불을 얼굴까지 뒤집어써 버렸다.

"아이고 참, 애도……. 쯧쯧쯧……."

고모의 혀 차는 소리가 나고 방문이 닫혔다.

그리고 잠시 후, 이번에는,

"어험 어험……."

하는 아버지의 헛기침 소리와 함께 또 방문이 열렸다.

나는 바짝 긴장이 되었다. 그러나 꼼짝도 안 하고 그대로 이불 속에 묻혀 있었다.

"혜선아."

"……."

"혜선아."

아버지의 목소리는 무겁게 가라앉아 있으면서도 부드러웠다.

나는 이불을 들추고 부스스 일어나는 수밖에 없었다.

"어디 아프니?"

"……."

"어지럽다면서? 어지러우면 무슨 약을 사다 먹든지, 병원에 가보든지 해야지, 이렇게 그냥 누워만 있으면 되나."

"……."

"혹시 뭘 먹고 체한 게 아니야?"

여느 때보다 눈에 띄게 자상하고 친절하게 나오는 아버지가 나는 어쩐지 싫었다. 그리고 또 왈칵 슬퍼지는 것이었다.

나는 가만히 돌아앉아 흐느끼기 시작했다.

"아니, 너 우니?"

아버지는 약간 당황하는 눈치였다.

"왜 울지?"

그러나 곧 아버지는 내가 우는 까닭을 짐작한 듯 말없이 한참 서 있다가 약간 침통한 목소리로 말했다.

"혜선아, 우지 말아. 미안하다. 새엄마를 들이지 않고 살아보려 했지만, 여러모로 불편해서 안 되겠더라. 집안에는 아무래도 여자가 한 사람 있어야지. 너하고의 약속을 지키지 못해 미안하게 됐다마는 도리가 없었다. 혜선아, 우지 말아."

"……."

"너도 이제 그 정도는 이해할 나이가 아니냐. 네가 이 애비의 심정을 이해해 주지 않으면 누가 이해해 주겠니. 안 그러냐?"

"……."

"우지 말아. 정말 어지럽고 아프거든 병원에 가보도록 해라."

그리고 아버지는,

"음—"

무거운 신음 소리 비슷한 소리를 내며 문을 닫고 가버렸다.

나는 왈칵 더 슬픔이 복받치는 것 같아 방바닥에 무너지듯 엎드려서 주룩주룩 눈물을 흘리며 흐느껴 울었다.

"좋은 아버지, 불쌍한 우리 아버지……."

속으로는 이렇게 뇌기도 하면서.

한참 울고 난 나는 조그마한 손거울을 들여다보며 얼굴을 매만졌다. 그리고 교복을 입은 채 그대로 가만히 일어섰다. 방문을 열고 큰방 쪽으로 가는 것이었다.

나는 조금 전과는 달리 의외로 차분히 가라앉아 있었다.

내가 큰방 문을 열자,

"야야, 어서 들어오너라. 어지럽다더니 괜찮니?"

고모가 호들갑스럽게 반겼다.

아버지의 표정도 활짝 밝아졌다.

방 안에는 아버지와 고모, 그리고 또 한 사람 여자가 앉아 있었다. 그 낯선 여자는 말할 것도 없이 새엄마였다.

그 새엄마라는 낯선 여자는 내가 들어서자, 좀 어색한 듯이 웃는 표정을 지었다.

그러나 나는 도무지 웃음이 떠오르지가 않았다. 어떤 표정을 지어야 할지, 그저 이상하고 얄궂고 멋쩍기만 했다. 그리고 어쩐지 저항감 같은 것이 느껴져 몸이 굳어지는 것 같았다.

새엄마의 얼굴을 똑바로 볼 수도 없었다.

그러나 언뜻 보기에 서른이 조금 넘어 보였다. 화사하다고까지는 할 수 없으나, 제법 깨끗한 인상이었다.

내가 방 윗목에 앉자,

"얘가 혜선이잖아요. 여고 2학년, 열여덟 살이지."

고모가 새엄마에게 소개를 하듯이 말했다.

새엄마는 또 조금 어색한 듯이 웃는 것이었다. 약간 얼굴이 상기되는 것 같기도 했다.

잠시 아무도 말이 없자,

"이거 좀 먹지."

새엄마가 입을 열었다.

나와 새엄마의 시선이 마주쳤다. 나는 순간, 새엄마의 눈이 곱다고 생각했다. 그리고 어쩐지 얼굴이 화끈해지는 것을 느끼며,

"예."

하고 나도 모르게 대답이 나왔다.

　방 가운데에 떡이랑 과일 같은 것이 담긴 차판*('쟁반'의 방언)이 놓여 있었다. 나는 물론 시장했다. 그러나 도무지 손을 가져가고 싶지가 않았다.

　그러자 고모가 조금 호들갑스럽게 큰소리로,

"새엄마가 가지고 온 거다. 먹어봐라. 맛있다."

하면서 인절미 한 개를 집어서 자기 입으로 가져가는 것이었다.

"하나 먹어봐라."

아버지도 입을 열었다.

　잠시 망설이다가 나는 사과 한 개를 집었다. 그리고 얼른 자리에서 일어나 밖으로 나와 버렸다.

"앉아서 같이 먹지 않고……. 애도 참……. 첨이라 부끄러운 모양이지요. 맘씨가 아주 착한 앱니다."

　고모의 말하는 소리가 들렸다. 새엄마가 무안해할까 봐 하는 소리였다.

　나는 공연히,

"흥!"

하고 가볍게 콧방귀를 뀌었다.

　그리고 사과를 한 입 베어 먹을까 하다가 그만두었다. 입에서는 군침이 돌았지만, 먹어서는 안 될 무슨 재수 없는 것이나 되는 듯했다. 그래서 그것을 들고 부엌으로 갔다.

　부엌에서는 할멈이 혼자 저녁을 짓고 있었다.

"할매, 이거 먹어."

　나는 사과를 할멈 앞에 내밀었다. 그리고,

"아이고 배고파. 아직 밥 멀었어?"

약간 짜증이 나는 듯이 말했다.

"가만있어. 곧 다 돼가니까."

"얼른 퍼줘."

배에서 꼬르르 소리가 나는 것을 느끼며 내 방으로 돌아온 나는 교복을 벗으면서 공연히 또,

"아아—"

하고 비탄에 빠지듯 한숨을 내쉬었다.

3

그날 밤, 나는 자정이 넘도록 잠을 이룰 수가 없었다. 여느 때와 다름없는 우리 집이었고, 내 방의 내 잠자리였으나, 기분은 전혀 달랐다. 마치 어느 낯선 집, 낯선 방에 와서 내가 누워 있는 듯한 느낌이었다. 집안의 공기부터가 어쩐지 어제까지와는 판이하게 다른 듯싶었다.

우리 집의 중심부라고 할 수 있는 큰방에 낯선 여자가 한 사람 와서 오늘부터 안주인이랍시고 누워 있으니 그럴 수밖에 없었다. 마치 지금까지의 우리 집을 그 여자가 자기 것이라고 차지해 버리고 우리는 한쪽으로 밀려난 것 같은 기분이었다.

그리고 오늘 밤부터 아버지가 그 여자와 둘이 큰방에서 한 이부자리 속에 잔다고 생각하니 기분이 얄궂기만 했다. 그럴 수가 있는 것일까……. 생각할수록 지랄 같았다.

아버지까지 이제 그 여자에게 빼앗겨버린 듯한 느낌이었다. 그리고 돌아가신 어머니가 가련하다는 생각에 또 가슴이 먹먹해지면서 찔끔 눈물이 솟는 것이었다.

어머니가 돌아가신 것은 내가 여중 3학년이 된 지 얼마 안 되는 재작년 이른 봄의 일이었다. 그러니까 정확하게 말하면 이 년 하고 칠 개월이 되었다.

병원 담장가의 개나리가 노오란 구름송이처럼 피어 눈부신 어느 날 아침 어머니는 운명하였고, 이틀 뒤 영구차에 실려 병원을 떠났다.

그러나 어머니는 병사가 아니었다. 교통사고로 비명에 돌아가신 것이었다.

어머니가 돌아가시자, 누구보다도 비통해한 것은 아버지였다. 물론 나와 영규의 슬픔도 이루 말할 수가 없었다. 마른하늘에 벼락도 분수가 있지, 난데없이 이게 무슨 일인지, 생각할수록 눈앞이 캄캄하고, 가슴이 찢어지는 듯했다. 어머니 없는 세상을 과연 살아갈 수가 있는 것일까 싶기도 했다.

그러나 아버지에게는 그런 슬픔 외에 또 한 가지 괴로움이 뒤따랐다. 어쩌면 어머니의 죽음이 아버지 자기 탓이 아닌가 하는 자책감이었다.

어머니는 해질 무렵에 부둣가 어시장으로 어물을 사러 갔다가 돌아오는 길에 참변을 당했다.

그런데 그날 아침, 아버지가 출근하면서,

"여보, 웬일인지 별안간 회를 좀 실컨 먹었으면 싶구려. 요즘 무슨 회가 좋을까?"

이런 말을 어머니에게 했던 것이다.

"당신 민어회 좋아하시잖아요. 싱싱한 민어가 나는지 저녁때 어시장에 나가볼까요?"

"민어가 없으면 홍어라도 좋으니까……."

"예, 염려 마시고, 일찍 돌아오세요."

"오늘 저녁엔 회를 한 번 실컨 먹어봐……. 허허허……."

아버지는 이렇게 유쾌하게 출근을 했었다.

그런데 저녁에는 그만 날벼락을 당하고 말았던 것이다.

어머니는 뇌진탕이었다. 길을 꺾어 돌다가 달려오는 트럭에 부딪혀 길가에 나가떨어졌던 것이다.

신기하게도 몸에는 아무 상처가 없었다. 그런데 사흘 만에 결국 의식을 회복하지 못하고 영영 눈을 감고 말았다. 그러니 아버지의 비탄은 어떠했겠는가. 마치 정신이 약간 이상해진 사람 같았다.

장례를 치르고 난 뒤에도 며칠 동안은 거의 정신을 차리지 못하는 듯했다.

"아이고 그놈의 회, 그놈의 민언가 홍언가……. 아이고— 그 지랄 같은 것이 왜 하필 그날은 아침부터 그렇게 먹고 싶었던지……. 아이고— 이 원수 놈의 주둥이, 이놈의 주둥이가 좀 먹고 싶더라도 그런 말을 안 하고 점잖게 출근을 했더라면……. 아이고— 아이고—"

이런 넋두리 같은, 혹은 신음 소리 같은 말을 곧장 뇌까리면서 이불을 뒤집어쓰고 누워만 있는 것이었다. 식사도 제대로 하지를 않았고, 직장도 안중에 없는 듯했다.

오히려 우리가 슬그머니 걱정이 되지 않을 수 없었다. 이러다가는 아버지까지 어떻게 되는 게 아닌가 싶어 나는 덜컥 겁이 났다.

그래서 나는 이불을 뒤집어쓰고 누워 있는 아버지 곁으로 가서,

"아버지, 진지 좀 잡수세요. 진지 잡수시고 기운을 차리셔야지, 이렇게 누워만 계시면 우리는 어떻게 해요, 아버지."

하고 약간 울먹이듯이 말했다.

나의 그 말은 대번에 효과가 있었다.

잠시 후, 아버지는 일어나 정신을 가다듬는 듯 면도도 했고, 세수도 했고, 밥도 반 그릇 정도 비웠다. 그리고 이튿날은 출근을 하는 것이었다.

그러나 아버지에게서 쉽사리 괴로움은 떠나질 않는 듯했다. 늘 얼굴에 그늘 같은 것이 서려 있어 보였다.

아버지뿐 아니라, 우리도 마찬가지였다. 할멈까지가 그런 것 같았다. 우리 집 전체가 허전하고 썰렁한 것이었다. 단란하던 가정이 하루아침에 우수의 집으로 변하고 만 것이다.

그런 중에도 날이 감에 따라 아버지는 애써 웃음을 되찾으려 했다. 나와 영규를 데리고 곧잘 외식을 하기도 했고, 학생 입장이 허락된 영화를 관람하러 가기도 했다. 그리고 여름이면 함께 해수욕장을 찾기도 했고, 가을이면 1박2일의 단풍 구경을 떠나기도 했다.

한 번은 속리산의 단풍이 눈부시게 물든 계곡에서 내가,

"엄마도 있었으면 얼마나 좋을까."

혼잣말처럼 무심히 이런 말을 했다.

그러자 아버지는 못 들은 체하다가 잠시 후,

"하느님이 하시는 일을 사람의 힘으로 어떻게 막을 수 있나."

하고 한숨을 쉬듯 말했다. 그리고 애써 얼굴에 활짝 웃음을 띠며,

"하느님이 우리 서이*('셋'의 방언)서 이렇게 재미있게 살으라고 하
신 거야. 하느님의 뜻에 따라 우리 서이 재미있게 살아가는 거지
뭐. 안 그래? 내 말이 맞지?"
하였다.

나와 영규는 쓸쓸히 웃었다.

아버지의 입에서 '하느님'이라는 말이 나온 것을 나는 그때 처음
들었다. 그리고 '우리 서이 재미있게 살아가는 거지 뭐'라고 한 말
이 두고두고 따뜻하게 가슴에서 떠나질 않았다.

그런데 그만 아버지가 낯선 여자를 새엄마라고 불러들인 것이다.
나는 아버지에게 배반을 당한 듯한 심정이 안 될 도리가 없었다.

4

집안에 그런 변화가 있은 뒤로 나는 매사에 흥미를 잃어갔다. 집
에서는 말할 것도 없고, 학교에서도 도무지 의욕이 솟질 않았다.

본래 나는 명랑한 편이고, 꽤 적극적인 성격이라고 할 수 있었다.
무슨 일이든지 남에게 지는 것을 싫어했다. 그래서 시험 때가 되면
새벽녘까지 공부를 하기 일쑤였고, 학교의 과외활동 같은 데서도
남달리 열심이었다. 억척이라고까지는 할 수 없을지 모르지만, 좌
우간 매사에 의욕적이었다. 그래서 자연히 성적도 학급에서 사오
등 아래로 처지는 일이 없었고, 모범생 취급을 받았다.

그런데 아버지가 우리 형제와의 약속을 어기고 새엄마라는 여자
를 데려와 앉힌 뒤로 나는 입맛부터 뚝 떨어져 버렸고, 학교에 가

나 어딜 가나 도무지 모든 일이 흥미가 없고, 시들하기만 했다.

그래서 수업 시간 같은 때도 손을 드는 일이 별로 없었다. 뻔히 알고 있으면서도 나는 손을 들지 않는 적이 많았다. 귀찮은 것이었다. 손을 들면 뭘 하나 싶었다.

노상 어디가 아픈 것처럼 우울한 표정으로 말이 없었다.

어머니가 돌아가셨을 때도 한동안 슬픔에 잠겨 그런 우울한 상태가 되었었다. 그러나 그때는 단순히 슬프다는 생각뿐이어서, 그 슬픔이 날이 감에 따라 차츰 엷어져서, 나중에는 본래의 나를 되찾을 수가 있었으나, 이번에는 그게 아니었다.

이번에는 단순히 슬프다는 한 가지 감정만이 아닌 것이었다. 슬픈 것도 같았고, 억울한 것도 같았고, 맥없이 화가 나기도 했고, 무엇을 자꾸 비웃고 싶은 얄궂은 심정이기도 했다.

그런 복합적인 감정이 날이 가도 도무지 엷어지지가 않았다. 그럴 수밖에 없는 것이 집에 돌아가면 맞바로 그런 감정을 자극하는 장본인이 도사리고 있는 터이니 말이다.

물론 그 장본인은 새엄마였다. 그러나 새엄마가 나에 대해서, 혹은 동생 영규에 대해서 쌀쌀하게 대한다거나 언짢은 기색을 보인다거나 하는 것은 결코 아니었다. 오히려 그와 정반대였다. 언제나 온화한 미소를 잊지 않으려고 애쓰는 것 같았고, 필요 이상으로 우리를 자상하게 돌보려고 하는 것 같았다. 말하자면 늘 우리에 대해 신경을 쓰는 것이었다.

그런 점이 도리어 못마땅했다. 온화한 미소가 얼굴에서 떠나지 않는 것도 거짓인 것만 같았고, 늘 자상하게 돌보려 드는 것도 허위로만 느껴져 비위가 상했다. 차라리 남남으로 모르는 체 내버려

두어 주었으면 좋겠는데 말이다.

한 번은 내가 잘못하여 큼직한 접시 하나가 깨어졌다. 그런데 새엄마는,

"접시가 엷어서 잘 깨어지게 생겼지 뭐야."

이러면서 애써 웃는 것이 아닌가. 나를 나무라는 것이 아니라, 접시가 엷어서 그렇다고 깨진 접시 쪽을 오히려 탓하면서 말이다.

친엄마 같았으면,

"아이고 이 왈가닥아, 좀 조심하면 어떠니."

하고 틀림없이 핀잔을 주었을 터인데. 핀잔을 듣는다는 것이 뭐 기분 좋은 일일까만, 그러나 핀잔 대신 억지웃음으로 대해 주는 새엄마에게서 나는 메울 수 없는 거리감 같은 것을 느끼며 허전하고 쓸쓸하고, 한편 비웃어 주고 싶은 그런 심정이었다. 어쩐지 비굴해 빠진 것만 같은 것이었다. 그리고 돌아가신 친엄마가 짜릿하게 가슴을 그으며 다가오는 듯했다. 친엄마의 그 서슴없는 꾸지람이 왜 그렇게 듣고 싶은지 몰랐다. 겉으로 꾸며서 내보이는 정보다 화끈하고 따끔한 정이 못 견디게 그리웠다.

새엄마뿐 아니라, 어쩐지 아버지 역시 전과는 달리 매우 우리 남매를 조심하는 것만 같았다. 조심한다면 표현이 좀 이상할지 모르지만, 좌우간 나와 동생의 비위를 혹시 건드릴까 봐 신경을 쓰는 게 역력했다. 그전보다 월등히 관대해졌고 후해진 게 눈에 띄었다.

가령,

"아버지, 돈 좀 주세요."

하면 그전 같으면 반드시 뭣에 쓰려고 그러느냐고 그 용도를 묻고는 주는데, 이제는 그게 아니었다.

"얼마 줄까?"

대뜸 이렇게 나왔다.

"이천 원만 주세요."

하면은,

"자, 여있다."

하면서 삼천 원이나 사천 원을 주기 예사였다. 전에도 결코 인색한 아버지는 아니었다. 좌우간 대단히 후해진 것이다.

그런 아버지의 태도가 전적으로 못마땅한 것은 아니지만, 가만히 생각해 보면 어쩐지 슬펐다. 어쩐지 돈으로 우리를 달래려 드는 듯한 느낌이기도 했다. 그리고 무엇보다도 우울하고 착잡한 심정을 더욱 긁어 일으키는 것은 아버지와 새엄마가 저녁에 한방에서 다정스레 이야기를 주고받다가 서슴없이 웃어대는 경우였다. 무엇이 그렇게 좋은지 모르지만, 하하하…… 허허허…… 하고 웃어대는 그 웃음소리는 정말 나를 견딜 수 없게 했다. 가뜩이나 허전한 이 빈 껍질 같은 집안에서 나는 완전히 무시되고 소외되는 듯한 느낌이었다. 그래서 그럴 때면 나는 두 귀를 막고 눈을 딱 감으며 책상 위나 방바닥에 엎드려버리기 일쑤였다.

동생 영규는 고등학교 입학시험 관계로 밤늦도록 과외에 나가느라고 집안의 그런 허전하고 썰렁한 분위기를 잘 모르는 듯했다. 밤늦게 돌아오면 저녁을 먹고 잠자리에 들기가 바빴고, 아침이면 또 일찍 학교에 가기 때문에 말하자면 집에서는 잠만 자는 셈이었다. 일요일도 마찬가지였다.

그래서 그런지, 아니면 사내 녀석이라서 그런지, 간혹 얼굴에 피로한 기색은 보여도, 별로 우울한 표정을 짓는 일은 없었다. 공부에 쫓기느라 우울하고 어쩌고 할 여유도 없는지 모르지만.

좌우간 동생의 그런 예사로운 태도도 나는 속이 상했다. 뭐 저런 자식이 다 있을까 싶기도 했다. 저도 나와 마찬가지로 친엄마를 잃어버리고 낯선 새엄마라는 사람 밑에 있게 되었으니 좀 울적해하고, 신경질도 부리고 하면 좋겠는데 말이다.

아무튼 나는 이렇게 모든 것이 못마땅하기만 하고, 보는 것, 생각하는 것이 자꾸 비뚤어져 나가기만 했다.

나의 이러한 우울증을 누구보다도 가슴 아파하는 것은 미애였다. 미애는 학급에서 나와 가장 가까운 친구였다. 늘 둘이 붙어 다니다시피 했다.

그런데 어찌된 셈인지 비뚤어져 나간 내 심사는 미애와도 가까이하고 싶은 생각이 별로 없게 되었다.

내가 왜 그러는지 그 까닭을 알게 된 미애는 마치 그 일이 자기 일 이기나 한 것처럼 슬퍼했다. 그리고 나의 그런 태도를 돌이켜보려고 무척 애를 쓰는 것이었다.

나의 얼굴에 웃음이 떠오르게 하려고 곧잘 우스갯소리를 걸어보기도 했고, 장난질을 쳐 오기도 했고, 때로는 부드럽고 은근하게 위로하려 들기도 했다.

그러나 나는 미애의 그런 따뜻한 우정까지가 귀찮고 싫었다. 물론 마음 한 구석으로는 무척 고맙게 생각되기도 했지만 좌우간 나는 혼자 가만히 내버려두어 주기를 원했다. 말하자면 고독에 빠져있는 것이 가장 마음 편한 그런 상태였다.

고약한 일이 아닐 수 없었다. 어쩌다가 내가 그런 비뚤어진 우울한 계집애가 되었는지 생각하면 참 슬픈 일이었다. 아무리 그러

지 않으려고 애를 써도 내 마음을 내 마음대로 할 수가 없는 것이
었다.

5

어느 날 오후, 미술 시간이었다.

그 시간은 미술실에서 그림을 그리는 것이 아니라, 학교 뒷산 포대가 있는 언덕으로 올랐다. 언덕 여기저기에 적당히 자리를 잡고 앉아 바다가 보이는 풍경을 사생하는 것이었다.

나는 급우들에게서 뚝 떨어져 외딴 나무 옆에 숨듯이 혼자 앉아 그림을 그리기 시작했다.

포대가 있는 이 언덕은 나에게는 이제 없어서는 안 될 그런 장소처럼 되어 있었다. 학교가 파하면 언제나 혼자 이 언덕을 찾아 올라와서 해가 질 무렵까지 바다를 바라보고 앉아서 하염없는 생각에 잠기는 것이 일과처럼 되어 있었다. 비라도 내리는 궂은 날씨 같으면 몰라도, 그렇지 않은 날은 거의 하루도 거르는 일이 없었다.

이 언덕에 올라와 앉아 있으면 그래도 조금은 울적한 심정이 가라앉는 듯했다. 눈앞에 펼쳐진 후련한 바다 때문에 그런지도 몰랐다.

벙벙하게 부풀어 오른 먼 수평선을 바라보며 훌쩍 어디론지 멀리 떠나버렸으면 싶은 생각에 혼자 눈물짓기도 했다. 저 수평선을 넘어 먼 딴 나라로 훌쩍 사라져 버릴 수 있다면 얼마나 좋을까. 그러면 이 쓸쓸하고 우울하고 비뚤어져만 나가는 심정이 활짝 걷히고, 밝은 웃음을 되찾을 수가 있을 것만 같아 혼자서 가볍게 몸부

럼을 치며 한숨을 쉬기도 했다.

그리고 어떤 때는 어디로든지 까짓것 실제로 가출을 해버릴까, 이런 생각을 먹어보기도 했다. 가출은 참 멋있을 것 같았다. 빈 껍질 같은 허전한 집안을 뛰쳐나와 어디로든지 마음 내키는 대로 훨훨 떠돌아다닌다는 것은 정말 신나고 속 시원한 일일 것만 같았다. 아버지랑 새엄마의 속도 좀 상하게 해주고 말이다. 새엄마라는 사람이 실제로 속이 상할지 어떨지는 모르지만.

그러나 그런 생각은 잠시일 뿐, 곧 두려움이 뒤를 이었다. 태어나서 아직까지 혼자서 집을 떠나 자 본 일이란 전혀 없는 내가 정처 없이 어디로 떠난다는 것은 한갓 공상에서나 가능할 뿐, 실제로는 도저히 감당해낼 수 없는 두려운 일이 아닐 수 없었다.

아무튼 그런 황당한 생각에 잠기기도 하며 나는 이 언덕에 홀로 앉아 우울증을 달래곤 해 왔다. 그러니까 이 언덕은 어느덧 나에게 없어서는 안 될 은밀한 장소가 되어버린 셈이었다. 작으나마 위안을 주는 그런 장소 말이다.

그런데 그날은 급우들과 함께 이 언덕에 올라 사생을 하게 된 것이다. 궤짝 속 같은 교실에서 공부를 할 때보다는 한결 마음이 후련했다.

나는 외딴 바위 옆에 숨듯이 혼자 앉아서 그림을 그리기 시작했다. 먼저 연필로 대강 스케치를 한 다음, 물감으로 색칠을 해나갔다.

나는 그림에도 꽤 소질이 있는 편이었다. 과외 활동은 문예부에 들어 있었으나, 글짓기 못지않게 그림 그리기도 좋아했다.

한참 열심히 색칠을 해나가다가 문득 바다 위에 나부끼는 한 마리의 갈매기가 눈에 띄자 나는 또 엉뚱한 생각에 잠기기 시작했다.

저 갈매기는 얼마나 좋을까. 나도 저 갈매기처럼 훨훨 날 수 있다면, 수평선을 넘어 멀리 미지의 나라로 날아가 버리겠건만……. 이런 생각이 들자 또 가슴 속에 서서히 우울한 구름이 끼기 시작하는 것이었다.

짙은 감람빛 바다 위에 나부끼는 하얀 손수건 같은 갈매기 한 마리……. 그런데 내 그림에는 그 갈매기가 그려져 있지 않았다.

나는 붓을 놓고 다시 연필을 들었다. 실제의 갈매기는 파도 위를 배회하듯 날고 있었으나, 나는 수평선을 넘어 멀리 날아가는 갈매기를 그렸다.

그리고 다시 붓을 들어 물감을 칠하기 시작했다.

그런데 웬일인지 나는 그 갈매기를 흰빛으로 그리고 싶지가 않았다. 어쩐지 그 갈매기가 부러우면서도 한편 미운 생각이 들기도 하는 것이었다. 저만 혼자 훨훨 수평선을 넘어 기분 좋게 날아가다니……. 그런 얄미운 갈매기를 깨끗한 흰빛으로 그리다니 될 말이 아니었다.

나는 붓에 회색을 듬뿍 묻혀 가지고 갈매기를 온통 잿빛으로 만들어 버렸다. 그런데도 어쩐지 속이 시원하지가 않았다. 잠시 망설이다가 이번에는 듬뿍 검정색을 묻혀다가 회색 위에 덮어씌워 버렸다.

수평선을 넘어 훨훨 날아가는 시꺼먼 갈매기……. 그제야 좀 속이 풀리는 듯했다.

그렇게 공연히 혼자 심술이 나서 시꺼먼 갈매기를 만들어 놓고 있는데,

"애도 참, 여기 있었구나."

하는 호들갑스런 소리가 났다. 미애였다.

미애는 벌써 다 그린 듯 스케치판과 물감 통을 챙겨 들고, 상글상글 웃으며 다가왔다.

"그림도 숨어서 혼자 그려야 직성이 풀리니?"

나는 그저 말없이 씩 웃었다.

"어디 좀 보자. 야—"

미애는 내 그림을 보더니 대뜸 탄성을 질렀다. 잘 그렸다는 의미의 감탄사인 듯했다. 그러나 미애는 곧,

"하하하……."

웃음을 터뜨렸다.

"애, 너 이거 무슨 새니? 하하하……."

"왜? 어때서?"

"이거 까마귀 아냐? 바다에 무슨 까마귀가 다 있니?"

"갈매기야, 갈매기."

"갈매기? 하하하……. 시꺼먼 갈매기도 다 있니?"

"까짓것 내 맘대로 칠하는 거지 뭐."

"애, 그렇지만 너무 하잖아. 하얀 갈매기를 시꺼먼 까마귀로 만들어 버리다니……. 수평선을 향해 날아가는 흑색 갈매기라……. 하긴 그럴듯도 하군. 하하하……."

미애는 곧장 재미있다는 듯이 웃어댔다.

"뭣이 그렇게 재미있니?"

언제 왔는지 미술 선생이 뒤에 와 서 있었다.

"선생님, 이 새 좀 보세요."

미애가 말했다.

주상운 선생은 약간 미소를 띠며 내 그림을 내려다보았다.

나는 순간 이상스럽게 화끈 부끄러운 생각이 들었다. 평소에 주 선생의 인상이 어쩐지 아버지를 닮았다는 그런 느낌을 나는 가지고 있었다. 그런데 빙그레 미소를 띠고 내려다보는 모습이 유난히도 아버지를 닮아 보이는 것이 아닌가. 마치 열댓 살가량 젊어진 아버지가 뒤에 와 서서 내려다보는 듯한 느낌이었다.

그런 야릇한 느낌이 드는 주 선생에게 내가 그런 이상한 새를 보인다는 것이 어쩐지 왈칵 부끄럽기만 한 것이었다.

"이게 무슨 새야?"

"갈매기래요, 갈매기. 하하하……."

미애는 또 까르르 웃었다.

그런데 주 선생은 웃지를 않고,

"갈매기라? 흠—"

하면서 고개를 끄덕거리는 것이 아닌가.

나는 마치 주 선생이 내 심정을 꿰뚫어 보고 있는 것만 같아서 뒷덜미까지 화끈화끈했다. 가슴은 묘하게 두근거렸다.

6

미술 시간은 일주일에 한 시간씩이었다. 그러니까 포대가 있는 그 언덕에서 사생을 한 다음 주 미술 시간이었다.

그 시간은 미술실에서 지난번에 그린 그림에 대한 감상이 있었다.

주상운 선생은 꼭 그런 식으로 미술 지도를 해나갔다. 그것이 자기의 수업법인 모양이었다. 한 시간은 실기 즉 실제로 그림을 그리게 하고, 다음 시간은 그 그림들을 감상하면서 이론적인 지도를 했다.

늘 보면 주 선생은 잘된 그림 대여섯 장을 골라 가지고 한 장 한 장 칠판에 게시해 나가면서 구도랄지, 색채, 전체적인 조화, 그리고 그림의 특색 같은 것을 감상케 하고, 지도해 나갔다.

그런데 재미있는 것은 한 장 한 장 칠판에 게시해 나가는 순서가 잘 보면 늘 역순이었다. 대여섯 장 가운데서 비교적 못한 것부터 차례차례 게시했다. 그러니까 맨 나중에 게시하는 그림이 최우수작인 셈이었다.

그 시간도 역시 마찬가지였다.

"자, 여러분, 여길 봐요. 지난주 포대에서 그린 그림인데, 이 그림 어떤지 잘 감상해 보도록……."

주 선생은 약간 미소를 띤 얼굴로 그림 한 장을 칠판에 붙였다.

학생들의 시선이 일제히 그 그림으로 집중되었다.

그 그림을 본 나는 어쩐지 별로 잘 그렸다는 생각이 들지 않았다. 저 정도 같으면 나도 능히 그릴 수 있다 싶었다. 그리고 실제로 지난주에 내가 그린 그림도 저 정도는 넘을 것 같았다. 그렇다면 앞으로 차례차례 게시될 댓 장의 그림 가운데 어쩌면 내 그림이 들어 있을지도 몰라 조금 가슴이 두근거리기도 했다.

내 예측은 맞았다. 내 그림도 그 속에 들어 있었다. 그런데 뜻밖에도 내 그림이 맨 나중에 게시된 게 아닌가.

맨 마지막으로 칠판에 붙여진 그림이 바로 내 그림이라는 것을 알자, 나도 모르게 그만,

"어머나!"

소리가 튀어나왔다. 그리고 얼굴이 화끈 붉어 올랐다.

수업 시간에 내가 그처럼 관심을 나타내기는 근래에 처음이었다. 지금까지는 도무지 공부한다는 것 자체가 시들해서 뻔히 알고 있는 문제도 모르는 체 손을 들지 않기 일쑤였는데, 별안간 왈칵 의욕이 솟구친 것처럼 나도 모르게 화끈해졌던 것이다.

그런 내가 뜻밖이라는 듯이 미애가 상글상글 웃고 있었다. 무척 기쁜 모양이었다.

"자, 마지막으로 이 그림을 감상해 보기로 할까."

주 선생이 빙그레 웃으며 말했다.

그러자 누군가가,

"선생님, 저 새까만 새는 뭐예요?"

하고 불쑥 물었다.

"무슨 새같이 생각되나?"

"까마귀 같은데요."

"까마귀?"

"예. 바다 위에 웬 까마귀가 다 있죠? 참 이상하다."

그 말에 그만 와— 웃음이 터졌다. 깔깔깔……. 낄낄낄……. 재미가 좋다는 듯이 모두 웃어댔다.

나도 히죽히죽 웃는 수밖에 없었다.

웃음이 가라앉자 주 선생은,

"까마귀가 아니지, 바다 위에 까마귀가 날고 있을 턱이 없지."

이렇게 내 그림을 변명하듯 말했다.

"그럼 뭐예요?"

"뭔지 잘 생각해 봐."

“모르겠는데요. 바다 위에 새가만 새가 무슨 샐까?”

그러자 미애가,

“갈매기예요. 흑색 갈매기.”

약간 웃음 섞인 목소리로 대답했다.

“흑색 갈매기? 하하하……. 그런 갈매기도 다 있나? 선생님, 흑색 갈매기도 있어요?”

“에— 실제로는 없을 거야. 그러나 그림에서는 있을 수가 있지.”

주 선생은 빙그레 웃었다.

모두 의아스러운 듯 가만히 주 선생을 바라보고 있었다. 나도 그게 무슨 뜻인지 얼른 알 수가 없어 두 눈을 깜작거리며 주 선생을 바라보았다.

“그림이란 반드시 눈에 보이는 그대로만 그리는 것이 아니야. 물론 눈에 보이는 그대로 그리는 게 그림의 기초이긴 하지만, 그러나 차츰 정도가 높아지면 복사하듯 그리는 게 아니라, 자기의 생각을 그림에 가미해 나가는 거야. 정도가 높아져도 끝까지 사실 그대로만 그리는 사실파라는 것도 있지만, 그것보다는 역시 자기의 주관이 그림에 반영되는 게 좋은 거야.”

알 듯 모를 듯한 말에 모두 숨을 죽이고 귀를 기울이고 있었다. 나 역시 마찬가지였다. 조금 이해가 가는 듯하면서도 확실히 무슨 말인지는 알 수가 없었다.

“아무리 사실파라고 하더라도 있는 그대로 그린다는 것은 실제에 있어서 불가능한 거야. 어느 정도 닮게 묘사할 수는 있지만, 자연 그대로를 그릴 수는 없는 법이거든. 그런 의미에서 모든 그림은 주관의 산물이라고 할 수 있지. 무슨 말인지 알겠어?”

그러자 누군가가,

"모르겠습니다."

하고 내뱉었다.

와— 또 웃음이 터졌다.

나도 이번에는 하하하……. 소리를 내어 웃었다.

주 선생도 싱그레 웃고, 계속했다.

"덮어 놓고 모르겠다고 하지 말고, 잘 들어 봐. 예를 들면 말이야, 여기에 사과가 한 개 있다고 하고, 두 사람이 그 사과를 있는 그대로 묘사한다고 치지. 그러나 결과는 두 사람의 그림이 결코 똑같을 수는 없다는 그 말이야. 어디가 달라도 다를 것 아냐. 안 그래?"

모두 조금 납득이 가는 듯한 표정들이었다.

"크기도 조금은 다를 것이고, 색조도 똑같지는 않을 것 아냐. 여기 게시한 이 그림들도 보라구? 같은 장소에서 같은 풍경을 그렸는데도 똑같은 그림은 한 장도 없잖아. 물론 각기 자리를 잡고 앉은 위치, 즉 대상을 보는 각도가 조금씩 다르기는 했지만, 좌우간 구도도 똑같은 게 하나도 없고, 색조도 제각기 다르잖아. 이것은 전체적으로 밝은 색깔이고, 이것은 비교적 어두운 색깔이고, 이것은 바다가 다른 그림들보다 훨씬 화면을 많이 차지했고, 그리고 이것은……."

주 선생은 칠판에 게시된 그림들을 하나하나 가리키면서 설명을 해 나갔다.

좀 이해가 간다는 듯이 고개를 끄덕이는 학생이 많았다. 나도 야, 재미있는데……. 싶었다.

마지막으로 주 선생은 내 그림을 가리키면서 말을 이었다.

"자, 이 그림을 보라구. 이 그림은 우선 갈매기부터가 판이하게 다르잖아. 갈매기는 실제로 흰 빛깔인데 이 그림에는 검은 빛깔로 그려져 있잖아. 말하자면 대단히 주관적이지. 상식적으로는 얼른 납득이 안 가는 그런 눈으로 이 학생은 갈매기를 본 거야. 무슨 말인지 알겠어?"

또 모두 멀뚱한 표정들이었다. 나 역시 머리가 다시 혼미해지는 느낌이었다.

"이 학생의 눈에는 그때 갈매기가 그런 빛깔로 느껴진 거야. 다시 말하면 그렇게 생각이 된 거지. 흰 빛깔의 갈매기가 검은 빛깔의 새처럼 생각된 거란 말이야."

주 선생은 잠시 말없이 미소를 띤 얼굴로 학생들을 한 번 휘둘러 보고 나서,

"양혜선."

하고 내 이름을 불렀다.

"예?"

나는 왠지 얼굴이 조금 붉어지는 것을 느끼면서 자리에서 일어났다.

"선생님의 말이 맞나 틀렸나, 어디 한 번 대답해 봐요. 이 그림을 그릴 때 무언가 양혜선 학생은 어두운 생각에 잠겨 있었을 것 같은데……. 어때요?"

나는 약간 당황했다. 마치 선생님이 남의 심중을 꿰뚫어 보는 사람인 것 같아 얼떨떨하고, 조금 두렵기도 했다. 그리고 어쩌면 우리 가정 사정까지도 알고 있는 것이 아닌가 싶어 창피한 생각이 들기도 했다.

얼른 입이 떨어지지 않아 살짝 고개를 숙이자,

"대답해 봐요. 선생님의 말이 틀렸어?"

하고 주 선생은 싱글 웃었다.

나는 조그마한 목소리로 대답했다.

"맞아요."

"맞지?"

"예."

그리고 나는 얼른 자리에 앉아 버렸다.

"그것 봐. 틀림없지."

주 선생은 매우 기분이 좋은 듯 활짝 웃는 표정을 지었다.

"그렇지 않으면 흰 갈매기가 검은 새처럼 느껴질 까닭이 없는 거야. 그리고 그림이 전체적으로 좀 어두운 색조잖아. 보라구. 다른 그림하고 비교해서……."

그러고 보니 아닌 게 아니라 내 그림이 다른 그림에 비해 대체로 색깔이 짙고 어두운 편이었다. 나는 속으로 야, 주 선생님 실력 있구나, 싶었다.

"이렇게 그림에는 그린 사람의 주관이 투영되는 법이야. 그림뿐 아니라, 모든 예술이 다 마찬가지지."

주 선생의 설명이 다 끝난 듯하자,

"선생님!"

어떤 학생이 번쩍 손을 들었다.

"뭐?"

학생은 자리에서 일어서더니 불쑥,

"선생님, 결론이 뭡니까? 갈매기를 꺼멓게 그린 게 좋단 말이에요, 나쁜단 말이에요?”

이렇게 물었다.

“좋다 나쁘다 단정하는 게 아니라, 그림에 있어서는 그렇게 흰 새가 검은 새로 그려질 수도 있다는 이야기지. 말하자면 이 그림은 그린 사람의 주관이 대담하게 작용했다는 그 말이야.”

“그러니까 좋다는 거예요, 나쁘다는 거예요? 그 점이 모호해요.”

‘그 점이 모호해요’라는 말에 학생은 약간 익살기를 담은 그런 악센트를 넣었다. 와— 또 웃음바다가 되었다.

주 선생도 고개를 끄덕거리며 웃고 나서 자기 역시 조금 익살기를 섞어서 말했다.

“그 점이 모호해? 그럼 지금까지 내가 지껄인 게 말짱 헛일이군. 그 점이 모호하게 돼 버렸으니 말이야.”

그리고 어조를 바꾸어 결론을 내리듯이,

“나쁘지 않다는 이야기지. 그걸 못 알아들어서야 어디……. 나쁘지 않으니까 결국 좋다는 결론 아니야. 모호하긴 뭣이 모호해. 흰 갈매기를 검은 색으로 그린 게 반드시 좋다는 게 아니라, 그처럼 그림에 자기의 주관을 대담하게 반영시켜 보는 그 태도가 좋다는 그 말이야. 앞으로 좋은 그림을 그릴 가능성이 있다는 이야기지. 알겠어?”

이렇게 말하고는 주 선생은 시선을 그 학생으로부터 얼른 나에게로 돌리는 것이었다.

그런데 그때 그 시선이 어쩌면 그렇게 아버지의 시선과 닮았는지, 나는 하마터면 어머! 하고 깜짝 소리를 지를 뻔했다. 참 묘한 일이었다. 아버지가 기분이 좋아서 은은한 미소를 띤 얼굴로 나를 바라볼 때의 시선과 어쩌면 그렇게 흡사한지…….

"그럼 난 다음엔 갈매길 빨간 색으로 칠해야겠다. 그러면 정열적이라는 말을 들을 것 아냐."

"호호호……. 난 녹색으로 칠해야지. 녹색은 희망이거든."

"난 그럼 무슨 색으로 칠할까……. 노란색으로 칠해 볼까. 호호호……."

이렇게 곁의 아이들이 수군거리며 웃어대는 데도 나는 도무지 그 말들이 귀에 들어오지가 않고, 공연히 가슴이 두근거리며 자꾸 얼굴이 달아오르는 듯했다. 아버지를 닮은 시선이면 조금도 얼굴이 붉어질 일이 아닌데 묘한 일이었다.

7

주 선생은 서른을 하나둘 넘어 보이는, 꽤 멀쑥하게 생기고, 키도 늘씬하고, 멋도 있는 사람이었다.

멋이 없는 미술 선생이란 별로 없는 법이긴 하지만, 좌우간 주 선생이 멀쑥하게 생긴 얼굴에 베레모를 쓰고 반코트 같은 것을 걸치고 걷는 모습은 정말 멋있어 보였다. 미술실에서 그림을 그리다가 앉아서 마도로스파이프를 물고 푸— 담배 연기를 내뿜는 그런 모습 역시 화가답고 정말 좋았다. 영화 같은 데 화가로 나가도 조금도 손색이 없을 것 같이 여겨지기도 했다.

그 그림 실력은 우리로서는 잘 알 수가 없었지만, 좌우간 국전에도 여러 번 입선을 한 경력이 있고, 개인전도 몇 번 열었다 하니 꽤 실력이 있는 모양이었다.

그런데 아리송한 것은 그 가정생활이었다. 하숙을 하고 있다는 말도 있었고, 부인과 함께 살림을 한다는 말도 있었다. 그리고 심지어는 자취를 한다는 소문도 있었다. 도무지 잘 알 수가 없었다.

좌우간 부인이 있는 것만은 틀림없는 듯했다. 부인을 본 일이 있다는 학생이 있으니 말이다.

그 학생의 말에 의하면 부인이 썩 미인이라는 것이었다. 그런데 얼굴색이 너무 새하얗더라는 것이다. 마치 백랍 같더라는 것이다. 그리고 어쩐지 꼭 넋이 나간 사람처럼 아무 표정이 없더라는 것이다.

아마 무슨 병을 앓고 있는 모양이라고, 우리는 간단히 생각해 넘겼다.

선생님들의 가정생활에 대해서 반드시 구체적으로 알아야 할 아무런 까닭이 없기 때문에 그저 우리는 그 정도로 주 선생의 사생활을 짐작하고 있을 따름이었다.

미술 시간에 검정색 갈매기 때문에 뜻밖에도 오히려 칭찬을 받은 뒤로 나는 주 선생에 대한 관심이 은연중 깊어 갔다.

평소에도 주 선생의 인상이 아버지를 닮았다고 느껴 오기는 했지만, 포대가 있는 그 언덕에서 사생을 하다가 주 선생의 미소를 띤 얼굴이 마치 십오 년 정도 젊어진 아버지가 웃는 것같이 여겨지고, 또 미술실에서 나를 보던 그 시선이 흡사 아버지의 시선 같다고 느낀 뒤로는 주 선생이 보통 선생처럼 생각되지가 않았다. 어쩌면 아버지와 무슨 피가 닿고 있는 것이 아닌가 하는 그런 생각이 들기도 했다. 혹시 아버지와 피가 닿는다면 나와도 그렇다는 이야기가 아닌가.

아무튼 그런 어떤 몹시 가까운 사이처럼 여겨지고, 공연히 친밀감이 솟고, 얼굴이 마주치면 부끄러운 웃음이 나오고, 가슴이 두근거리는 듯하고……. 좌우간 이상했다.

그런데 어느 날 오후, 정말 뜻밖의 일이 생겼다.

8

그날도 나는 학교가 파하자 포대가 있는 언덕으로 혼자 올라갔다.

그러나 굳이 집으로 곧바로 돌아가기 싫어서 그런 것은 아니었다. 일종의 타성이라고 할 수 있었다. 학교가 파하면 으레 걸음이 그쪽으로 향해지는 것이었다.

주 선생한테 그림 칭찬을 받은 일이 있은 뒤로 나는 기분이 꽤 돌이켜졌다. 학교에서는 곧잘 미애와 어울렸고, 학우들과도 이야기를 나누었다. 그러나 역시 집에 가서는 아직 웃음 같은 것이 나오지가 않았다.

그러니까 학교에서 조금 밝아졌던 기분이 집에 돌아가면 다시 어두워지곤 하는 셈이었다. 새엄마가 던진 그늘이 마치 하이얀*('하얀'의 방언) 내 마음의 벽에 시꺼먼 그을음처럼 서려서 좀처럼 씻어지지가 않는 것이었다.

어쩌면 그을음 같은 우수는 앞으로 영영 씻어지지 않을지도 모른다. 씻어진다 하더라도 원래의 내 마음, 그 티 없는 하이얀 바탕으로 돌아가지는 못할 것이다.

언덕에는 낙엽이 지고 있었다. 한 잎 두 잎 바람에 나부껴 떨어지는 낙엽이 나는 왠지 그날따라 몹시 좋았다. 시들어져 떨어지는 낙엽이 좋다니……. 이상한 일이었다.

나는 가을보다는 봄을 월등히 좋아했다. 그러니까 단풍이나 낙엽보다는 피어나는 새잎과 꽃이 한결 마음에 드는 것이었다. 다시 말하면 저물어가는 계절, 쇠락해가는 자연보다는 밝아오는 계절, 만물이 여리고 화사한 빛으로 눈뜨는 그 소생이 좋은 것이었다.

그런데 봄날의 그 화사하고 눈부신 꽃들 못지않게 낙엽이 마음을 사로잡는 것이 아닌가. 조금 쓸쓸하면서도 묘하게 기분이 좋아 나는,

"어머— 낙엽이 지는구나."

혼자 나직이 감탄을 했다. 그리고 낙엽을 두어 잎 주워 들고 나무 밑에 가서 앉았다.

얼마 전까지는 이 언덕에 와서 앉으면 으레 집안 일이 짙은 안개처럼 내 머리 속을 뒤덮어 오기 마련이었다. 혼자서 이 언덕에 오르는 까닭도 실은 그 짙은 안개에 뒤덮이기 위해서였다. 말하자면 우울을 자초하는 셈이었다. 우울에서 벗어나기 위해 그 우울 속으로 스스로 빠져들어 가곤 하는 것이었다.

그러나 이제 좀 달랐다. 아직도 물론 집안의 우울이 안개처럼 머릿속에 피어오르지 않는 것은 아니었다. 그러나 그 농도가 한결 엷어졌고, 지속되는 시간이 짧았다. 곧 다른 생각이 조용히 머릿속을 차지해 들어오는 것이었다.

그 생각이란 학교에서의 생활이었고, 묘하게도 주로 주 선생에 관한 일이었다. 이상한 일이었다.

머릿속의 우울한 안개를 밀어내고, 대신 야릇한 아지랑이 같은

것이 들어서는 셈이었다.

주 선생 생각이 머리에 떠오르면 나는 공연히 기분이 좋았고, 맥없이 조금 가슴이 울렁거리는 듯도 했다.

마침 갈매기 서너 마리가 파도 위에 나부끼고 있었다. 허공에 던진 하얀 손수건처럼 나부끼고 있는 갈매기들을 보자, 나는 힉 웃음이 나왔다. 검은 갈매기 생각이 났던 것이다.

그리고 주 선생의 얼굴이 떠올랐다.

―흰 갈매기를 검은색으로 그린 게 반드시 좋다는 게 아니라, 그처럼 그림에 자기의 주관을 대담하게 반영시켜 보는 그 태도가 좋다는 그 말이야. 앞으로 좋은 그림을 그릴 가능성이 있다는 이야기지.

이렇게 말하고는 시선을 얼른 나에게로 돌리던 주 선생. 그때의 그 시선이 어쩌면 그렇게 아버지의 시선과 닮아 보였는지…….

나는 또 야릇한 아지랑이 같은 생각에 휩싸이기 시작했다.

잠시 후, 나는 엉뚱하게도 주 선생의 사생활을 머리에 그려보고 있었다.

정말 부인이 있는 것일까. 부인이 아주 미인이라는 말이 사실일까. 부인의 얼굴색이 마치 백합처럼 새하얗고, 꼭 넋이 나간 사람처럼 아무 표정이 없더라는 데 그게 정말일까. 그렇다면 왜 그럴까. 무슨 병일까. 아니면 어떤 사연이 있는 것일까…….

나는 공연히 무슨 심각한 일이라도 되는 듯 그런 생각에 골똘히 빠져들어 갔다.

하숙을 한다는 소문은 어째서 났을까. 그리고 자취를 한다는 이야기도 있는데, 어느 쪽이 사실일까. 부인과 함께 살림을 한다,

하숙을 하고 있다, 자취 생활이다……. 도대체 어떻게 된 영문인지…….

나는 주 선생이 하숙을 하거나 자취를 하고 있었으면 좋겠다고 생각했다. 부인과 함께 살림을 하고 있다는 것은 어쩐지 별로 신통치가 않은 일이었다.

남이야 부인과 함께 살림을 하거나 말거나 무슨 상관일까만, 솔직히 말하면 부인이 없었으면 좋겠는 것이었다. 참 이상한 심리였다.

그런 생각이 들자, 나는 혼자서도 조금 얼굴이 붉어지는 느낌이었다.

그렇게 묘하게 약간 부끄러운 상태가 되어 있을 때였다. 난데없이 눈앞이 콱 막혔다. 누군가가 뒤에서 손으로 내 눈을 가렸던 것이다.

"어머나!"

나는 깜짝 놀랐다. 그리고,

"누구야?"

하면서 얼른 두 손으로 내 눈을 가린 그 불의의 손을 덥석 잡았다. 큼직한 손이었다. 순간적인 느낌에도 어쩐지 남자의 손인 듯했다. 부드럽고 따스하게 감촉이 되면서도 왠지 뭉클하고 징그러운 듯한 느낌이었다.

"누구야? 누구야?"

나는 약간 얼굴을 흔들었다.

"허허허……. 누군지 알아맞혀 보라구."

틀림없는 남자의 목소리였다.

순간 나는,

"어머나!"

입이 딱 벌어졌다. 그리고 온몸이 화끈 달아오르는 것을 느끼며,

"선생님 아니세요? 아이고 난 몰라—"

이런 소리가 나도 모르게 입에서 흘러나왔다. 몹시 놀랐고, 또 몹시 부끄러웠다.

"허허허……."

부드러운 웃음소리와 함께 내 눈을 가렸던 손이 떨어졌다.

"여기서 혼자 뭘 하고 있지?"

빙그레 웃으며 내려다보고 있는 것은 짐작했던 대로 정말 주 선생이었다. 참으로 뜻밖의 일이었다.

이렇게 혼자 호젓이 앉아 있는 언덕에 주 선생이 홀연히 나타나다니……. 그것도 공교롭게도 마침 주 선생 자기 생각에 잠겨 있는 판에 나타나다니 말이다. 정말 희한하고 묘한 알이었다.

마치 무슨 부끄러운 장면이라도 드러난 것처럼 나는 얼굴이 홍당무가 되는 것을 느끼며 어쩔 줄을 몰랐다.

"사색에 잠기고 있는 건가?"

"……."

"좋지. 낙엽 위에 앉아서 바다를 바라보며 사색에 잠긴다는 것은 멋있는 일이야. 더구나 가을은 사색의 계절이 아닌가."

"아이 선생님도……."

"왜? 내 말이 틀렸나?"

"틀린 게 아니라……."

"그럼?"

"몰라요."

“모르다니, 허허허……. 혼자서 조용히 사색을 하고 있는데 내가 나타나서 화가 난 모양이지? 방해가 돼서…….”

“호호호…….”

나는 무척 기분이 좋고 재미가 있었다. 화가 나다니……. 천만의 말씀이었다.

“무슨 사색을 그렇게 하고 있었지?”

“…….”

나는 절로 또 얼굴이 화끈했다. 마치 내가 주 선생 자기에 대해 생각하고 있었던 것을 알고서 묻는 것 같았다.

“내가 한 번 알아맞혀 볼까?”

그러면서 주 선생은 야릇한 장난기 같은 것이 담긴 눈웃음을 웃었다. 그리고 내 곁에 털썩 앉는 것이 아닌가.

나는 약간 당황했다. 그러나 결코 싫지는 않았다. 무의식중에 아무도 없는 주위를 한 번 둘러보고는 조금 비켜 앉았다.

남자와 단둘이 이런 호젓한 장소에 나란히 앉아 보기는 난생처음이었다. 그것이 비록 학교 선생이기는 하지만 남자임에는 틀림없고, 더구나 요즘 와서 이상스럽게 곧잘 내가 남몰래 머리에 떠올리곤 하는 주 선생이 아닌가. 나는 기분이 묘하고 야릇하기만 했다.

주 선생은 가만히 내 옆얼굴을 바라보고 있는 듯했다. 나는 그것을 느끼며 약간 고개를 숙였다.

그러자 주 선생이 입을 열었다.

“혜선이한테 아무래도…….”

“…….”

“무슨 고민거리가 있는 것 같은데.”

"어머!"

나는 살짝 눈을 치뜨며 주 선생을 돌아보았다.

"맞지? 허허허……. 혜선이의 얼굴에 그렇게 씌어 있는걸 뭐."

"……."

"무슨 고민인지도 씌어 있는데……."

"호호호……. 선생님 관상쟁이신가 봐."

"관상쟁이가 아니라, 말하자면 심리학자지. 얼굴 표정을 보고 알아맞히는 인상심리학자라고나 할까."

"호호호……. 인상심리학자님, 어디 무슨 고민인지 한 번 알아맞혀 보세요."

나도 이제 부끄럼이 가시고 재미가 났다.

"알아맞혀 볼까?"

"예."

"에— 혜선이에게 좋은 보이프렌드가 생긴 것 같은데……."

"어머!"

나는 살짝 곱게 한 번 흘겨주고는,

"틀렸어요!"

하고 내뱉었다.

"틀렸어? 정말이야?"

"정말이에요. 선생님 엉터리 심리학자시군요. 호호호……."

나는 필요 이상 호들갑스럽게 웃음이 나왔다.

"그럼 무슨 고민일까? 얼굴에는 그렇게 씌어 있는 것 같은데……."

"호호호……."

“허허허……..”

사르락사르락……. 낙엽 지는 소리만이 간간이 들리는 호젓한 언덕의 공기를 주 선생과 나의 웃음소리가 휘저었다.

나는 ‘보이프렌드가 아니라 바로 선생님이……’ 이런 소리를 서슴없이 내뱉고 싶은 야릇한 충동을 느꼈으나 침을 삼켰다. 그리고 불쑥 말했다.

“보이프렌드가 생긴 게 아니라, 새엄마가 생겼어요.”

“뭐? 새엄마?”

“예.”

“음—”

주 선생의 표정이 약간 굳어지는 듯했다.

잠시 침묵이 흘렀다.

그러자 주 선생은 좀 어색한 느낌이 들었던지,

“혜선이 어머니가 안 계셨던가?”

이렇게 말했다.

나는 조금 어이가 없는 듯해서 힉 웃음이 나왔다. 그러나 주 선생이 우리 가정 사정을 알 턱이 없지 않은가. 담임선생도 아닌 터이고, 또 어머니가 근래에 돌아가신 것도 아니니 말이다.

“어머니가 언제 돌아가셨나?”

주 선생은 조용히 물었다.

“제가 여중 3학년 때 돌아가셨어요.”

“많이 아프셨던가?”

“아니요.”

“그럼?”

“교통사고로…….”

“뭐, 교통사고로? 음—”

주 선생은 고개를 두어 번 끄덕이고는 또 기분이 무거워지는 듯 말이 없었다.

잠시 후, 나는 담담한 어조로 입을 열었다. 이상스럽게 기분이 가라앉아 있었다.

“어머니가 돌아가시자, 아버지는 그게 다 하느님이 하시는 일이니 어쩔 도리가 없다고, 하느님의 뜻에 따라 우리 셋이 재미있게 살자고 하셨어요. 어머니가 돌아가시자 우리 식구는 이제 셋이 됐죠. 내 동생이 하나밖에 없거든요. 그런데 그렇게 말하시던 아버지가 그만…….”

“…….”

“얼마 전에 새엄마를 데려왔지 뭐예요.”

나는 아랫입술을 가만히 깨물었다.

“허허허…….”

주 선생은 무엇이 우스운지 헛바람이 새는 것 같은 웃음을 조금 웃고 나서,

“알겠어, 알겠어. 혜선이의 고민이 어떤 것인지…….”

하고 또 고개를 끄덕거렸다.

“선생님.”

나는 주 선생을 똑바로 바라보았다.

“응?”

“남자들은 그렇게 모두 거짓말쟁이예요?”

“허허허……. 혜선이가 아버지를 원망하고 있는 모양이군.”

“아니어요. 원망하진 않아요. 아버지가 우리와의 약속을 어기고
새엄마를 데리고 왔으니 원망해도 되죠 뭐. 그런데 이상하게 별로
그런 생각은 들지 않고, 새엄마가 미워 죽겠어요.”

“새엄마가 무슨 죄가 있나?”

“글쎄 말이에요. 가만히 생각해 보면 아버지의 재혼도 이해가 가
고, 새엄마의 처지도 알겠는데, 좌우간 집에 들어가면 기분이 나빠
요. 새엄마란 여자 얼굴도 보기 싫단 말이에요.”

“허허허……”

“그리고 돌아가신 엄마가 불쌍해서 죽겠어요.”

“음— 혜선이의 그 심정 나도 잘 알지. 나도 말이야…….”

잠시 주 선생은 망설이는 듯하더니, 뜻밖에도 다음과 같은 말을
했다.

“나도 어릴 때 혜선이와 비슷한 처지가 되었지.”

“아, 그래요? 어머니가 돌아가셨었나요?”

“아니야, 나는 어머니가 돌아가신 게 아니라, 아버지가 돌아가셨
어.”

“그래서요?”

나는 바짝 호기심이 동했다.

“음……. 어머니가 개가를 하시더군.”

“어머!”

“내가 국민학교 2학년 때였어. 나에겐 어떻게 된 셈인지 동생이
하나도 없었어. 나 하나뿐이었지. 그런데 어머니는 나를 큰아버지
집에 데려다 놓고는 어디론지 사라져 버렸단 말이야.”

“어쩌나…….”

“나중에 알고 보니 개가를 했더군.”

“…….”

“어린 마음에도 어찌나 야속한지, 혼자 남몰래 얼마나 울었는지 몰라.”

“…….”

“말하자면 나는 고아나 다름없이 자란 셈이야. 물론 큰아버지 밑에서 중학교까지 다녔지만, 그러나 어디 친부모와 같은가. 한 다리가 천 리지. 아까 혜선이는 남자는 모두 거짓말쟁이냐고 했는데, 나는 여자를 믿지 않아. 여자를 경멸해. 하나밖에 없는 자기 아들을 버리고 개가를 할 수 있는 게 여자란 말이야. 알겠어?”

이렇게 말하며 나를 보는 주 선생의 두 눈엔 싸늘한 기운이 서려 있었다. 어쩐지 나까지를 경멸하는 듯한 그런 눈빛이었다. 나는 약간 섬찟한 느낌이 들지 않을 수 없었다.

9

그날 밤, 나는 이슥토록 잠을 이루지 못했다. 주 선생의 싸늘한 기운이 서려 있는 눈빛이 곧장 머리에 떠오르곤 했다. 어쩐지 나까지를 경멸하는 듯했던 그 눈빛…….

“나는 여자를 믿지 않아. 여자를 경멸해. 하나밖에 없는 자기 아들을 버리고 개가를 할 수 있는 게 여자란 말이야. 알겠어?”

이렇게 말하던 주 선생.

그 말 속의 ‘여자’란 모든 여성을 가리키는 뜻이기도 했지만, 구체적으로는 바로 자기 어머니를 겨냥한 말이 아니었던가. 어린 자기를 큰아버지 집에 놓아두고 개가를 해 버렸던 어머니를 야속하게 생각하는 마음이 짙게 스며 있는 어투였다. 지금도 주 선생은 자기 어머니를 원망하고 있는 게 분명했다.

생각할수록 나는 기분이 좋지 않고, 으스스한 느낌이기도 했다. 어른이 되어서까지 개가한 자기 어머니에 대한 원망이 풀리지 않다니, 슬그머니 겁나는 일이기도 했고, 슬픈 일이기도 했다. 어쩐지 주 선생이 기분 나쁘고 으스스한 사람인 것같이 여겨지기도 했다.

정말 남편이 죽으면 하나밖에 없는 자기 아들을 버리고 개가를 할 수 있는 것일까……. 그렇다면 정말 야속한 게 여자로구나. 나 같으면 절대로 그런 일은 없겠다. 어떻게 하나밖에 없는 자기 아들을 버리고 개가를 한단 말인가. 안 되지. 안 될 일이지……. 이런 생각이 들자, 어머니를 원망하는 주 선생이 조금도 잘못이 아니라 여겨지고, 슬그머니 동정이 가기도 했다.

그리고 그런 우울한 과거를 가진 주 선생이 왈칵 더 친밀감이 느껴지기도 했다. 나의 지금의 처지가 주 선생의 그때의 처지보다는 좀 나을지 모르지만 좌우간 비슷한 처지가 아닌가. 동병상련의 정이라고나 할까, 그런 따뜻한 것이 가슴에 스며 오며 기분이 야릇해지기도 했다.

또 한 가지, 잠을 못 이루게 하는 것은 내가 그 언덕에 앉아 있을 때, 난데없이 주 선생이 나타나 내 두 눈을 뒤에서 살짝 가리며,

"누군지 알아맞혀 보라구."

하면서 허허허 웃던 일이었다.

여간 호감이 느껴지지 않으면 그런 행동은 안 하는 법이다. 더구

나 서로 친구 사이도 아니고, 사제지간이 아닌가.

주 선생이 나에 대해 호감을 느끼고 있다는 것은 이미 알고 있는 일이지만, 그처럼 짙은 친밀감을 표시할 줄이야……. 정말 뜻밖이었다.

그리고 알 수 없는 것은 어떻게 내가 그 호젓한 언덕에 혼자 앉아 있는 것을 알았을까 하는 점이었다.

두 가지로 생각해 볼 수가 있었다.

자기도 산책을 하러 언덕에 올라왔다가 우연히 나를 발견했을 경우와, 내가 언덕으로 오르는 것을 보고서 뒤따라 올라온 경우였다.

이 두 가지 경우 중에서 나는 후자이기를 바랐다. 우연히 나를 발견했을 경우보다는 내가 언덕으로 오르는 것을 보고서 따라 온 경우가 훨씬 기분이 좋고, 또 주 선생의 나에 대한 호감이 짙다는 것을 의미하는 것이다.

아무쪼록 주 선생이 내 뒤를 따라 올라왔기를 나는 간절히 바라며 공연히 이불 속에서 혼자 가슴을 두근거려 보기도 했다.

이튿날 아침, 학교로 향하는 내 발걸음은 여느 때와는 완연히 달랐다. 가뿐가뿐 경쾌하기만 했고, 맥없이 즐겁고, 약간 가슴이 설레기까지 했다.

아침 햇살도 어쩐지 여느 때와는 달리 신선한고 눈부시게 느껴졌다. 까닭 없이 새로운 아침이 열린 듯한 기분이었다.

나의 그런 활짝 밝은 얼굴을 본 미애는,

"야, 너 이상한데. 얼굴이 완전히 달라졌다. 호호호……."

하고 웃었다.

"달라지긴, 하하하……."

나도 기분 좋게 웃었다.

"오늘 무슨 좋은 일 있니?"

"좋은 일은 무슨……."

"그럼 왜 아침부터 그렇게 웃지?"

"하하하……. 나는 웃지도 못하니?"

"또 웃네. 아무래도 무슨 신나는 일이 생긴 것 같은데?"

"신나는 일이 좀 생겼으면 좋겠다."

"아니야, 틀림없이 무슨 좋은 일이 있어. 얼굴에 그렇게 씌어 있는데 뭘."

"뭐라고 씌어 있니?"

"나 좋은 일 있다, 이렇게 씌어 있는걸."

"호호호……."

"하하하……."

그러나 그처럼 좋던 기분이 둘째 시간이 끝나고부터는 싹 가셔 버렸다.

둘째 시간이 끝나고, 쉬는 시간에 나는 본관 교사에서 별관 교사 쪽으로 가는 복도를 걸어가고 있었다. 별관 교사 뒤쪽에 수도가 있었다. 물이 마시고 싶었던 것이다.

그런데 마침 복도를 주 선생이 마주 걸어오고 있는 게 아닌가. 주 선생을 보자 나는 나도 모르게 얼굴이 화끈해졌다. 맥없이 부끄럽고, 가슴도 약간 뛰었다. 여느 때도 주 선생을 대하면 다른 선생과는 달리 기분이 좀 묘했지만, 그날은 현저히 달랐다.

주 선생과 시선이 마주치자, 나는 수줍게 웃으며 두 발을 모으고 납죽 절을 했다.

그런데 어찌 된 셈인지 주 선생은 그저 덤덤한 표정으로 고개를 끄덕할 뿐이었다. 오히려 평소보다 더 무표정하게 느껴졌다.

어쩌면 그럴 수가 있을까. 어제는 살금살금 뒤로 다가와서 남의 눈을 두 손으로 가리기까지 했으면서 말이다. 마치 전혀 모르는 학생을 대하듯 하다니……. 나는 한 대 얻어맞은 듯한 느낌이었다.

걸어가는 주 선생의 뒷모습을 바라보는 눈에 핑 눈물이 어리기도 했다. 분하고 야속했다.

그러나 곧 나는 주 선생이 그럴 리가 없는데 하고 생각을 고쳐먹으려 애를 썼다. 주 선생이 나를 못 알아보았는지도 모르는 것이다. 알아보았다면 그런 덤덤한 표정을 지었을 까닭이 없다. 하다못해 눈에 살짝 웃음이라도 담아 보였을 것이다.

하지만 주 선생이 나를 못 알아보다니……. 그처럼 가까운 거리에서 시선이 마주쳐 인사를 했는데, 못 알아보는 수도 있는 것일까. 장님이 아닌 이상 말이다.

나는 도무지 알 수가 없어 기분이 지랄 같기만 했다. 수도에 가서 꼭지에 입을 대고 나는 벌컥벌컥 물을 필요 이상 많이 빨았다. 그리고 공연히 심술이 나서,

"치! 모르는 체한다고 누가 겁날까 봐. 미술 선생이면 뭐 최곤가? 치! 치!"

곧장 이 사이로 침을 튀겼다.

그런 일이 있고부터는 또 얼굴에서 웃음기가 싹 가셔버리고, 여느 때의 그 시무룩한 표정으로 되돌아갔던 것이다.

그날 방과 후도 나는 물론 포대가 있는 언덕으로 올랐다. 언덕에 앉아서도 나는 줄곧 오전의 그 일에 대해 생각했다.

"치! 미술 선생이면 뭐 최곤가?"

하고 싹 잊어버리려 해도 도무지 그렇게 되지가 않았다. 잠시 딴 생각을 하다가도 어느새 또 그 생각으로 미끄러져 들어가 있는 것이었다.

아무리 생각해도 주 선생이라는 사람을 잘 이해할 수가 없었다. 어쩌면 좀 변태적인 사람이 아닌가 싶기도 했고, 장난기가 심한 사람이 아닌가 싶기도 했다. 장난으로 일부러 그런 덤덤한 표정을 지었을지도 모르는 것이다. 그렇다면 얼마나 재미있는가.

좌우간 나는 뒤숭숭하고 약간 심란하기도 한 그런 상태로, 이럴 때 살금살금 어제처럼 또 주 선생이 나타나 주었으면 얼마나 좋을까 하고, 어디서 바스락 소리만 나도 후딱 주위를 돌아보곤 했다.

그러나 주 선생은 나타나지 않았다.

이튿날 방과 후 역시 언덕에 앉아서 혹시나 하고 주 선생을 기다렸으나 허사였다. 다음날 역시 마찬가지였다.

토요일 오후, 드디어 주 선생은 나타났다.

이번에는 살금살금 다가와서 뒤에서 손으로 눈을 가린 게 아니라, 마치 무슨 볼일이라도 있는 사람처럼 저만큼 아래서부터 인기척을 내며 나에게로 다가왔다.

나는 왠지 가슴의 고동이 멎는 듯한 느낌이었다. 그러면서도 온몸의 피가 얼굴로 모여드는 듯 온통 안면이 화닥거렸다. 기다리고 기다리던 주 선생이었는데, 막상 나타나자 당황해지고, 이를 어쩌나 싶기도 했다.

주 선생은 가까이 오더니 싱글 웃으며,

"혼자 뭘 하고 있지?"

좀 멋쩍은 듯이 물었다. 내가 이곳에 혼자 앉아 있는 것을 처음 보기라도 한 것처럼.

나는 일부러 냉랭한 표정을 지으며 아무 대답을 하지 않았다. 며칠 전 주 선생의 그 덤덤한 표정에 대한 보복인 셈이었다.

그러자 주 선생은,

"혜선아!"

하고 나를 불렀다.

"예?"

나는 대답을 안 할 도리가 없었다. 선생님이 부르는데 대답을 안 할 수가 있는가.

"저……. 한 가지 부탁이 있는데……."

"……."

"들어줄래?"

"무슨 부탁인데요?"

나는 여전히 냉랭한 어조로 말했다.

"아니, 혜선이가 오늘은 왜 그러지? 무슨 기분 나쁜 일이라도 있나?"

"몰라요!"

나는 살짝 토라졌다. 물론 일부러 그랬다. 톡톡히 좀 보복을 해야겠는 것이다.

"왜 그러지? 혜선이 이상한데?"

"이상하긴 뭣이 이상해요, 선생님도 며칠 전에 그랬잖아요."

"뭐? 내가 며칠 전에 뭘 어쨌는데?"

"복도에서 말이에요. 제가 인사를 드려도 무뚝뚝하게 고개만 끄덕하셨잖아요."

"허허허……. 그랬던가?"

"왜 그러셨죠?"

"글쎄, 난 기억이 없는데……."

"분명히 저를 알아보시고도 무뚝뚝하게 고개만 끄덕하셨단 말이
에요."

"그랬다면 내가 큰 실수를 했는데, 허허허 허허허……."

주 선생은 무엇이 그렇게 우스운지 껄껄껄 곧장 웃었다.

나도 그만 호호호……. 웃음이 나와 버렸다. 기분 좋게 보복을 한
셈이다.

"혜선이, 그래 내 부탁을 들어줄 거야, 안 들어줄 거야?"

"무슨 부탁인데요? 말씀해 보세요. 제 힘으로 할 수 있는 일이면
들어드리죠. 선생님의 부탁인데 안 들어드리면 혼날 것 아녜요."

"선생의 입장에서 부탁하는 게 아니라……. 말하자면 화가의 입
장에서 부탁하는 거야."

"화가의 입장에서요? 어머! 무슨 부탁인데요? 어서 말씀해 보세
요."

"모델이 되어 줄 수 없느냐는 거지."

"모델요?"

"그래, 혜선이를 모델로 해서 걸작을 하나 만들어볼까 하는 거야.
제목은 '어떤 소녀'라고 붙일까 하는데, 어때?"

그러면서 주 선생은 빙그레 웃었다.

"어머!"

나는 살짝 두 손으로 얼굴을 가렸다. 손바닥에 가려진 얼굴이 묘

하게 화닥거렸다.

"좋지? 허허허……."

"아이 부끄러워."

정말 야릇한 부끄럼이 온몸을 자르르 흐르는 듯했다.

"내일 오후에 말이야. 우리 집으로 와."

"집으로요?"

"응, 우리 집이 어딘가 하면……."

주 선생은 스케치용 연필과 종이를 꺼내어 약도를 그리기 시작했다.

"여기가 남부성당이거든. 남부성당 알지?"

"예."

"여기서 이쪽 길로 한참 가다가……."

주 선생의 설명을 나는 숨을 죽이고 들었다. 제법 복잡했으나 찾을 수 있을 것 같았다.

"자, 이 약도를 가지고 내일 오후……. 알겠지?"

"예"

나는 어쩐지 대답이 기어들어 가는 듯했다.

그리고 나는 집에 가면 사모님이 안 계시느냐고 물어보려다가 그만두었다. 이상스레 그 말이 얼른 입에서 떨어지지가 않았다.

10

그날 집으로 돌아가는 내 가슴은 묘한 설렘으로 가득 차 있었다.

집골목으로 들어서니 마침 저만큼 앞서가는 여자가 다름 아닌 새엄마가 아닌가. 한쪽 손에 장바구니를 들고 있었다. 찬거리를 사러 시장에 갔다 오는 길인 모양이었다.

어느 때 같으면 흥! 콧방귀나 한 번 뀌었을 뿐 아는 체를 했을 까닭이 없다. 더구나 저만큼 앞서가는 터이니 말이다. 그러나 나는,

"엄마!"

하고 큰소리로 새엄마를 불렀다.

뒤를 돌아본 새엄마는 약간 놀란 표정으로 활짝 웃으며,

"인제 돌아오니?"

하였다. 나한테서 '엄마'라는 소리를 듣기는 아마 처음이었을 것이다.

나는 얼른 새엄마한테로 뛰어갔다.

"엄마, 시장 갔다 오는 거야? 내가 들게."

나는 새엄마의 손에서 장바구니를 받아 들려 했다.

"아니야, 괜찮아, 무겁지도 않은데 뭐."

새엄마는 얼른 장바구니를 놓지 않았다.

"내가 들어다 준다는데……. 엄마."

그러면서 내가 생글 웃자, 새엄마는 오늘 참 별일이라는 듯이 그러나 기분 좋은 빛이 역력한 얼굴로 나를 힐끗힐끗 보고는 장바구니를 놓았다.

"엄마, 찬거리 뭐 샀어?"

"꽁치하고 김하고, 연뿌리를 좀 샀지. 호호호."

새엄마는 약간 어색한 듯이 웃었다.

장바구니를 부엌까지 들어다 주고 방으로 들어간 나는 책가방을

책상 위에 놓기가 바쁘게 벽에 걸린 거울 앞에 섰다. 여느 때 같으면 피로하기도 하고, 맥없이 짜증이 나고 우울해서 아으— 하면서 방바닥에 드러눕기부터 했을 터인데.

거울 앞에 선 나는 공연히 혼자서 싱그레 미소를 지으며 내 얼굴을 유심히 들여다보았다.

한참 그렇게 정면으로 서서 들여다보다가 이번에는 살짝 옆으로 비치는 얼굴을 살폈다. 미소를 지었다가 그만두었다가 하면서.

내일 오후, '어떤 소녀'의 모델로서 어떤 각도로, 어떤 표정이 가장 좋을는지…….

나는 혼자서 가만히 얼굴을 붉히기도 했다.

스승의 화실에서

1

이튿날, 점심을 먹기가 바쁘게 나는 집을 나섰다.

점심때가 될 때까지 얼마나 지루했는지 모른다. 오전이라는 시간이 그렇게 긴 것인 줄을 나는 처음으로 알았다. 여느 때보다 월등히 일찍 잠이 깨이기도 했지만, 아무튼 한없이 길고, 지루하기만 했다. 묘하게 들뜬 기분인 나는 안타깝고 초조하기까지 했다.

그리고 나는 무슨 옷을 입고 가야 할까 망설였다. 선생님 댁에 찾아가는 터이니 교복을 입고 가는 게 당연할 것이다. 그러나 선생님을 그냥 무슨 볼일이 있어서 찾아가는 게 아니라, 그림의 모델이 되기 위한 방문이니 문제가 좀 다른 듯했다. '어떤 소녀'라는 제목의 그림이라 하니 교복보다는 아무래도 한복이 낫지 않을까 싶었다.

그래서 치마저고리를 꺼내 입고 거울 앞에 서서 이리 비추고 저리 비춰보며 혼자 살짝 붉히기도 했다.

그러나 그 문제는 주 선생이 결정할 문제지 내가 마음대로 할 성질의 것이 아니었다. 생각한 끝에 나는 교복을 입고, 치마저고리는 싸 가지고 가기로 했다. 그리고 또 한 가지, 혼자 찾아갈 것인가 아니면 친구를 한둘 데리고 함께 갈 것인가 잠시 생각해 보았다. 미애한테 얘기하면 좋다고 따라나설 것이다. 혼자 가는 것보다 미애하고 같이 가면 훨씬 덜 쑥스러울 것이다. 그러나 나는 어쩐지 남하고 같이 가고 싶지 않았다. 쑥스럽고 어색하더라도 혼자 가야지 싶었다. 학교 뒤 언덕에서처럼 주 선생과 단둘이 만나고 싶었다. 아마 주 선생도 그런 속셈에서 일요일에 집으로 찾아오라고 했는지 모른다. 그런데 어리석게 친구를 데리고 가다니…… 내가 잠시나마 바보 같은 생각을 했다 싶으며 힉 웃었다. 어디까지나 이 일은 비밀이라야 될 것 같아 나는 묘하게 가슴이 두근거리기도 했다.

치마저고리를 보자기에 싸 가지고 집을 나선 나는 남부성당이 있는 방향을 향해 잰걸음을 쳤다. 마치 무슨 급한 볼일이 있는 것처럼.

남부성당을 기점으로 그려진 약도는 꽤 복잡한 편이었으나 별로 힘들지 않고 찾을 수가 있었다.

주 선생 집은 제법 나무가 우거진 언덕 기슭에 자리 잡고 있었다. 마치 조그마한 별장 같은 느낌이었다. 좀 외따로 떨어져 있어서 조용하고 전망도 좋아 보였다.

낡은 대문 한쪽 기둥에 '주상운'이라는 조그만 문패가 붙어 있었다. 대문은 닫혀 있었다.

대문 앞에 선 나는 묘하게 가슴이 두근거렸다. 부인이 있을까 없을까, 있으면 나타날 게 아닌가 하는 생각에 약간 긴장이 되기도 했다. 부인이 있는데 집으로 그림의 모델이 되기 위해서 찾아온다는 것은 어쩐지 좀 이상한 일인 것 같았다. 부인이 결코 기분 좋게 생각할 턱이 없는 것이다.

미술을 이해하는 분이라서 그런 점을 개의치 않는 것일까. 그래서 주 선생이 예사로 집으로 오라고 한 것일까, 아니면 부인이 없는 것일까. 아직 미혼이란 말인가……. 집을 나서 여기까지 오는 길에도 나는 곧장 이런 생각을 했었다.

잠시 두근거리는 가슴을 진정시킨 다음

"선생님, 선생님."

하고 조심스럽게 불렀다.

아무 반응이 없었다.

"선생님, 선생님."

이번에는 좀 크게 불렀다. 그러나 역시 마찬가지였다.

"선생님 안 계세요? 선생님—"

그리고 대문을 두어 번 왈칵왈칵 밀었다. 그제야 안에서 인기척이 났다.

잠시 후, 대문이 열리고 머리가 희끗희끗한 노파가 얼굴을 내밀었다.

"선생님 계시지요?"

"응, 어디서 왔지?"

노파는 내가 교복을 입고 있는데도 곧장 힐끗힐끗 바라보았다. 내가 한쪽 손에 들고 있는 치마저고리를 싼 보자기를 눈여겨보기도 했다.

"선생님이 우리 미술 선생님이세요."

"무슨 볼일이 있어서 왔나?"

"예, 선생님께서 오라고 하셨어요."

"그래?"

그리고 노파는 조금 히죽 웃으면서,

"보재기는 뭐냐?"

하고 물었다.

나는 약간 난처했다. 짓궂게 뭐 그런 걸 다 묻나 싶어 아무 대답을 하지 않았다.

"뭐냐니까?"

심술궂은 성미의 노파에 틀림없었다.

"아무것도 아니에요."

"아무것도 아니라니?"

"치마저고리예요."

나는 내뱉듯이 말했다.

"치마저고리? 치마저고리는 뭐 할려고?"

노파는 약간 의외라는 듯이 묘한 시선으로 나를 바라보았다.

"선생님이 그림을 그리신다 그래서……."

"그래서?"

"그래서 가지고 온 거예요."

"학생을 그린다는 건가?"

"예."

그러자 노파의 얼굴에 나를 비웃는 듯한 그런 빛이 역력히 떠올렀다.

어쩐지 기분이 좋지가 않은 노파였다. 인상은 별로 그렇지도 않은데, 왠지 자꾸 심술궂게 나오고, 이상한 눈으로 사람을 보는 듯해서 기분이 나빴다. 부엌 할멈에 틀림없는 듯했다.

"혜선이 왔나? 어서 들어와."

그때, 안에서 주 선생님의 목소리가 들려왔다.

대문을 들어서니 주 선생이 창문을 열고 내다보며 빙그레 미소를 짓고 있었다.

주 선생의 방은 한마디로 어수선했다. 화실과 거실이 따로 있는 게 아니라 제법 널찍한 방을 화실 겸 거실로 쓰고 있는 것이었다. 여기저기 그림과 화구가 널려 있고, 책장이 있고, 한쪽에는 탁자와 큼지막한 의자가 하나 놓여 있었다. 바지랑 와이샤쓰 같은 것이 벽에 아무렇게나 걸려 있기도 했다. 그리고 아랫목에는 이부자리가 깔려 있었다. 언제든지 들어가 눕기만 하면 되도록 노상 그렇게 깔아두는 모양이었다.

아랫목에 깔린 이부자리를 보자, 나는 왠지 조금 얼굴이 붉어지는 것 같아 얼른 시선을 딴 데로 돌렸다.

"자, 어서 앉아."

"예."

나는 보자기를 옆에 놓고 단정히 꿇어앉았다.

"편히 앉아."

"괜찮아요."

"편히 앉으라니까. 꿇어앉으면 다리가 아프잖아."

나는 좀 편한 자세로 고쳐 앉았다.

“방 안이 지저분하지?”

“아니에요. 좋은데요.”

“좋아? 허허허…….”

주 선생은 기분 좋게 웃었다.

“화가 선생님 방 같은데요 뭐.”

“그래? 그렇담 안심이군. 난 혜선이가 와서 보고 흉이나 하지 않을까 걱정이었는데…….”

“어머, 제가 왜 선생님 흉을 해요. 호호호…….”

나도 공연히 까르르 웃었다.

주 선생은 내 앞에 놓인 보자기를 힐끗 보았다. 그게 무언가 싶은 모양이었다. 그러나 그게 무어냐고 묻지는 않았다.

그렇다고 내가 먼저 이거 치마저고리예요, 하고 입을 뗄 수도 없는 일이었다.

주 선생은 일어나 방문을 열고 밖으로 나갔다.

나는 방 안을 좀 자세히 둘러보았다. 완성된 그림도 많았으나, 미완성인 것도 여러 점 되었다. 그리고 한쪽 구석에는 조각도 몇 점 놓여 있었다.

조각 가운데 유독 나의 시선을 끈 것은 여인의 흉상이었다. 묘령의 여인이 살짝 미소를 지으며 두 유방을 드러내 놓고 있는 조각인데 그것이 조각으로서 어느 정도의 수준인지는 나로서는 잘 알 수가 없었으나, 좌우간 내가 보기에는 썩 잘 된 작품인 것 같았다.

우선 여인의 미소가 그럴듯했다. 모나리자의 미소에 비길 수는 없겠지만, 아무튼 나무랄 데가 없어 보였다. 온화하고 은은한 웃음을 머금은 묘령의 여인은 또한 이를 데 없는 미인이기도 했다. 콧대가 깨끗하게 서고, 이마가 알맞게 넓으며 입과 턱도 그럴 수 없이 매력이 있어 보이고 목이 약간 긴 듯하지만 그래서 오히려 우아해 보였다. 미소를 짓고 있는 묘령의 아름다운 여인— 어쩌면 주 선생이 생각하는 구원의 여상(女像)인지도 몰랐다. 심혈을 기울여 만든 작품임에 틀림없었다.

그런데 여인의 한쪽 볼에 무슨 흠이 있는 듯했다. 여인이 똑바로 나를 향하고 있어서 잘 보이지는 않았으나, 어쩐지 한쪽 볼이 이상했다. 그래서 나는 가까이 다가가 보았다.

"어머나!"

나는 약간 놀라지 않을 수 없었다.

아름다운 여인의 볼에 웬 칼날 같은 것으로 찍 그은 듯한 흔적이 나 있는 것이 아닌가. 어찌 된 영문인지 알 수가 없어 나는 눈이 휘둥그레진 채 그 흠을 가만히 눈여겨보았다. 어쩌다가 이런 흠을 낸 것일까. 실수로 그랬을까. 아니면 일부러 그랬단 말인가. 일부러 그랬을 턱이 없다고 생각했다. 이처럼 아름다운 여인을 만들어 가지고 미소를 짓고 있는 그 볼에다가 일부러 찍 그어 흠을 내다니……. 말이 되지가 않았다.

좌우간 그 흠은 여인의 망측한 흉터인 것만 같아 기분이 좋지가 않았다.

그때 방문이 열리고, 주 선생이 과일을 담은 바구니를 들고 들어왔다. 나는 얼른 도로 제자리로 돌아와 앉았다.

"자, 사과나 깎을까."

그러면서 주 선생이 나이프와 사과 하나를 집어 들자, 나는 얼른,

"제가 깎을게요."

하고 나이프를 받았다.

사과를 깎으면서 나는 말했다.

"선생님, 조각도 잘하시네요."

"전공은 아니지만, 조금 해봤지."

"저 여인상 아주 멋있는데요."

"멋있어?"

"예, 아주 미인이고, 미소가 그만이에요. 저게 누구예요?"

"……"

"사모님이에요? 사모님이 아주 미인이신가 보죠?"

나는 자연스럽게 이렇게 물었다. 지금까지 무척 궁금했던 일을 드디어 입 밖으로 내어 물어보게 된 셈이었다.

"허허허……."

주 선생은 웃기만 했다.

"왜 웃으세요? 사모님 맞죠? 그죠?"

"허허허……."

"아이 선생님도…… 묻는 말에 대답은 않으시고, 웃기만하는 법이 어딨어요, 사모님 맞죠?"

그러자 주 선생은,

"사모님 아니야."

하고 자르듯이 말했다.

나는 어쩐지 기분이 좋았다. 주 선생의 입에서 맞아, 우리 마누라야, 이런 말이 나왔더라면 틀림없이 나는 기분이 안 좋았을 것이다. 저렇게 아름다운 여인이 사모님이라면 나 같은 것은 야코가 팍 죽어버릴 것이 아니겠는가 말이다. 나도 얼굴이 예쁜 편에 들지만, 저렇게 빼어난 미인은 결코 못되는 것이다.

"선생님, 이거 드세요."

나는 다 깎은 사과 한 개를 통째로 주 선생 앞에 내밀었다.

"혜선이가 먼저 먹어, 손님이 먼저 먹어야지."

"아니에요, 어서 받으세요."

"먼저 먹으라니까."

주 선생님은 마지못한 듯 받더니 입으로 가져가 와작와작 소리를 내가며 먹기 시작했다. 혜선이가 깎은 사과 참 맛좋다는 듯이.

나는 내가 먹을 사과를 깎으면서,

"그럼 누구세요? 모델이 있겠죠?"

또 물었다.

"모델? 글쎄……. 그저 여자를 한 번 만들어 본 것뿐이야. 뚜렷한 모델은 없었던 작품이야."

"그래요? 그럼 선생님이 마음속에서 그리고 있는 여인상이겠군요."

"글쎄……. 허허허……."

"저렇게 아름다운 여인이라야만 선생님은 마음에 드시는 모양이죠?"

"허허허……."

"왜 웃기만 하세요. 맞죠?"

"그저 미인을 한 번 만들어 보았을 뿐이야."

"그런데 선생님, 저 여인의 얼굴에 웬 흠이 있죠?"

"……."

"꼭 무슨 칼 같은 것으로 찍 그어놓은 것 같애요, 왜 그래요?"

그러자 주 선생은 약간 대답하기가 난처한 듯한 표정을 짓더니,

"실수로 그런 거야."

하고 예사로 말했다.

"실수로 그랬으면 없애면 되잖아요. 왜 그냥 두세요? 보기 흉하게……."

"별로 흉한 것은 없잖아?"

"어머, 왜 흉하지 않아요. 여자의 얼굴에 칼의 흉터 같은 것이 있는데 흉하지 않아요?"

"그럼 제목을 흉터 있는 여인이라고 붙이면 되지 뭐."

"호호호……. 그래서 없애지 않고 그냥 두는 거예요? 선생님 악취미가 있는 모양이죠?"

"악취미? 글쎄……. 허허허……."

나도 다 깎은 사과를 통째로 들고 먹기 시작했다.

사과를 먹으면서 나는 조금 전에 주 선생님이 '사모님 아니야' 하고 자르듯이 대답하던 말이 생각났다. 사모님이 아니다……. 그렇다면 부인이 있다는 뜻이 되는 것 같다. 그러나 분명치가 않다. 없을 경우에도 그렇게 말할 수가 있지 않겠는가.

그래서 나는 자연스럽게,

"사과 맛있는데요. 선생님, 사모님 어디 나가셨나요? 사모님 계시면 인사도 드리고, 사과 같이 먹으면 좋겠어요."

이렇게 말해 보았다.

주 선생은 히죽 웃을 뿐이었다. 좀 묘한 표정을 지으면서,

"예? 선생님."

"……."

"왜 대답이 없으세요? 오늘 일요일이니까 어디 교회에 가셨나요? 아니면 성당에⋯⋯?"

그러자 주 선생은 이번에는 분명히 난처한 기색을 떠올렸다. 그런 질문이 싫은 게 틀림없었다.

어찌 된 영문인지 알 수가 없었다. 도대체 어떻게 된 내막일까. 부인이 있는 것만은 분명한 것 같다. 독신일 것 같으면 난처하고 싫은 표정을 지을 까닭이 없지 않은가. 간단히 '아직 미혼이야' 혹은 '마누라 같은 것 없어' 하고 말하면 되지 않는가 말이다.

나는 좀 어색해져서 말없이 사과를 씹기만 했다.

그러자 주 선생이 불쑥,

"혜선이, 그 보자기는 뭐야?"

하고 화제를 돌리듯 물었다.

나는 얼른 뭐라고 대답이 나오지가 않았다. 마치 주 선생이 주먹이라도 한 개 쑥 내민 것 같은 느낌이어서 약간 당황했고, 얼굴이 살짝 붉어지기도 했다.

"무슨 보자기지?"

주 선생도 그런 질문을 던져놓고 보니 좀 멋쩍은 듯 씩 웃었다.

그제야 나는 대답했다.

"치마저고리예요."

"치마저고리?"

주 선생은 뜻밖이라는 듯이 조금 묘한 표정을 지으며,

"웬 치마저고리⋯⋯?"

하고 나를 바라보았다.

"제가 집에서 입는 치마저고릴 싸 가지고 왔죠."

“……?”

아직도 무슨 영문인지 주 선생은 짐작이 안 가는 모양이었다.

나는 재미있다는 생각이 들어 웃음을 띠며 말했다.

“선생님, 뭐 하러 치마저고릴 가지고 왔는지 알아맞혀 보세요.”

“글쎄…….”

“모르시겠어요?”

“어디 세탁소에 맡기려고……?”

“어머, 호호호…… 치마저고릴 세탁소에 맡기는 여자도 있나요? 그리고 선생님 댁이 세탁소예요?”

“그럼……. 아— 알겠어. 알겠어.”

그제야 주 선생은 표정을 활짝 밝히며,

“야— 혜선이, 머리가 잘 돌아가는데…….”

하였다.

“어디 맞았나 틀렸나, 말씀해 보세요.”

“나는 요즘은 머리가 그렇게 잘 돌아가는 편이 아니지만, 왕년엔 수재였다구. 이래봬도 중학교 땐 노상 급장이었다구. 알겠어? 허허허…….”

“아, 그러셨어요? 어쩐지 그랬을 것 같애요.”

“어쩐지 그랬을 것 같애? 허허허……. 말도 잘하는데…….”

“좌우간 말씀해 보세요.”

그러자 주 선생은 대답을 하는 대신 슬그머니 앉은자리에서 일어서더니,

“어디, 치마저고리로 갈아입어 봐. 학생복보다는 치마저고리 편이 훨씬 낫지. 낫고말고.”

하면서 방문을 열고 변소에라도 가듯 밖으로 나가는 것이었다. 자리를 비켜주는 셈이었다.

대답치고는 최고였다.

야, 주 선생 멋있는데 싶으며, 나는 잠시 어색한 표정으로 망설이다가 후닥닥 보자기를 풀었다. 그리고 교복을 얼른 벗었다. 어쩐지 주 선생이 방문 밖에서 엿보고 있는 것만 같아 조금은 몸이 굳어지는 듯했고, 약간 떨리기도 했다.

교복을 벗자, 이번에는 치마저고리를 정신없이 입었다. 아마 내가 옷을 그처럼 빨리 갈아입어 보기는 난생처음이었을 것이다. 어쩌면 그렇게 손끝이 빨리 움직이는지, 옷고름도 눈 깜짝할 사이에 매 버렸다.

그리고 나는 온 얼굴이 벌겋게 달아오르는 것을 느끼며 킥! 웃었다. 참 얄궂기도 했고, 얼떨떨하기도 했고, 재미있기도 했다. 좌우간 한마디로 이상한 기분이었다. 남의 집, 남의 방에서 더구나 남자의 방에서 옷을 갈아입었으니 그럴 수밖에. 선생님의 방이기는 하지만, 남자의 방임에는 틀림없는 것이 아닌가. 십팔 세 소녀의 최초의 묘한 경험이라면 경험인 셈이었다.

"어험, 어험."

헛기침을 하면서 주 선생이 마루로 올라오는 기척이 났다. 그리고 방문 앞에 서서,

"다 입었나?"

물었다.

"예."

그러자 방문이 열리고 주 선생이 들어섰다.

나는 주 선생을 한 번 수줍게 바라보고는 살포시 고개를 들고 있을 수가 없었다.

"야, 교복을 입었을 때보다 훨씬 좋은데……."

나는 힉! 한 번 웃기만 했다.

"치마저고릴 입으니 처녀 태가 완연하군. 교복을 입었을 때는 소녀 같더니, 치마저고릴 입으니 색시야. 색시."

"어머."

'색시'라는 말에 나는 절로 눈이 곱게 흘겨졌다. 살짝 곱게 눈을 흘기자 주 선생은,

"왜? 색시라는 말이 싫어? 그럼 규수라고 할까?"

하면서 껄껄 웃었다.

모델 노릇을 한다는 것은 참 어색하고 쑥스러운 일이었다.

"자, 그럼 시작해 볼까. 저 의자에 가서 앉아봐."

주 선생의 말에 나는 마지못하는 듯 일어나 한쪽 탁자 옆에 놓인 큼지막한 의자에 가서 살짝 궁둥이를 붙였다. 그러나 어떤 자세를 취해야 될지 멋쩍기만 하고, 킥킥 자꾸 웃음이 나오려고 했다.

"어디 포오즈를 한 번 잘 취해 보라구."

주 선생은 나의 그런 어색해하는 태도가 재미있는 듯 빙그레 미소를 띠고 있었다.

옜다 모르겠다. 하고 나는 의자에 깊숙이 몸을 기댔다. 그리고 얼굴을 살짝 옆으로 돌리며 두 손을 무릎 위에 가지런히 포갰다.

"됐어, 됐어. 포오즈 좋은데……."

"옷고름이 조금 어색하군. 옷고름을 좀 잘……."

나는 옷고름이 비스듬히 옆으로 흘러내리도록 했다.

“좋아, 좋아.”

하면서 주 선생은 적당한 거리에 이젤을 갖다가 놓고 그림을 그리기 시작했다. 물론 먼저 연필로 대강 데생을 해나갔다.

나는 가만히 한 지점에 시선을 고정시키고는 숨도 크게 쉬지 않고 정물처럼 앉아 있었다. 어색하던 기분도 차츰 가라앉아 갔다.

그런데 시간이 얼마나 지났을까. 지루하다는 느낌과 함께 몸이 뻐덕뻐덕 굳어드는 듯했고, 서서히 머리의 중심이 흔들리는 것도 같았다. 계속 그대로 앉아 있으려 애를 썼으나, 그렇게 되지가 않았다.

“선생님, 좀 쉬어야겠어요.”

나는 내 멋대로 자세를 흐트러뜨려 버렸다.

“첨이라 고될걸.”

주 선생도 데생하던 연필을 놓으며 미소를 지었다.

“생각했던 것보다 힘이 드는데요.”

“모델 노릇 하기도 쉬운 게 아니지.”

“정말, 가만히 앉아만 있는 모델처럼 쉬운 게 없다고 생각했는데……”

사람이 의식적으로 정물처럼 앉아 있다는 것은 일종의 긴장된 상태의 연속이라는 것을 나는 그때 처음으로 알았다. 세상에서 가장 힘 안 드는 직업이 가만히 앉아만 있는 모델이라고 생각했는데, 실상 그게 아니었다. 시선을 한자리에다가 고정시키고, 일정한 표정으로 미동도 않으며 앉아 있다는 것은 이만저만한 고역이 아니었다.

세상에 쉬운 일이 없구나 싶으며 나는 자리에서 일어나 밖으로 나갔다.

변소에 갔다가 바깥 공기를 좀 마시고 방으로 돌아오자 주 선생은 담배를 피우고 앉아 있었다.

나는 주 선생 앞에 놓인 캔버스를 가서 살짝 바라보았다. 어쩐지 부끄러웠다.

캔버스에는 나의 앉아 있는 모습이 희미하게 떠오르고 있었다. 아직 대체적인 윤곽밖에 그려져 있지 않았으나, 그것만으로도 어쩐지 틀림없는 내 모습인 것 같아 나는 힉 웃음이 나왔다.

그리고 도로 의자에 가서 앉으며,

"선생님, 집안이 너무 조용하네요. 꼭 절간 같은데요."

하고 입을 열었다.

"절간 같애?"

"예."

"조용한 게 싫어?"

"좋아요. 그런데 가정집이 너무 조용하니까 기분이 이상하네요. 선생님, 아이들은 다 어디 놀러 나갔나요?"

나는 무심히 이렇게 물었다. 사모님에 대해서 물었을 때처럼 어떤 복선을 깐 질문이 아니라, 집안이 너무 조용하기 때문에 나도 모르게 그저 그런 말이 나왔던 것이다.

그러자 주 선생은,

"아이들이라니?"

하고 오히려 반문을 했다.

"선생님 아이들 말이에요."

"내 아이들? 허허허……."

주 선생은 재미있다는 듯이 웃고 나서,

"그런 거 없어."

하였다.

그 말에 나는 어쩐지 귀가 번쩍 뜨이는 듯했다. 그런 거 없다면 아직 결혼을 안 했다는 뜻이 될 수도 있는 게 아닌가. 아까 사모님에 관해서 물었을 때는 분명히 난처한 기색을 띠며 엉뚱한 말을 꺼내어 화제를 돌리더니……. 어떻게 된 영문인지 알 수가 없었다.

그래서 나는 재빨리 머리를 써서,

"사모님이 아직 어린애를 원치 않으시는 모양이죠?"

하고 물었다.

"그런 게 아니라, 원치 않는 거는 나야. 나는 본래 무자녀주의야."

"……."

무자녀주의라는 말이 생소해서 나는 조금 멍한 느낌이었다. 그러나 곧 그 뜻을 알아차렸다.

"어머, 그럼 독신주의는 아니시고, 무자녀주의란 말이에요? 결혼 생활은 해도 아이는 안 가지겠다 그 말씀이죠?"

"그렇지."

"이런 이기주의가 어딨어요. 세상에……."

"허허허……. 맞어. 이기주의라면 이기주의지. 그러나 나로서는 도리가 없어."

"아이를 안 가지시려거든 아예 결혼을 하시지 말아야죠. 안 그래요?"

"혜선이는 결혼이 반드시 아이를 갖기 위해서만 하는 것인 줄 아나?"

"물론 다른 여러 가지 목적이 있겠죠. 그러나 결혼의 근본적인 이유는 아이를 가지는 데 있다고 생각해요. 아이 없는 결혼 생활은 물 없는 사막과 마찬가질 거예요."

"물 없는 사막과 마찬가지라……. 허허허……. 그럼 아이가 결혼 생활의 오아시스겠군."

"그렇죠. 특히 여자가 결혼을 하고서 아이가 없어 봐요. 얼마나 허전하겠어요. 남 보기에도 뭐 하고……. 결혼 초기에는 상관없겠지만……."

"그렇겠지. 결혼을 하면 아이를 가지는 게 정상이지. 그러나 나는 그 정상의 길을 택할 수가 도저히 없어. 어쩐지 무서워. 아이를 낳는다는 것은 어떤 죄악을 저지르는 것만 같애. 정말이야. 그런 생각이 드니 어떻게 아이를 가질 수가 있겠어. 안 그래?"

"아이를 낳는 게 어떻게 해서 죄악이 되는 거예요? 무슨 말씀인지 알 수가 없어요."

"아이를 낳아서 끝까지 잘 키워낸다면 별문제야. 그러나 그렇게 된다는 보장이 없잖아? 중간에 무슨 일이 생길지 누가 알아. 적어도 대학을 졸업시키는 데까지는 부모의 책임이야. 그런데 그 전에 그 책임을 이행하지 못하게 되는 경우를 생각해봐. 그런 죄악이 어디 있느냐 말이야. 아예 안 낳는 것보다 못한 일이지. 안 그래? 내 말 알아듣겠어?"

"물론 일리가 있는 말씀이에요. 그러나 왜 일을 그렇게 생각하시는 거예요? 선생님의 처지로서는 자녀 한둘쯤 능히 대학까지 졸업시킬 수가 있잖아요. 선생님보다 못한 사람들도 대학을 보내고 있는데……. 왜 꼭 불행한 경우를 가상해서 미리부터 겁을 잡수시는 거예요? 그런 식으로 생각하면 무슨 일이든지 다 그렇죠. 아무 일도 할 수가 없죠.”

“혜선이 말이 옳아. 하나도 틀린 말이 아니야. 그러나 혜선이는 그런 경우를 당해보지 않아서 그런 경우를 당해본 사람의 심정을 이해 못 해. 그런 경우를 당해본 사람이면 내 말을 이해할 거야. 부모를 잃고 남의 손에 자란다는 것은 정말 뼈에 사무치는 일이야. 그것보다 더한 비극은 없어.”

주 선생은 담배를 깊게 빨아들였다가 푸— 하고 내뿜었다. 꽤 심각한 표정이었다.

나도 가슴이 조금 뜨끔했다. 주 선생의 그런 심정을 충분히 이해할 수가 있을 것 같아 더 뭐라고 말이 나오지가 않았다. 어릴 때 아버지와 사별하고, 어머니를 생이별한 주 선생의 마음의 상처가 얼마나 깊었으면 결국 무자녀주의를 진짜로 실천하게 되었을까 싶으니 약간 코허리가 찡하기도 했다. 주 선생의 어린 시절과 똑같은 처지는 아니지만 나 역시 어머니를 사별하고, 새엄마 밑에 놓이게 된 처지여서 일맥상통하는 슬픔 같은 것이 가슴 밑바닥을 찌르르 흐르기도 했다.

주 선생은 꽁초가 된 담배를 재떨이에 비벼 끄고는 담배를 기내 연거푸 또 불을 붙이는 것이었다.

나는 공연히 쓸데없는 말을 꺼내어 주 선생의 아픈 데를 건드린 것 같아 조금 미안한 생각이 들기도 했다.

새 담배를 쭉쭉 빨던 주 선생은 기분을 돌이키듯이,

“자, 그럼 또 시작해 볼까.”

하고 히죽 웃었다. 그러나 그 웃음은 어쩐지 알맹이가 빠진 공허한 웃음인 것만 같았다.

"예, 시작해요."

나도 애써 맑은 얼굴을 지었다. 그리고 처음 앉았던 그 자세로 돌아갔다.

사그락 사그락……. 캔버스 위에 연필 움직이는 소리가 들릴 뿐, 방 안은 조용하기만 했다. 나는 가만히 한곳에 시선을 못 박고 앉아서 속으로 고개를 끄덕거렸다. 이제 주 선생의 가정 내막을 환히 짐작할 수가 있는 것이었다.

무자녀주의— 정말 뜻밖이었다. 독신주의라는 말은 많이 들었지만, 무자녀주의라는 말은 난생처음 듣는 말이었다. 그리고 무척 재미있는 말이기도 했다. 그 무자녀주의라는 말 한마디로 주 선생의 가정 내막이 다 밝혀진 셈이었다.

주 선생은 기혼임에 틀림없었다. 그리고 사모님과의 사이에 어린 애가 없는 것은 말할 것도 없고, 그 때문에 아마 부부 사이가 원만하지 않은 모양이었다. 원만하지 않은 정도가 아니라, 아주 심각한 상태까지 간 듯했다. 그래서 어쩌면 사모님이 보따리를 싸 가지고 친정에라도 갔는지 모를 일이었다. 그런 상태가 아니면 왜 사모님 이야기가 나오면 못 들은 체 말머리를 돌려버리겠는가 말이다.

아무튼 문제는 주 선생의 그 무자녀주의에 있는 게 틀림없었다. 말하자면 주 선생은 장차 혹시 있을지도 모를 비극을 아예 없애버리기 위해 택한 무자녀주의 때문에 오히려 미리부터 비극에 빠져 있는 꼴이었다. 틀림없이 내 짐작이 맞을 것 같았다.

나는 '선생님, 그렇죠? 맞죠?' 하고 털어놓고 물어보고 싶었으나, 그럴 수는 없었다. 속으로는 그런 놀놀한 생각을 굴리고 있으면서도, 나는 겉으로는 아무 일도 없는 체 그저 얌전한 표정으로 정물처럼 앉아 있었다.

2

그렇게 해서 일요일은 나에게 가장 즐거움을 주는 날이 되었다. 일주일이 마치 일요일을 위해서 존재하는 것처럼 생각되기도 했다. 말하자면 월요일부터 토요일까지는 일요일을 기다리는 기간인 셈이었다.

우울하기만 하던 집안도 그런대로 견딜 만하게 되었고, 학교생활에 있어서도 현저히 의욕을 되찾아 갔다. 때로는 새엄마에게 '엄마, 엄마' 하고 웃는 얼굴로 필요 이상 접근하기도 했고, 학교에서도 공연히 기분이 좋아서 친구들보다 오히려 더 큰 소리로 떠들고 웃기도 했다.

그런 나의 변화에 대해 기뻐하면서도 한편 어딘지 모르게 수상한 구석이 있다는 듯이 미애는,

"너 나한테 감추는 게 있지? 그렇게 중대한 비밀이니?"

하고 묻곤 했다.

그럴 때면 나는,

"애도 참, 비밀은 무슨 비밀……. 비밀이 좀 있었으면 좋겠다야."

시치미를 뚝 떼고 씩 웃어버리곤 했다.

주 선생이 나를 모델로 해서 그림을 그리고 있는 사실은 그처럼 비밀이었다. 나는 그것을 친구들에게 절대로 비밀로 하고 싶었다.

애들이 알면 어쩐지 김이 새버릴 것 같았다. 내가 입을 열지 않는 한 알 턱이 없었다. 그러나 아는 사람이 있다면 꼭 한 사람 있었다. 그 집 노파였다.

주 선생네 집 노파는 나를 보면 언제나 좋은 표정을 짓지 않았다. 일요일이면 노상 대하는 터인데도 으레 못마땅한 얼굴로,

"학생 뭐 하러 왔어?"

하고 물었다. 마치 처음 대하는 것처럼 말이다.

나는 그 물음이 딱 질색이었다. 뭐 이런 할망구가 다 있다. 싶었다. 나를 무슨 행실 나쁜 계집애처럼 보는 듯한 그 시선이 얄밉기만 했다. 그러나 늙은이에게 화를 낼 수도 없는 노릇이어서 나는 얼굴에 싹 철판을 깔고 부드럽게 웃으며,

"할머니 눈이 좀 머신가 보죠? 일요일마다 오는데 못 알아보시는 걸 보니……."

하기도 했고,

"할머니 건망증이 심하신가 봐. 선생님이 일요일마다 그림 그리시잖아요. 저를 모델로……."

하기도 했다. '모델'이라는 말이 무슨 뜻인지 알아듣지 못하겠지만.

어떤 때는 얄미워서,

"아시면서 그러시네."

하고는 일부러 큰 소리로 하하하 웃으며 얼른 안으로 뛰어 들어가기도 했다. 정말 웃기는 노파였다.

대문만 닫혀 있지 않으면 선생님을 부를 필요 없이 그대로 들어가면 되겠는데, 노상 대문이 안으로 걸려 있었다. 그래서 꼭 문을 열어주러 나오는 노파와 마주치는 것이었다. 노파는 아마 문을 열

어 주러 나오는 게 몹시도 귀찮아서 그러는 모양이었다.

어느 날, 노파는 노골적으로 시비를 걸 듯,

"학생, 그럼 언제 끝나나? 언제까지 이렇게 찾아오는 거야? 응?"

이렇게 나오는 것이 아닌가. 마치 무엇을 잘못 먹은 사람처럼 잔뜩 상판을 찌푸려 가지고.

나는 어이가 없었다. 자기가 뭔데 오느냐 가느냐 간섭인가 말이다. 모욕을 당한 것 같아 분해서 얼굴이 온통 화끈화끈했다. '찾아오거나 말거나 당신이 무슨 상관예요?' 말이 곧 목구멍에서 튀어나오려 했으나 꿀컥 삼키고 나는 노파를 똑바로 쏘아보았다. 이제 얼굴에 도저히 철판을 깔 수가 없었다.

"왜 대답이 없지?"

"……."

"언제까지 찾아오는 거냐 말이다."

"내가 어떻게 알아요, 선생님한테 물어보세요."

나는 톡 쏘듯이 내뱉았다.

노파는 말없이 나를 노려보기만 했다.

"선생님이 오라고 해서 오는 거잖아요. 내가 오고 안 오고 맘대로 하나요? 학생이 선생님 시키는 대로 하는 것이지……."

"……."

"나 참 기가 막혀서……."

나는 나도 모르게 노파를 한 번 흘겨주고는 얼른 안으로 걸어 들어갔다.

그러자 나의 꼭뒤에다 대고 노파의 중얼거리는 소리가 들렸다.

"다 큰 기집애가 쯧쯧쯧……. 뭐 학생이 선생님 시키는 대로 해?

흥! 말이사 좋다. 쯧쯧쯧……."

공연히 혼자서 혀를 차고 야단이었다. 참 별 얄궂은 노파도 다 보았다. 마치 나에 대해 샘을 하는 것 같기도 했다. 좌우간 심술이 보통 아닌 노파였다.

주 선생은 언제나 웃는 낯으로 반겼다.

"오, 혜선이 왔나? 올 때가 돼서 기다리고 있는 참이지."

그날도 주 선생은 이렇게 말하며 빙그레 미소를 지었다.

그러나 나는 노파 때문에 팍 구겨진 기분이 얼른 펴지지가 않았다.

나의 기색을 보더니 주 선생은 대뜸 말했다.

"아니, 오늘은 어쩐지 혜선이 기분이 좋지 않은 것 같은데…….
무슨 기분 나쁜 일이라도 있었나?"

"……."

나는 억지로 얼굴에 조금 웃음을 지었을 뿐 대답을 하지 않았다.

"응? 왜?"

"……."

"무슨 일이 있었는데?"

그제야 나는 마지못해,

"선생님, 그림 언제 끝나세요?"

이렇게 반문했다.

그러자 주 선생은 약간 표정이 굳어지며,

"왜? 빨리 끝났으면 좋겠나?"

하고 물었다.

"아니요."

나는 얼른 대답했다. 결코 그런 뜻이 아닌 것이다.

“그럼 왜?”

“······.”

“이상한데······. 빨리 끝나기를 바라지 않으면서 언제 끝나느냐
고 묻다니······. 집에서 무슨 말을 들은 모양이로구나.”

“아니에요.”

“그럼?”

이쯤 되자 나는 하는 수 없이 입을 열었다.

“저······. 선생님 댁 할멈이 싫어해서 그래요.”

“뭐? 헛헛헛허······.”

주 선생은 재미있다는 듯이 그만 너털웃음을 터뜨렸다. 한바탕
웃고 나서 말했다.

“할머니가 싫어해? 왜 싫어해. 혜선이가 오는데······.”

“정말이에요.”

“뭐라고 그래?”

“올 때마다 싫어하는 기색이더니, 오늘은 글쎄, 그림이 언제 끝나
느냐고, 언제까지 이렇게 찾아오느냐고 노골적으로 짜증을 내잖아
요. 기분 나빠 죽겠어요. 참 이상한 할멈이에요.”

“그래? 그럼 안 되지. 내가 말을 하지.”

그제야 나는 좀 기분이 풀리는 듯했고, 또 어쩐지 약간 미안한
것 같은 생각도 들어서,

“선생님, 부엌 할멈이죠?”

하고 부드럽게 물었다.

“아니야. 처가로 아주머니뻘 되는 분이야.”

“어머, 그래요?”

그 말에 나는 약간 당황했다. 그렇다면 할멈이니 부엌이라고 해서는 실례가 되는 것이 아닌가. 그리고 한편 귀가 번쩍하기도 했다. 주 선생의 입에서 처음으로 처가라는 처(妻) 자가 붙은 말이 내비친 것이 아닌가 말이다.

그러면 그렇지, 내 짐작이 맞았지 싶으며 나는 속으로 킥 웃었다. 그러나 왠지 썩 기분이 좋은 것은 아니었다.

주 선생은 묻지도 않는 말을 지껄였다.

"보통 할머니가 아니지. 존경할 만한 분이야."

"……?"

"열여섯에 시집을 가서 스물하나에 혼자 몸이 됐다는 거야. 그런데 그 후 개가를 안 하고 쭉 혼자 살아오는 할머니야."

"자식도 없고요?"

"아들이 하나 있었는데, 열몇 살 때 몹쓸 병에 걸려 죽었다는 거야."

"어머—"

"그러니까 한평생 깨끗하게 수절을 한 할머니지. 한 많은 할머니야. 보통 일이 아니잖아? 어떤 사람은 멀쩡한 아들을 버리고……."

주 선생은 그 다음 말을 흐려 버렸다.

그러나 나는 그게 누구를 두고 하는 말인지 대뜸 알 수가 있었다. 나는 주 선생의 표정을 힐끗 살폈다.

주 선생은 혼자 중얼거리듯이 말했다.

"존경할 만한 할머니지만, 불쌍하다면 한없이 불쌍한 할머니지. 그래서 내가 모시고 있는 거야. 모신다기보다 할머니가 나를 뒷바라지해 주고 있는 셈이지만……."

나는 뭐라고 말이 나오지가 않았다. 그래서 할머니를 모시고 있다는 주 선생의 그 심정이 이해가 가고도 남았다. 어쩐지 가슴이 아픈 느낌이었다.

그리고 그 할머니가 왜 그렇게 심술이 궂은지 그 까닭도 알 수가 있는 듯했다. 나에 대해서 샘을 하는 듯한, 그 어딘지 모르게 비뚤어진 심사가 다 혼자 몸으로 한평생을 살아온 슬픈 결과이거니 싶으니 불현듯 안됐다는 생각이 뭉클하게 들기도 했다.

"아, 그런 할머니군요."

나는 나지막한 소리로 말했다.

"내가 할머니한테 잘 얘길 할 테니까 염려 말고……. 자, 그럼 시작해 볼까."

주 선생이 이젤 앞으로 가자, 나도 자리에서 일어나 의자에 가서 앉았다.

나는 가만히 포오즈를 취하고 앉아서 그 할머니에 대해 생각해 보았다. 자식도 하나 없는데 그렇게 한 평생을 혼자 사는 것이 과연 존경할 만한 일인지, 나로서는 잘 납득이 가질 않았다. 남자는 상처를 하면 으레 재혼을 하는데, 여자 쪽만 재혼을 안 하고 혼자 사는 게 미덕이라니 그런 불공평한 일이 어디 있는가 말이다. '수절'이라는 말도 어쩐지 마음에 들지가 않는, 저항을 느끼게 하는 말이었다. 그것은 지나간 낡은 세상의 유물로서 여자들에게만 씌워진 허울 좋은 올가미처럼 생각되기도 했다.

그러나 어쨌든 주 선생 말마따나 멀쩡한 자기 아들이 있는데도 그 어린 아들을 버리고 재혼을 한 주 선생 어머니 같은 여자보다는 틀림없이 훌륭한 것 같았다.

좌우간 나는 그 할머니를 잘 사귀어야겠다고 생각했다. 그래서 주 선생의 가정 내막도 알아봐야겠다고 생각했다. 주 선생의 처가로 친척 되는 분이라 하니, 모든 내막을 잘 알고 있을 게 아닌가 말이다.

3

그다음 일요일에 찾아갔을 때는 노파의 태도가 달랐다. 주 선생이 그러지 말라고 잘 말을 한 모양이었다.

전보다 눈에 띄게 부드러운 태도이긴 했으나, 역시 속으로부터 나를 반기는 표정은 아니었다. 히죽히죽 자꾸 웃는 것이 어딘지 모르게 아직도 나를 비웃고 있는 듯해서 도무지 정이 가질 않았다. 잘 사귀어야겠다고 생각하면서도 그저 입에 바른 소리로,

"할머니, 날씨가 추워졌네요."

하고 말하자,

"글쎄."

하면서 노파는 곧장 내 위아래를 힐끗힐끗 훑었다.

아마 내가 외투를 입어서 그러는 모양이었다. 날씨가 추워져서 그날 나는 처음으로 외투를 꺼내 입었다.

사람을 힐끗힐끗 훑는 그 시선이 싫어서 나는 더 뭐라고 말을 붙이지 않고 후딱 안으로 들어가 버렸다.

그 뒤로도 노파와는 잘 사귀어지지가 않았다. 이제 기분 나쁘게 나오는 것은 아니니 신경 쓰일 게 없었고, 또 사귀는 게 뭐 급한 일

도 아니고 해서 나는 별로 애를 쓰질 않았다.

12월도 중순으로 접어든 어느 일요일, 첫눈이 내리고 있었다.

나는 온통 눈을 맞으며 주 선생 집을 찾아갔다. 첫눈이 바로 함박눈이어서 나는 눈에 하얗게 젖어 있었다. 그저 어린애처럼 즐겁고 좋기만 했다.

"선생님, 선생님."

대문 앞에서 선생님을 부르는 소리도 여느 때보다 한결 크고 명랑했다.

"선생님—"

그리고 나는 눈이 와요, 눈— 하고 외치고 싶을 지경이었다. 그만큼 첫눈은 나를 들뜨게 했고, 가슴 부풀게 했다. 공연히 오늘은 무슨 즐거운 일이 있을 것만 같은 그런 기분이기도 했다.

"오— 혜선이 오나?"

여느 때와는 달리 그날은 노파가 대문을 열어 주러 나오는 게 아니라, 주 선생이 직접 나왔다.

"선생님, 눈 오는 거 보세요."

대문이 열리자 나는 대뜸 말했다.

"글쎄 말이야. 첫눈이 굉장하군."

주 선생도 기분이 몹시 좋은 듯 곧장 싱글벙글했다.

마당을 걸어 들어가며 나는 물었다.

"할머닌 뭐 하세요? 오늘은 선생님이 직접 나오셔서 문을 열어 주시게."

"어디 가시고 안 계셔."

"어디 가셨는데요?"

"친정 쪽에 누가 결혼을 한다고 가보러 갔어. 어제. 내일이나 모레쯤 오실 거야."

"그럼 선생님 식사는 어떻게 하세요?"

"내가 해 먹지 뭐. 자취 생활이지."

"어머, 선생님 밥 지을 줄 아세요?"

"알지. 서툴기는 하지만."

주 선생은 나를 보고 히죽 웃고는,

"오늘 저녁엔 혜선이가 밥 좀 해줄래?"

하였다.

"예, 해드리죠."

나는 얼른 대답하고는 킥 웃었다.

"야, 기분 좋은데……. 오늘 저녁엔 아주 맛있는 밥 먹게 됐군."

주 선생의 빙그레 웃는 시선이 와 닿자 나는 얼굴이 화끈 붉어졌다.

토방으로 올라선 나는 장갑을 벗었다. 빨간 털실 장갑이었다.

그러자 주 선생은,

"그 장갑 곱군."

하면서 손을 내밀었다. 어디 좀 보자는 것이었다.

내가 멋쩍어서 살짝 뒤로 감추자,

"괜찮아, 어디 좀……."

기어이 그것을 받아 들더니,

"혜선이가 짠 거야?"

물었다.

"예."

"잘 짰는데……."

그리고 그것으로 내 몸에 묻은 눈을 톡톡 털기 시작하는 것이 아닌가.

"어머, 제가 털게요."

"아니야, 돌아서 봐. 내가 잘 털어줄 테니……."

나는 킥 웃으며 가만히 돌아섰다.

톡톡 톡톡……. 장갑이 어깨랑 등에 가볍게 와 닿는데도 묘하게 온몸이 자릿자릿한 듯 나는 공연히 얼굴을 붉히며 속으로 킥킥 웃었다.

잠시 후, 외투를 벗고 방으로 들어가 눈에 띈 것은 난로였다. 조그마한 연탄난로가 방 한쪽 창가에 놓여 있었다. 난로 위에는 주전자가 얹혀 있고, 주전자의 주둥이에서 김이 모락모락 피어오르고 있었다. 그리고 걸상이 두 개 난롯가에 놓여 있었다. 새 것이었다. 일부러 새로 두 개를 산 모양이었다.

"선생님, 난로를 놓았군요."

"응, 혜선이가 오면은 추울까 싶어서……."

주 선생은 웃었다.

나는 여느 날보다 묘하게 기분이 설레는 듯 좋기만 했다. 우선 탐스럽게 내리는 첫눈이 기분을 설레게 했고, 그 심술궂은 노파가 집에 없는 것이 기분 좋았으며, 또 여느 때보다 눈에 띄게 사근사근 정답게 나오는 주 선생의 태도가 야릇하게 기분 좋을 수밖에 없었다.

"자, 손 시린데, 불 쬐."

그러면서 주 선생은 난로 가에 놓인 걸상에 가서 앉았다.

나도 걸상에 가서 앉아 두 손을 가지런히 펴서 난로 가까이 가져갔다.

주 선생은 김이 오르는 주전자를 탁자 위에 내려놓고, 창에 반쯤 가려진 커튼을 활짝 걷어붙였다.

유리창 가득히 함박눈이었다. 마치 바깥의 함박눈이 방 안으로 쏟아져 들어오는 것 같은 느낌이었다.

"눈 굉장하군."

"정말 첫눈이 이렇게 많이 내리다니……. 금년 겨울엔 눈이 많으려나 보죠?"

"그럴 모양인데……. 겨울엔 눈이 많이 와야 돼. 그래야 겨울 맛이 나지."

"정말이에요. 눈에 싸인 겨울은 정말 겨울 같고, 기분이 좋아요. 저는 눈이 오면 어쩐지 동화 속의 세상 같은 느낌이 들어요."

"그렇지. 어릴 적 생각이 나고……."

"눈 없는 겨울은 메말라서 싫어요. 앙상한 나뭇가지가 겨울바람에 시달리는 것을 보면 안타깝기까지 해요. 선생님, 안 그래요?"

"그렇고말고."

주 선생은 자리에서 일어나 밖으로 나가더니 잠시 후, 나무 합*(나무로 만든 그릇)에다가 밤을 담아 가지고 들어왔다.

"밤을 구워 먹자구, 난로에."

주 선생은 나무 합을 탁자 위에 놓았다.

"어머, 밤도 크기도 해라."

보통 밤보다 조금 클까 말까 한 것이었으나, 나는 약간 호들갑을 떨며 얼른 한 개를 집어 난로 위에 놓았다.

그러자 주 선생은 싱글 웃으며,

“밤을 그냥 구우면 어떻게 되는지 알아?”

하면서 얼른 그것을 도로 집어냈다.

“왜요? 그냥 구우면 어떤데요?”

“혜선이 아직 밤 구어 먹어보지 않았군. 밤은 말이야, 껍질을 약간 벗겨서 구워야 되는 거야. 그렇지 않으면 쾅! 하고 폭발한단 말이야. 알겠어?”

“호호호…… . 밤이 무슨 폭탄인 모양이죠? 폭발하게…… .”

“그렇지, 폭탄은 폭탄이로되 식물성 폭탄이지. 허허허…… .”

“식물성 폭탄? 그 말 멋있네요. 호호호…… .”

주 선생과 나는 마주 보며 웃었다.

“선생님, 그럼 동물성 폭탄은 뭐예요?”

내가 물었다.

“글쎄 뭘까? 허허허…… . 동물성 폭탄이라…… .”

“…… .”

“그런 것도 있을까?”

“있죠.”

나는 얼른 머리에 떠오르는 것이 있었던 것이다.

“뭔데?”

“그것도 모르세요?”

“어디 혜선이가 말해봐. 난 뭔지 생각이 나지 않는데…… .”

“호호호…… .”

나는 조금 수줍게 웃었다. 동물성 폭탄— 그것이 무엇인지 말하려니까 어쩐지 얼굴이 화끈해지는 느낌이었다.

“뭔데 어서 말해봐. 동물성 폭탄이라…… . 뭘까?”

주 선생은 나이프로 밤 껍질을 조금씩 도려내고는 난로 위에 얹
곤 했다. 정말로 동물성 폭탄 그게 뭔지 짐작이 가지 않는 모양이
었다.

나는 재미있다 싶으면 또 킥! 웃었다. 그리고 그만 내뱉듯이 달
했다.

"사랑하는 남녀지 뭐예요."

"뭐? 사랑하는 남녀?"

주 선생의 눈이 휘둥그레졌다. 정말 뜻밖이었던 모양이다. 그런
말이 나의 입에서 나올 줄이야……. 놀랐다는 듯이 주 선생은 휘둥
그레진 눈에 야릇한 웃음을 담았다. 어쩐지 얼굴까지 약간 상기되
는 듯했다.

나는 얼른 고개를 숙여 버렸다. 정말 내가 너무 대담했다 싶었다.
부끄럽고 멋쩍은 생각이 왈칵 들며 목덜미께까지 화끈했다.

"흐흐흐흐……."

주 선생은 묘한 목소리로 웃었다. 그리고 약간 장난기가 섞인 그
런 목소리로 말했다.

"사랑하는 남녀가 동물성 폭탄이라……. 그럴듯한데……. 흐흐
흐……."

"……."

"사랑해도 보통 사랑해서는 폭발을 안 하지. 아주 기가 막히게,
로미오와 줄리엣처럼 사랑해야 폭발을 할 수가 있지. 흐흐흐…….
안 그래? 혜선이."

나는 또 킥! 웃으며 발그레 물든 얼굴을 살짝 들었다. 주 선생은
묘한 웃음이 담긴 번들거리는 눈으로 나를 바라보고 있었다. 나는

마치 그 야릇한 시선에 사로잡히는 듯한 느낌이었다.

주 선생의 그런 시선을 대하기는 처음이었다. 그것은 선생이 제자에게 보내는 시선이 아니라. 분명히 한 남자가 한 여자에게 던지는 시선이었다. 한 남자가 한 여자를 뜨겁게 사로잡으려 할 때의 그 야릇한 눈빛이었다. 약간 열기를 머금은 듯, 이상스레 번들거리는 그 시선 앞에 나는 온몸이 후끈해지는 것 같았다. 그러면서도 가볍게 떨렸다.

"혜선이."

주 선생이 조금 열에 뜬 듯한 저음으로 불렀다. 조금 전의 말소리와는 현저히 그 음조가 달랐다. 이번에는 선생이 혜선이라는 학생을 부른다기보다도 주상운이라는 남자가 혜선이라는 처녀를 부르는 목소리였다.

"예?"

나는 살짝 외면을 하며 다소곳이 대답했다. 어쩐지 숨을 쉴 수 없을 지경이었다.

잠시 침묵이 흘렀다. 야릇하게 긴장이 된 듯한 그런 분위기였다.

그때, 툭! 투닥! 하고 난로 위의 밤이 두어 개 튀어 올랐다.

"어머야!"

나는 깜짝 놀랐다. 주 선생도,

"아이고!"

하면서 반사적으로 상체를 뒤로 젖히고 있었다.

"아이고 깜짝이야. 껍질을 조금 도려냈는데도 튀네요."

"글쎄, 그러나 폭발은 아니지. 껍질을 안 도려내고 그냥 구우면 평! 하고 진짜 폭발한단 말이야. 알겠어? 사랑하는 남녀들처럼 말이야.”

“호호호……．”

“허허허……．”

그만 분위기는 확 풀어지고 말았다. 숨 막힐 듯 야릇하게 팽팽하던 공기가 밤 튀는 소리에 그만 흐늘흐늘해지고 만 셈이었다.

분위기란 참 묘한 것이었다. 한 번 풀어져 버리면 좀처럼 다시 돌이켜지지가 않았다. 그렇게 마음대로 되는 게 아닌 모양이었다.

나는 어쩐지 몹시 허전한 느낌이었고, 좀 전의 그 야릇한 분위기가 아쉽기만 했다.

난로에 구운 밤을 먹고 나서 나는 치마저고리로 갈아입고 모델 의자에 가서 앉았다. 물론 내가 옷을 갈아입는 동안 주 선생은 자리를 비켰다.

주 선생이 붓을 들고 캔버스 앞에 앉자, 나는 무심히 물었다.

“선생님, 그림 언제 끝나는 거예요?”

“왜? 빨리 끝났으면 좋겠어?”

“아니요.”

“그럼?”

“그저 물어보는 거예요. 그림 한 장 그리는데 그렇게 오래 걸리는가 싶어서요.”

“이번 이 그림은 내가 특별히 정성을 들여서 그리기 때문에 그래. 어쩌면 이게 나의 대표작이 될지도 몰라.”

“어머, 그래요? 호호호.”

나는 웃었다. 그러나 나의 웃음은 그저 단순한 웃음이 아니었다. 속으로 나는 다 알고 있지 하는 식의 웃음이었다. 내가 보기에는 주 선생이 아무래도 일부러 그림을 오래 끌고 있는 것 같았다. 대표작을 만들어 보려고 정성을 다하고 있는지는 모르지만 그런 목적 외에 은근히 딴마음도 없는 게 아니었다. 나와 단둘이서의 이 분위기를 즐기고 있는 게 분명했다.

그런 깊은 속마음을 내가 다 들여다보고 있는데, 시치미를 뚝 떼고 점잖게 특별히 정성을 들여서 그리기 때문에 그렇다니, 재미있지 않을 수 없었다. 남자들의 점잖은 가면을 보는 듯한 느낌이었다.

물론 나도 주 선생의 그런 속마음이 싫을 턱이 없었다. 오히려 바라는 바였다.

내가 속으로 그런 생각을 하고 있는 줄도 모르고 주 선생은 점잖은 얼굴로 계속 말했다.

"그림은 오래 그릴수록 좋은 게 되는 법이야. 속성으로 걸작이 되는 법은 없어. 세잔느 같은 화가는 풍경화 하나를 가지고 일 년을 그린 일도 있다는 거야. 정원의 풍경을 봄에 그리기 시작했는데, 나중에 보니 겨울 풍경이 되어 있더라지 뭐야."

"어머, 멋있네요."

"재미있는 에피소드지. 봄 풍경이 여름 풍경으로 변했다가 가을 풍경으로, 그리고 어느덧 겨울 풍경이 되어 눈이 내리는 그림이 되었다는 거지. 그쯤 돼야 세계 명화를 낳을 수 있는 거야."

"그럼 선생님도 그렇게 해 보세요."

"그럴까. 가을에 시작했으니까 명년 여름쯤 끝낼까, 허허허……."

주 선생은 몹시 기분이 좋은 모양이었다.

"그러세요."

"혜선이만 좋다면……."

"저는 상관없어요. 선생님의 대표작을 위해서. 호호호……."

나도 꽤나 엉큼한 계집이었다.

나의 엉큼한 속마음을 주 선생이 환히 들여다보며 속으로 웃고 있는지도 몰랐다. 그러니까 서로 상대방의 속마음을 뻔히 알고 있으면서도 짐짓 겉으로는 시치미를 뚝 떼고 엉뚱한 표정을 짓고 있는 셈이었다. 재미있었다.

4

그날 저녁, 나는 주 선생과 단둘이 저녁밥을 먹었다. 내가 저녁밥을 지었던 것이다.

여느 때 같으면 해질 무렵이 되면 집으로 돌아갔을 터인데, 그날은 노파가 없어서 주 선생이 자취를 한다기에,

"선생님, 정말 제가 저녁을 지어 드릴까요?"
했더니,

"물론이지, 아까 그렇게 약속했잖아."

주 선생은 오히려 당연한 듯이 말했다. 약속까지 한 일은 없는데 말이다.

남의 집 부엌에서 딸그락거리는 것도 쑥스러웠고, 노상 대하는 주 선생이지만, 단둘이 밥상을 가운데 놓고 마주 앉아 식사를 하는 것도 어색하고 부끄러웠다. 마치 무슨 신혼부부라도 된 듯한 느낌이었다. 밥이 어디로 들어가는지, 반찬이 맛이 있는지 없는지도 잘

몰랐다.

밥상을 차려 주고 집으로 돌아가려 했었다. 그러나 주 선생은 안 된다는 것이었다. 밥만 해주고 그냥 가는 법이 어디 있느냐고, 그러면 미안해서 안 된다고 한사코 먹고 가라는 것이었다. 나는 미안할 것 없으니 집에 가서 먹겠다고 했다. 그러자 주 선생은 그만 나의 손목을 덥석 잡아서 상 앞에 끌어다 앉히고 말았다. 그래서 도리 없이 마주 앉았던 것이다.

주 선생 역시 처음에는 좀 멋쩍은 듯하더니 곧,

"밥 짓는 솜씨가 보통 넘는데……. 국도 맛이 있고……."

혹은,

"매일 저녁 혜선이가 밥을 해 주면 얼마나 좋을까. 그러나 그건 너무 과분한 욕심일 것이고……. 일요일 저녁에만이라도……."

이런 소리를 싱겁게 중얼거리며 헤벌레 웃곤 했다.

아무튼 어색하고 부끄러우면서도 묘하게 기분이 좋았다.

저녁을 먹고 나서 주 선생은 트럼프를 꺼냈다.

물론 바깥은 이미 깜깜해져 있었고, 방 안의 전등불은 한층 더 밝아지고 있었다. 나는 집에 돌아가야 된다는 생각이 문득 들었다. 그러나 그것은 머리에 가볍게 떠오른 생각일 뿐, 실상은 조금도 집에 돌아가고 싶지가 않았다. 마음대로 되는 일이라면 이대로 주 선생과 트럼프놀이를 하며 놀다가 자고 가고 싶었다. 자고 간다기보다 밤새도록 놀다가 가고 싶었다. 그게 솔직한 심정이었다.

트럼프놀이는 네댓 사람이 둘러앉아 해야 재미가 있지, 단둘이서는 별로 흥이 나질 않는 법이다. 그러나 주 선생과 단둘이 놀이를 해도 묘하게 재미가 있기만 했다. 트럼프놀이 그 자체가 재미있다기보다도 아랫목에 노상 깔아놓은 이부자리를 걷어붙이고 단둘이 마주 앉아 놀이를 하는 그 야릇한 분위기가 좋기만 한 것이었다.

주 선생은 한 번 웃어도 될 것을 두 번 웃었고 살살 쳐도 될 것을 공연히 농담을 섞어가며 힘을 주어 카드를 쳐댔다.

나 역시 곧잘 호들갑스럽게 웃음이 나왔고, 혹시나 질까 봐 필요 이상으로 안달을 했다.

처음 두어 번은 그냥 치다가,

"그냥 치니 재미가 없군. 우리 심패 때리기*(내기에서 이긴 사람이 진 사람의 손목 안쪽을 두 손가락으로 때리는 것) 할까?"

주 선생이 제의했다.

"좋아요. 해요."

"정신 바짝 차려야 돼. 내 손때가 얼마나 매운 줄 알아?"

"호호호⋯⋯. 누가 질까 봐요. 선생님이나 정신 바짝 차리세요. 제 손때 보통 아니에요."

"좋아, 어디 해보자구."

트럼프놀이는 더욱 열을 띠었다. 이제부터는 이긴 사람이 진 사람의 손목을 한 대 때리는 판이니 그럴 수밖에.

나는 기어이 이겨서 주 선생의 손목을 보기 좋게 한 대 갈겨야겠다고 생각하며 아등바등 덤볐다. 그러나 그게 마음대로 되는 게 아니었다. 나는 지고 말았다.

"어머, 어쩌나—"

"자, 어서 손목을 내라구. 어서!"

주 선생은 기분이 매우 좋은 듯 싱글벙글하면서 곧장 오른손의 인지와 중지 두 손가락 끝에 입김을 묻혀댔다.

“아이고 어마—”

나는 이 일을 어쩌나 싶었다. 그러나 묘하게 긴장이 되면서 재미가 있고 좋기만 했다.

내가 손목을 내밀자, 주 선생은 덥석 내 손을 거머쥐었다. 그리고 소매 끝을 밀어 올렸다.

“어머나, 어머나—”

나는 엄살을 떨었다. 그러나 기분이 야릇하게 좋기만 했다. 주 선생의 손아귀에 든 한쪽 손이 얄궂게 화끈거렸다.

“선생님, 살짝 때려요. 아이고—”

그러나 소용이 없었다. 주 선생은 사정없이 내리쳤다.

“아야!”

손목에 불이 번쩍하는 느낌이었다. 눈에서 눈물이 찔끔 나오려 했다. 그러나 나는 애써 웃으며,

“좋아요, 어서 해요. 어디 보자구요.”

단단히 이를 악물었다. 이번에는 어떠한 일이 있어도 이겨서 보복을 해야겠는 것이다.

트럼프놀이는 다시 열을 띠었다. 그러나 이를 악문다고 해서 되는 게 아니었다. 이번에도 내가 지고 말았다.

“어머나, 아이고 어쩌나— 아이고—”

나는 분하고 안타까웠다. 이번에도 지다니……. 그리고 조금 겁이 나기도 했다. 손때가 매워도 더럽게 매우니 그럴 수밖에.

“자, 어서 내. 어서.”

주 선생은 재미가 매우 좋다는 듯이 두 손가락 끝을 입술로 가져가며 빙글빙글 웃었다.

이번에는 아까보다는 좀 사정을 두고 때리는 듯했다. 그러나 역시 손목이 얼얼할 지경이었다. 그런데 참 이상한 것은 그처럼 손목이 얼얼하도록 맞으면서도 결코 싫지가 않았다. 화끈화끈한 아픔이라고나 할까. 싫기는 고사하고 오히려 묘하게 기분이 짜릿하기만 했다.

"자, 어서 해요. 어서……. 이번에는 어디 보자구요."

기어이 이겨서 보기 좋게 설욕을 하고야 말겠다고 나는 단단히 도사렸다.

마침내 내가 이겼다.

"야! 신난다. 어서 내요. 어서요."

나는 좋아서 어쩔 줄을 몰랐다.

주 선생은 히죽이 웃으면서,

"자, 때려봐."

하고 불끈 주먹을 쥔 팔뚝을 내밀었다. 까짓것 만만하기만 하다는 듯이.

심줄이 내돋은 주 선생의 팔뚝은 마치 장작개비 같았고, 주먹은 꼭 돌뭉치 같았다.

그 돌뭉치 같은 주먹을 나는 살그머니 잡았다. 마치 무슨 딴딴하면서도 징그러운 물건인 듯했다.

나는 킥! 한 번 웃었다. 그리고 힘껏 때렸다. 찰싹! 제법 야무진 소리가 났다.

그러나 주 선생은 아무렇지도 않은 듯 싱그레 웃으면서 말했다.

"약간 따끔하군. 오히려 기분이 좋은데……. 허허허……. 또 하자구."

“물론이죠.”

이번에는 내가 카드를 쳤다. 이긴 사람이 카드를 쳐서 나누는 것이다.

이렇게 이기기도 하고 지기도 하면서 야릇하게 들뜬 기분으로 화끈화끈한 아픔을 즐겨 나가다였다. 주 선생이 져서 내가 때릴 차례였다.

그런데 주 선생은 신사적으로 순순히 맞는 것이 아니라, 장난기가 동한 듯 이번에는 내가 냅다 내리치는 순간 그만 팔뚝을 살짝 옆으로 돌려 버렸다.

“아야앗!”

때린 내가 오히려 아파서 절로 비명이 나왔다.

팔뚝을 살짝 옆으로 돌리는 바람에 팔목의 불거진 뼈를 냅다 때렸던 것이다.

“으흠—”

주 선생은 재미가 고소하다는 듯이 싱글벙글했다.

그냥 가만히 있을 내가 아니었다.

“안 돼요. 안 돼요. 다시요. 다시요.”

“어허— 어허—”

“반칙이에요, 반칙. 안 돼요. 새로요. 새로요.”

사실 그것은 반칙이었다. 나는 기어이 새로 때려야지 안 된다고 떼를 썼다. 주 선생의 손을 도로 잡으려고 마구 달려들었다. 부끄럼이고 뭐고 그런 것 생각할 겨를도 없었다.

내가 그렇게 떼를 쓰며 덤비는 것이 오히려 기분 좋기만 한듯 주 선생은 곧장 싱글싱글 웃으면서 팔목을 허리 뒤로 감추어 댔다.

뒤로 감추어 대는 그 팔목을 나는 한사코 잡아서 앞으로 끌어
내려고 안달을 했다. 주 선생의 몸에 내 몸이 마구 닿아도, 상관
없었다. 기어이 새로 때리고 싶기도 했지만, 그렇게 주 선생의 몸
에 내 몸을 마구 갖다 대며 떼를 쓰는 게 묘하게 기분 좋기만 한
것이었다.

그럴수록 주 선생은 더욱 재미가 나는 듯 몸을 뒤로 곧장 눕히면
서도 끝내 팔목을 내놓지 않았다.

나는 그만 주 선생의 몸뚱이 위로 덮치듯이 대들었다. 주 선생은
벌렁 뒤로 넘어갔다.

"어머나!"

나는 가볍게 소리를 질렀다. 그러나 어쩔 수 없었다. 벌렁 넘어진
주 선생의 몸뚱이 위로 나도 그만 엎어지고 말았다.

뜻하지 아니한 사태였다. 내가 주 선생을 몸으로 덮쳐 깔고 엎드
려버린 셈이 되었다.

"아이고 선생님."

나는 온 얼굴이 벌겋게 상기되었고, 온몸이 화끈 달아올랐다. 한
번 킥 웃고는 얼른 몸을 일으켰다.

그러자 주 선생도 천천히 상체를 일으켰다. 그런데 천천히 일어
나는 주 선생의 얼굴을 보니 약간 홍조를 띠고 있었고, 두 눈은 야
릇한 빛으로 변해가고 있었다.

그 야릇한 시선 앞에 나는 약간 당황했고, 살짝 얼굴을 떨구었
다. 나는 묘하게 숨이 멎는 듯한 긴장을 느끼면서 다소곳해지고 말
았다.

주 선생은 곧 나에게로 다가왔고, 그리고 가만히 나를 안았다.

"어머!"

나는 가볍게 몸을 떨었다.

나를 안은 주 선생의 가슴이 벌떡벌떡 뛰고 있었다. 그 심장의 고동이 내 몸으로 물결쳐 건너오고 있었다. 나 역시 걷잡을 수 없이 가슴이 뛰었다.

"혜선이."

주 선생이 뜨거우면서도 낮은 목소리로 불렀다.

"예."

나는 들릴 듯 말 듯 대답했다. 마치 꿈을 꾸고 있는 것 같은 느낌이었다.

주 선생의 입술이 다가왔다. 나는 살짝 얼굴을 돌렸다. 그리고 가만히 눈을 감아 버렸다.

곧 주 선생의 입술이 내 입술을 덮었다. 나는 두렵기도 했고, 부끄럽기도 했고, 못 견디게 좋기도 했다. 주 선생의 뜨거운 입술이 마구 내 야들야들한 입술을 짓이겨대는 동안 나는 눈을 감은 채 할딱할딱 숨을 할딱거렸다. 마치 기쁨에 떨고 있는 한 마리 새 같았다.

최초의 입맞춤은 정말 두려우면서도 황홀한 것이었다. 풍선처럼 둥둥 떠오르는 기분이기도 했고, 꿈속으로 자꾸 가라앉는 듯한 느낌이기도 했다.

그런 황홀감에 젖어서 곧 가슴이 터질 것 같던 나는 다음 순간 정신이 바짝 들었다. 주 선생이 나를 슬그머니 눕혔고, 그리고 치마를 벗기기 시작했던 것이다.

"어머나! 안 돼요."

나는 깜짝 놀라 얼른 몸을 틀었다. 거의 반사적인 행동이었다.

"혜선이, 혜선이……."

주 선생은 열에 뜬 목소리로 곧장 불렀다. 그 두 눈은 두렵도록 번들거리고 있었다.

"안 돼요. 싫어요."

"혜선이……."

"싫어요. 싫어요……."

그러나 주 선생은 물러날 생각을 하지 않았다. 기어이 일을 저지르고야 말겠다는 듯이 약간 거칠어지기까지 했다.

나는 이상스럽게 침착해지는 것을 느꼈다. 침착한 어조로,

"선생님, 이러시면 안 돼요. 선생님이 이게 뭐예요, 제자에게……."

이렇게 말했다.

그제야 주 선생은 주춤하더니,

"음—"

무거운 신음소리 같은 것을 내뱉었다. '선생님이 이게 뭐예요. 제자에게……' 이 말이 결정적이었던 모양이다. 괴롭고 멋쩍은 표정으로 주 선생은 나에게서 떨어져 나갔다. 열이 풀린 두 눈은 민망스럽도록 희멀겋게 보였다.

나도 가만히 일어나 주 선생에게 등을 돌리고 앉아서 옷매무새랑 머리를 가만가만 매만졌다. 어쩐지 기분이 개운하지가 않고 무거웠다.

잠시 서먹하고 어색한 침묵이 흘렀다.

나는 조용히 일어나 외투를 입으며,

"선생님, 이제 가야겠어요."

들릴 듯 말 듯 조그마한 목소리로 말했다.

“갈 거야?”

주 선생도 입속으로 말했다.

내가 방문을 열고 나오자, 주 선생도 따라 나왔다. 눈은 그쳐 있었으나, 조금씩 바람이 불고 있었다.

“혼자 갈 수 있겠어? 밤이 꽤 깊었는데. 눈도 이렇게 쌓이고…….”

바깥으로 나오자 이제 주 선생은 어색하고 쑥스러운 기분이 가신 듯 평상시와 별로 다름없는 담담한 어조로 말했다.

“갈 수 있어요.”

“내가 좀 바래다줄까?”

“괜찮아요.”

“저 밑에까지 바래다주지. 큰길까지만…….”

“…….”

“집이 안 비었으면 혜선이 집 근처까지 바래다주면 좋겠는데, 집이 비어 있어서…….”

혼자 중얼거리듯 말하면서 주 선생은 앞장을 서서 대문을 나섰다.

눈이 발목 위까지 푹푹 빠지는 언덕길을 주 선생이 앞서고 내가 뒤따라 조심조심 걸어 내려갔다. 남부성당이 있는 곳까지 올 동안 주 선생도 나도 아무 말이 없었다.

성당의 불빛이 가까워지자, 주 선생은 걸음을 멈추었다.

“자, 그럼 나는 여기서…….”

“예, 선생님, 추우신데 어서 돌아가세요.”

“혼자 갈 수 있겠어?”

“예, 그럼 선생님…….”

나는 주 선생을 향해 두 발을 모으고 납죽 고개를 숙였다.

"조심해서 가요, 혜선이."

주 선생은 은근한 목소리로 말했다.

그때 별안간 성당 안에서 합창하는 소리가 요란하게 터져 나왔다. 나는 깜짝 놀라 나도 모르게 후닥닥 뛰기 시작했다. 마치 부끄러운 장면이 발각되어 얼른 도망을 치려는 것처럼.

골목길에서 큰길로 나서는 대목에서 뒤를 돌아보니 그때까지 주 선생은 그 자리에 서서 이쪽을 바라보고 있었다. 내가 돌아보자 조금 멋쩍은 듯 싱긋 웃고는 그제야 돌아서는 것이었다.

나는 왈칵 부끄러운 생각이 새삼스럽게 들었다. 그래서 얼른 외투 깃을 세우고 목을 움츠렸다. 눈이 하얗게 쌓인 한길을 "차압쌀 떡― 메밀 무욱―"하는 소리가 저만큼 다가오고 있었다.

최초의 뜨거움

1

그런 일이 있은 뒤로 나는 주 선생을 대하기가 어쩐지 쑥스럽고 기분이 묘했다. 속으로는 그저 좋기만 하면서도 공연히 겉으로는 가슴이 덜컥하는 느낌이었다. 마치 옆에서 누가 내 마음속을 들여다보고 있는 듯한 그런 기분이었다.

그래서 나는 학교에서 주 선생을 되도록이면 피했다. 혹시 복도 같은 데서 저만큼 주 선생이 걸어 올 것 같으면 얼른 돌아서서 살짝 어디론지 숨듯 해 버렸다. 미술 시간에도 종전과는 달리 나는 시선이 주 선생과 안 마주치도록 유의를 했다. 그리고 무슨 질문 같은 것이 있어도 나는 알면서도 손을 들지 않았다. 숨어 있듯 그저 다소곳이 앉아 있거나, 말없이 조용조용 그림을 그렸다.

주 선생 역시 전과는 달리 나에 대해 전혀 관심을 두지 않았다.

마치 나를 잊어버리기라도 한 것 같은 태도로 다른 학생들만 상대를 했다. 멀쩡한 얼굴로 그런 주 선생이 속으로 좀 우습기도 했고, 재미있기도 했다.

다시 일요일이 다가오자, 나는 슬그머니 걱정이 되었다. 주 선생 집을 찾아가야 될지, 안 찾아가야 될지, 알 수가 없었다. 물론 찾아가야 옳을 것이다. 선생님의 그림 그리는 모델 노릇을 하면서 안 가면 하루 일을 못 하게 하는 셈이 아닌가 말이다.

그러나 그렇게만 생각할 수가 없었다. 지금까지와는 달리 이제부터는 일요일에 주 선생을 찾아간다는 것은 모델 노릇 외에 은밀하고 부끄러운 즐거움, 즉 밀회를 즐기려는 듯이 되기도 하는 것이다. 오히려 모델 노릇은 둘째고, 밀회 그 자체가 첫째가 될지도 모르는 것이다.

밀회— 그것은 생각만 해도 가슴 두근거려지는 일이었다. 지금까지 혼자서 머릿속에 그려보며 맥없이 가슴을 울렁이고, 공연히 낯을 붉히기도 하던 그 밀회가 이제 직접 눈앞의 현실로 다가든 것이다. 그런데 그 밀회의 상대가 하필이면 학교의 선생님이 될 줄이야……. 생각하면 정말 어처구니가 없기도 했다.

그러나 이미 그런 걸 따지고 있을 계제가 아니었다. 물은 이미 엎질러진 물이었고, 그 속에서 헤어나지 못할 만큼 되어 있었다. 헤어나기는 고사하고 이제 막 발을 들여놓은 셈이라, 첨벙첨벙 자꾸 깊은 곳으로 빠져들어 가고만 싶은 심정이었다.

그렇지만 이번 일요일에 선뜻 찾아갈 용기는 나지 않았다. 어쩌면 이번에는 지난 일요일 밤처럼 그렇게 위기를 잘 모면하지 못할지도 모르는 것이다. 입맞춤에서 끝나는 것이 아니라, 이번에는 기어이 치마가 벗겨져 나가고 말지도 모른다.

치마가 벗겨져 나간 다음…… 생각만 해도 얼굴이 화끈했다. 절로 고개가 가로저어졌다. 그것은 안 될 일이었다. 큰일 날 일이었다. 그리고 겁나는 일이기도 했다. 열여덟 아직 어린 가슴으로는 감당할 수 없는 공포였다.

그러면서도 한편 그 공포가 달콤한 유혹의 손길이 되어 자꾸 내 마음 한구석을 건드리기도 했다. 눈을 찔끔 감고 그 공포 속으로 화끈하게 뛰어들어 보고 싶은 충동이 머리를 쳐들곤 했다.

어떻게 했으면 좋을지……. 찾아가야 될지, 안 찾아가야 될지……. 마음을 정하지 못하고 망설이고 있는 판인데, 토요일 아침 학교에서 만난 미애가 대뜸,

"애, 혜선아. 금년에도 나하고 같이 연극하게 됐다."

이렇게 말했다.

"뭐, 연극?"

"그래, 곧 크리스마스잖니. 금년 크리스마스에도 우리 교회에서 연극을 하는 거야. 작년처럼 말이야. 신나지? 오늘 오후부터 연습이야."

미애는 좋아서 못 견디겠는 듯 곧장 싱글벙글했다.

"작년에 했던 그걸 또 하는 거니?"

"아냐. 금년에는 〈양 떼와 피리 소리〉라는 3막짜리야. 작년에는 2막짜리였잖어."

"그래?"

나는 지난해 크리스마스 때의 즐거웠던 기억이 떠올라 절로 웃음이 나와 버렸다.

나는 신자가 아니었다. 그런데 작년 크리스마스이브에 미애가 다니는 교회에서 연극이 있었는데, 그 연극에 출연을 했던 것이다. 물론 미애 때문이었다.

미애 역시 독실한 신자는 못 되었다. 그저 자기 집이 본래부터 기독교 집안이어서 관습적으로 어릴 때부터 교회에 나가고 있을 따름이었다. 누구에게 하나님을 말하는 법도 없었고, 교회에 나가자고 권유하는 일도 없었다. 간혹 학우들의 입에서 '예수쟁이' 어쩌고 하면서 듣기 거북한 말이 나와도 자기에게는 해당되지 않는 것처럼 덤덤한 표정으로 히죽 웃을 따름이었다.

그러나 크리스마스가 가까워 오면 그게 아니었다. 별안간 믿음이 아주 두터워지기라도 한 것처럼 바짝 열을 올렸다. 그러니까 그리스도의 탄생 그 자체보다도 그것을 축복하는 그날 밤의 여러 가지 행사와 분위기가 가슴을 울렁거리게 하는 모양이었다.

지난해 역시 마찬가지였다. 지난해는 처음으로 자기네 교회에서 소인극을 하게 되어서 그런지 더욱 신바람이 나는 듯했다. 나에게 곧장 그 이야기를 하면서 연습하는 장소에 나를 데려가더니, 결국 나도 한몫 끼게 하고야 마는 것이었다. 나는 신자도 아니고 해서 사양했으나 막무가내였다.

처음에는 몹시 어색했다. 그러나 곧 나는 그 분위기에 어울리게 되었고, 나중에는 아주 재미있기까지 했다. 무대에 두어 번 얼굴을 비치고 잠시 몇 마디 지껄이는 단역에 불과했으나, 처음으로 연극이라는 것을 해보는 터이라 그런지 묘하게 재미가 좋았다.

그러니까 지난해 크리스마스 때는 나 역시 신자이기나 한 것처럼 그들과 함께 들떴던 것이다.

그리고 그 뒤 몇 차례 진짜 신자가 되어 보려고 미애와 함께 교회에 나갔었다. 그러나 기도를 드리고, 찬송가를 부르고 하는 것이 어쩐지 기분에 잘 맞지가 않고, 어색하기만 해서 흐지부지 그만두어 버렸다.

그렇게 몇 번 나가다가 흐지부지 그만두어도 미애는 아무 말이 없었다. 별로 싫은 기색도 하지 않았다. 그런 문제는 자기가 알아서 할 일이라는 태도였다. 슬그머니 속으로 내가 미안할 지경이었다. 아무튼 교회에 다니는 다른 어떤 사람들처럼 극성을 떨지 않아서 좋았다.

그런 미애가 별안간 또 바짝 열을 올려 대뜸,

"애, 혜선아, 금년에도 나하고 같이 연극하게 됐다."

하고 들뜨기 시작한 것이다.

크리스마스가 가까워 온다는 것은 신자가 아닌 사람들에게도 즐거운 일이다. 한 해가 이제 그 장막을 서서히 내리고, 새해가 다가온다는 뜻이기도 해서 공연히 기분이 부풀기 마련인 것이다. 더구나 그 묘하게 재미있는 연극을 올해도 또 하게 된다니 나도 절로 웃음이 나올 수밖에 없었다.

그날 오후부터 연습은 시작되었다.

나는 어쩐지 얌체 같은 느낌이 들었다. 교회에는 다니지 않으면서 연극할 때만 멤버에 끼이다니 말이다.

그러나 미애의 위치가 교회의 학생회에서 만만한 것이 아니어서, 미애와 각별히 친하다는 것을 아는 다른 멤버들이 별로 싫은 기색을 하지 않았다. 나 역시 지난해처럼 쑥스럽지는 않았다.

좀 얌체 같은 생각이 들기는 했으나, 쉽사리 어울려 연습에 열을 올릴 수 있었다.

이튿날 일요일에도 물론 연습이 있었다. 그래서 자연히 주 선생 집에는 안 가는 것으로 되고 말았다. 가고 싶어도 갈 수 없는 사정이 되고 만 것이다.

둘러앉아 대사를 지껄이는 연습을 하면서도 나는 주 선생 집을 방문하는 시간이 되자 공연히 마음이 뒤숭숭했다. 지금쯤 주 선생은 으레 내가 올 것으로 알고 기다리고 있을게 아닌가. 시간이 감에 따라 오늘은 왜 아직도 안 오지, 왜 이렇게 늦지, 하고 조금씩 초조해지다가 나중에는 그만 슬그머니 화가 치밀 게 아닌가 말이다.

아랫목에 죽치고 앉아 혼자 화를 내고 있는 주 선생의 모습이 보이는 듯해서 나는 도무지 연습에 열중이 되지가 않았다. 불안하고 약간 걱정이 되기도 했다. 선생님과의 약속을 아무 말 없이 어긴 셈이 되니 말이다.

그래서 한 번은 대사를 잘못 읽어 얼굴이 붉어졌고 한 번은 내 차례가 된 것을 깜박 모르고 있다가 일동을 웃기기도 했다.

미애는 좀 가만히 있었으면 좋겠는데,

"너 무슨 딴 생각하고 있는 것 같다. 맞어. 오늘 일요일이지. 하하하……."

하고 남들보다 더 재미있어했다.

미애의 그 말에 나는 얼굴이 화끈했다. 그냥 화끈하기만 한 것이 아니라, 가슴이 뜨끔하기까지 했다. 어쩌면 미애가 주 선생 집에 일요일마다 내가 찾아가는 사실을 알고 있는지도 모른다 싶었던 것이다. 그저 농담 삼아 한 말을 도둑이 제 발이 저리다고, 내가 지레짐작을 하는 것인지……. 좌우간 나는 미애의 눈치를 살짝살짝 훔

쳐보았다.

　그러나 미애는 그것으로 그만이었다. 어떤 기색 같은 것이 얼굴에 조금도 보이지가 않았다. 내가 오버센스였던 게 분명했다. 나는 속으로 가볍게 안도의 숨을 내쉬었다.

　그리고 주 선생 생각을 털어버리고, 연습에 열중하려고 애를 썼다. 시간이 얼마 지나자 나는 어느덧 주 선생 일은 잊어버리고, 열심히 연습에 어울려 들어 있었다.

　이튿날 점심시간에 복도에서 주 선생을 만났다. 점심을 먹고 나서 밖으로 나가려고 교실을 나와 복도를 서너 걸음 걸어가다가 나는 주춤 걸음을 멈추었다. 공교롭게 주 선생과 맞닥뜨린 것이다.

　그러나 공교롭게 맞닥뜨린 것이 아니라, 아마 주 선생이 나를 만나러 찾아오는 참인 모양이었다.

　내 앞에 우뚝 선 주 선생의 얼굴에 멋쩍은 듯한 웃음이 지나갔다. 그리고 곧 무뚝뚝한 표정이 되며,

　"어제 왜 안 왔어?"

　대뜸 이렇게 물었다.

　나는 얼른 주위를 둘러보았다. 마침 가까이에는 학생이 없었다.

　"연극 때문에 못 갔어요."

　"연극 때문에……?"

　"예."

　"연극이라니, 무슨 연극? 연극 구경을 갔었단 말이야?"

　"아니요. 연극 연습을 했어요."

　"연극 연습을……?"

　주 선생은 의외의 일이라는 표정이었다.

"연극 연습을 하다니, 어디서? 무슨 연극을?"

"저…… 교회에서 크리스마스 때 연극을 하거든요. 그 연습을 시작했어요."

나는 속으로 어쩐지 좀 재미있다 싶으며 말했다.

"아니, 혜선이가 교회에 다니던가?"

역시 뜻밖이라는 표정이었다.

"교회엔 안 다니지만, 크리스마스 때 연극엔 나가죠. 호호호……."

"그런 수도 있나?"

"있죠. 작년 크리스마스 때도 했는걸요."

"그래? 신자도 아닌데 연극에 넣어주다니……. 그것 참……."

"미애가 다니는 교회예요. 미애 아시죠?"

"미애……?"

"우리 반에 있잖아요. 정미애 말이에요. 나하고 단짝이에요."

"그래?"

"미애 때문에 억지로 하는 거예요. 작년부터 기어이 같이 하자는 거지 뭐예요."

"하기 싫은데 억지로 한단 말이야?"

"나도 하기 싫진 않아요. 해 보니까 아주 재미있어요. 호호호……."

나는 공연히 즐겁고 재미가 나서 깔깔 웃었다.

그때 학생 하나가 이쪽으로 걸어오고 있었다. 그러자 주 선생은 얼른 말했다.

"다음 일요일엔 오는 거지?"

"글쎄요. 아마 못 갈 것 같애요. 크리스마스가 지나야 갈 것 같애요.”

“그래? 그럼 내 그림은 어떻게 하지?”

주 선생은 볼멘소리로 말했다.

“호호호……. 미안해요, 선생님. 크리스마스가 지나면 방학이잖아요. 방학이 되면 매일 갈게요. 네?”

“…….”

“네? 선생님…….”

“도리 없지.”

주 선생은 하는 수 없다는 듯이 빙긋 웃고는 성큼 돌아섰다.

“선생님. 미안해요.”

나는 주 선생의 뒤통수를 향해 살짝 웃었다.

주 선생은 성큼성큼 가버렸다.

가까이 온 학생이 좀 이상하다는 듯이 나를 힐끗 거들떠보며 지나갔다. 우리 반 아이가 아니었다. 낯선 학생이어서 다행이었다.

2

드디어 크리스마스이브가 되었다. 나는 신자들과 마찬가지로 들뜬 기분이었다. 물론 성탄 예배에도 참가했다.

예배가 끝나고, 우리들의 연극이 시작된 것은 아홉 시가 조금 지나서였다. 예정은 여덟 시 반부터였으나, 예배 시간이 길어졌던 것이다.

예배 때보다 장내가 사람들로 붐볐다. 신자 아닌 사람들도 연극을 구경하러 몰려들었던 것이다.

막이 오르자 떠들썩하던 장내가 물 가라앉듯 조용해졌다. 나는 1막에는 나가는 일이 없었다. 2막과 3막에 등장하는 것이었다. 작년에는 두어 번 얼굴을 비치고, 몇 마디밖에 지껄이지 않는 단역이었으나, 이번 〈양 떼와 피리 소리〉에서는 제법 중요한 배역을 맡고 있었다.

1막이 진행되는 동안 나는 무대 뒤에서 분장을 한 모습으로 곧장 가슴 설레고 있었다. 그 설레는 기분은 연극을 해 보지 않은 사람으로서는 짐작하기 어려운 그런 묘한 것이다. 들뜬 듯 기분이 좋으면서도 묘하게 긴장이 되어 약간 불안하기도 하고, 초조하기도 하고……. 정말 야릇한 쾌감인 것이다. 어쩌면 그런 묘한 맛에 연극을 하는 것인지도 모른다.

1막이 끝나고, 2막이 올랐다.

나는 약간 얼떨떨한 기분으로, 그러나 침착하게 무대로 걸어나갔다. 나는 지팡이를 짚은 꼬부랑 노파로 분장하고 있었다.

"아이고 허리야—"

하면서 내가 한 손으로 꼬부라진 허리를 톡톡 두들기자, 장내에 웃음이 터졌다.

요란하게 박수를 쳐대는 사람도 더러 있었다.

"길이 왜 이렇게 멀지. 작년에는 이렇게 멀지 않았는데……."

나는 이웃 마을 작은 아들 집을 찾아가는 길인 것이다. 이웃 마을이라고 하지만 꽤 떨어진 거리여서 꼬부랑 노파에게는 여간 힘겹지가 않은 것이다. 작년 다르고 금년 다른 것이다.

나는 무대 한가운데 세워져 있는 감람나무 그늘에 가서 앉아 쉰

다. 그러자 어떤 수염이 허연 노인이 역시 지팡이를 짚고, 옆구리에
는 웬 피리를 하나 꽂고서 내가 걸어온 길로 나타난다. 그 노인 역
시 피로한 듯 약간 앞으로 굽어진 허리를 톡톡 두들기며,

"아이고, 나도 여기서 좀 쉬어 갈까."

하면서 감람나무 그늘로 온다.

그래서 그 노인과 나는 나란히 앉아 말벗이 되는 것이다.

"노파는 어디까지 가는 길이시오?"

"이웃 마을 작은아들 집을 찾아가는 길이외다."

"작은아들은 뭘 하는 사람이오?"

"목장을 하지요."

"무슨 목장?"

"양을 키웁니다."

"아, 그래요?"

노인의 얼굴에 활짝 밝은 표정이 떠오른다.

"노인은 어디까지 가시오?"

"나는 양을 찾아 나선 길이외다. 우리 집 양 한 마리가 어디론지
없어졌단 말입니다."

"그 양을 어디 가서 찾지요?"

"그래서 이리저리 수소문하고 다니는 길이지요. 노파의 작은아
들이 양을 키운다니, 나도 노파와 함께 그 목장으로 가봐야겠습니
다."

"아니, 그럼 그 양이 우리 작은아들 목장에 있다는 말입니까?"

"아닙니다. 절대로 그런 뜻은 아니고, 혹시 양이 길을 잃고 헤매
다가 노파의 작은아들 집 양 떼 속에 섞어 들어갔는지도 모르니까

요. 본래 양은 무리를 짓는 짐승이니까, 같은 떼서리*('떼거리'의 방
언)를 보자 그 속에 제 걸음으로 섞여 들어갈 수도 있지 않겠어요.”

“그럼 노인 말대로 그렇게 섞여 들어갔다고 합시다. 그러나 댁의
양을 그 많은 양떼 속에서 어떻게 찾아낸단 말입니까? 무슨 표시라
도 해 놓았단 말입니까? 우리 작은아들 집에는 양이 6백 마리가 되
는 걸요.”

“아무 표시도 해 놓지 않았습니다. 그러나 나는 찾을 수가 있지
요.”

“어떻게요?”

그러자 노인은 옆구리에 꽂고 있던 피리를 뽑아 들고 미소를 지
으면서 말한다.

“이것으로 찾을 수 있단 말입니다. 내가 이 피리를 불면 우리 집
양들은 모두 고개를 끄덕이며 내 곁으로 모여들거든요. 그러니까
아무리 많은 양떼 속에 섞여 있어도 이 피리 소리를 들으면 고개를
끄덕이며 내 곁으로 찾아 나온단 말이외다.”

“정말인가요?”

“정말이고말고요.”

그러면서 노인은 자랑스럽게 피리를 입에 갖다 댄다. 필릴리 필
릴리 호록호록 필릴리 호록호록……. 좀 색다른 피리 소리가 흘러
나온다.

피리 소리가 울려 퍼지자, 사람들이 모여든다. 길 가던 아낙네도
걸음을 멈추고, 밭에서 일하던 농부들도 연장을 놓고 감람나무 밑
으로 달려온다. 아이들도 뛰어온다.

구경꾼들이 여러 사람 모여들자, 피리 소리는 그친다.

모여든 구경꾼들에게 내가 말한다.

"아, 글쎄, 이 노인이 양 한 마리를 잃었다는 데, 이 피리를 가지고 찾는다지 뭡니까. 이 피리를 불면 많은 양떼 속에 섞여 있는 자기네 양이 고개를 끄덕이며 나온다는 거예요. 이웃 마을에 우리 작은아들이 양떼를 기르고 있는데, 그 양떼 속에 혹시 섞여 있지 않을까 하고 찾아보러 간다는 거예요."

그러자 구경꾼들은,

"정말 그럴까?"

"그거 참 재미있는데……."

"어디 한 번 가서 구경해 볼까?"

"정말이라면 신기한 일인데……."

하고 떠들어댄다.

노인은 웃으면서 일어나 앞장을 선다. 나도 따라 일어나 지팡이를 짚고 뒤를 따른다. 구경꾼들도 모두 뒤따라간다.

이때 막이 내린다. 2막이 끝난 것이다. 장내에 박수 소리가 요란하게 일어났다.

잠시 후, 징징징……. 징 소리와 함께 또 막이 올랐다. 3막인 것이다.

맨 앞장서서 내가 지팡이를 짚고 아장아장 무대로 걸어 나간다. 뒤따라 옆구리에 피리를 꽂은 노인이 걸어 나온다. 그보고 구경꾼들인 아낙네랑 농부, 아이들이 뒤를 잇는다.

무대는 목장이다. 작은아들 집에 도착한 것이다. 무대 배경에 넓은 초원과 수많은 양 떼가 그려져 있다. 그리고 실제로 양으로 분장한 꼬마들이 여남은 명 모여서 풀을 뜯어 먹는 시늉을 하고 있다.

130

우물가에서 물을 긷고 있던 작은며느리가,

"아이고 어머님 오세요?"

하고 반긴다.

그런데 그 반기는 며느리의 얼굴에 어쩐지 우스운 듯한 표정이 떠오른다. 다름 아니라 바로 미애인 것이다. 미애가 작은며느리 역을 맡은 것이다. 그러니까 내 며느리다.

나도 웃음이 나오려는 것을 애써 참으며,

"그래, 집안에 별일 없니? 애 아비는 어디 갔지? 아이고 허리야—"

하고 꼬부랑 허리를 톡톡 두들긴다.

작은며느리는 웬 사람들이 이렇게 시어머니 뒤를 따라오는가 싶은지 약간 눈이 둥그레진다. 곧 목장에서 일을 하던 작은아들도 손을 털며 나타난다. 나는 작은아들에게 피리를 옆구리에 꽂은 노인을 소개한다.

노인이 찾아오게 된 까닭을 알자, 작은아들은 좀 언짢은 기색을 짓는다. 그러자 노인은 허연 수염을 한 손으로 쓰다듬으며,

"우리 집 양 한 마리가 반드시 댁의 목장에 있다는 것이 아니라, 혹시 싶어서 찾아왔으니 오해는 마시구려."

하고 점잖게 말한다.

내가 얼른 작은아들에게 묻는다.

"애야, 혹시 낯선 양을 한 마리 못 봤니?"

"글쎄요……. 양이 육백 마리가 넘는데, 어느 게 낯선 놈인지 알 수가 있어야지요."

그러자 작은며느리가 어이가 없다는 듯이 호호호……. 웃고는,

"설사 저 노인네 양 한 마리가 우리 양떼 속에 섞여 들었다 치더라도 그걸 무슨 재주로 가려낸단 말입니까? 육백 마리가 넘는 양떼 가운데서 말입니다. 어림도 없는 노릇이지요."

하고 말한다.

"염려 마시구려. 다 가려내는 방법이 있으니까요."

노인은 빙그레 미소를 지어 보인다.

내가 얼른 설명을 한다.

"이 노인이 피리를 불면 자기네 양은 피리 소리를 듣고 앞으로 나온다지 뭐냐. 정말 그렇다면 얼마나 신기한 일이냐. 그래서 이분들은 그 구경을 하러 이렇게 따라들 왔단다."

내 말에 작은머느리랑 작은아들도 호기심이 동하는 듯 노인의 옆구리에 꽂힌 피리를 눈여겨본다.

"정말이라면 신기한 일인데요. 어디 한 번 피리를 불어 보시지요."

작은아들이 말한다.

노인은 옆구리에서 피리를 뽑아 입으로 가져가며 말한다.

"자, 그럼 지금부터 피리를 불겠어요. 잘들 보세요. 내 피리를 듣고 앞으로 나오는 양이 있으면 그것은 우리 집 양인 것입니다. 알겠지요?"

무대에 긴장이 흐른다. 장내의 관객들도 숨을 죽이고 지켜보고 있는 듯 조용하기만 하다. 말하자면 연극이 클라이맥스에 다다른 것이다.

필릴리필릴리 호록호록 필릴리 호록호록…… 묘한 음색의 피리 소리가 조용한 장내에 흘러넘친다.

피리 소리가 나자, 모여서 풀을 뜯어 먹고 있던 양 떼 가운데서 아니나 다를까 한 마리가 슬금슬금 빠져나온다.

"어머나! 정말……."

"어쩌면……."

"신기하기도 해라."

이런 소리가 지켜보고 있는 사람들의 입에서 절로 흘러나온다. 나도,

"정말 신기한 일이로구나. 저 양이 노인네 양인 모양이지."

하고 곧장 고개를 끄덕이며 감탄을 한다.

아이들은 좋아서 못 견디겠는 듯 야야 하면서 냅다. 손뼉을 쳐대기도 한다.

필릴리필릴리 호록호록 필릴리 호록호록……. 노인의 피리 소리는 더욱 신이 난다.

그러나 뜻밖에도 슬금슬금 무리에서 빠져나온 그 양이 피리를 불고 있는 노인 앞으로 오는 것이 아니라, 힐끗힐끗 노인의 눈치를 보면서 반대 방향으로 가는 것이 아닌가. 마치 노인을 피해서 달아나듯이 말이다.

"아니, 어찌 된 일이야?"

"왜 저쪽으로 가지?"

"글쎄 말이야."

"이상한데……. 노인네 양이 아닌 모양인걸."

구경꾼들은 수군거린다.

"핫핫핫하……."

작은며느리가 까르르 웃음을 터뜨리고 나서 노인에게 말한다.

"저렇게 피리 소리를 듣고 반대 방향으로 가는 것도 노인네 양일까요?"

노인은 얼른 대답을 못하고 이상하다는 듯이 그 양을 노려보듯 하다가,

"피리 소리를 듣고 무리에서 빠져나온 것을 보니 틀림없는 우리 집 양인데, 어찌된 일일까? 피리 부는 쪽을 잘못 안 모양인가……."
하면서 다시 피리를 힘껏 불어대기 시작한다. 마치 이쪽으로 안 오고 어디로 가느냐고 짜증을 내듯이.

그러나 헛일이다. 양은 저쪽에서 등을 돌리고 서서 힐끗 한 번 돌아보기만 할 뿐, 이쪽으로 올 생각을 안 한다. 그러자 노인은 약이 오른 듯 냅다 피리를 불어제치면서 그 양 쪽으로 다가간다. 양은 빠른 걸음으로 도망을 친다. 양이 무대를 한 바퀴 돌고, 노인이 악을 쓰듯 필릴리 필릴리 필릴리……. 피리를 불며 그 뒤를 쫓는다.

"하하하……."

"호호호……."

"허허허……."

구경꾼들은 웃음을 터뜨린다. 나도 꼬부라진 허리를 흔들어대며 웃는다.

그때, 그만 노인의 턱주가리에 붙어서 너풀거리던 허연 종이수염이 땅바닥으로 뚝 떨어진다. 실이 끊어진 모양이다.

"와—"

장내가 온통 웃음바다가 된다.

큰 실수인 것이다. 노인은 당황하여 얼른 수염을 집어서 턱주가리에 갖다 붙이려 한다. 그러나 잘 붙질 않는다.

"웃훗훗후……."

"힛힛힛히……."

"수염 없어도 노인이라고 생각할 테니까 그냥 계속해라—"

"호호호호……."

장내는 더욱 웃음이 들끓는다. 관객들은 연극 자체보다도 그 실수가 더 재미가 좋은 모양이다.

수염 같은 것이 떨어지더라도 당황하지 말고 그냥 연기를 계속해 나가야 하는 법인데, 소인극이라 별수가 없다. 어쩌면 그런 점이 소인극의 애교인지도 모른다.

노인은 일단 집어 든 수염을 도로 떨어뜨려 버릴 수도 없는 듯 턱주가리에 붙이려고 쩔쩔매는 꼴이 정말 우습다. 얼른 내가 다가가서 끊어진 실을 이어 수염을 붙여 주었다. 그러니까 지금까지 꼬부랑 노파이던 나도 웃음거리가 된 셈이다. 꼬부라진 허리를 쫙 펴 버렸으니 말이다.

그렇게 뜻밖의 실수 때문에 한창 긴장이 고조된 장면에서 김이 새버린 셈이었으나, 그런대로 수습이 되어 연극은 다시 계속되어 나갔다.

그 양은 노인네 양이 틀림없었으나, 노인이 무서워서 도망쳐 나온 터이라 피리 소리가 두렵기만 했던 것이다. 노인은 피리 소리로써 많은 양들을 일률적으로 움직이도록 길들이기 위해서 매를 휘둘러 댔던 것이다. 그래서 심하게 매를 맞은 그 양이 몰래 도망을 쳤던 것이다.

결국 아무리 짐승이라 할지라도 사랑으로써 다스려야지, 강압적으로 휘몰아서는 반발을 사고야 만다는 그런 내용이었다. 그리스

도의 정신을 따라 이 세상에 따뜻한 사랑이 충만되도록 하자는 뜻
이었다.

중간에 수염 때문에 한 번 큰 실수를 범했으나, 연극은 그런대로
성공이었다. 막이 내리자, 관객들은 열렬한 박수를 아끼지 않았다.

연극이 끝나고, 무대 뒤에서 옷을 갈아입고 얼굴의 화장을 지우
며 뒷수습을 하고 있을 때, 뜻밖에도 주 선생이 불쑥 얼굴을 나타
냈다. 베레모를 쓴 주 선생이 코트 주머니에 두 손을 찌르고 서서
빙그레 웃고 있질 않은가.

"어머나! 선생님, 웬일이세요?"

먼저 호들갑스럽게 놀라는 것은 미애였다. 주 선생이 이런 장소
에 나타날 줄이야. 정말 천만뜻밖이라는 표정이었다.

"어머, 선생님……."

나도 약간 놀라는 듯한 얼굴을 했다. 그러나 나도 전혀 뜻밖의
일이라고 생각하진 않았다. 오히려 내심 어쩌면 주 선생이 구경하
러 나올지도 모른다고 은근히 가슴이 두근거렸었다. 하지만 구경
을 하고 그냥 돌아갈 줄 알았지. 이렇게 무대 뒤까지 얼굴을 나타
낼 줄은 정말 몰랐다. 나는 얼굴이 화끈 달아오르는 것을 어쩌지
못했다.

"잘하던데……. 전문 배우들 뺨치겠던걸……."

주 선생은 곧장 빙그레 웃었다.

그러나 미애는 주 선생이 어떻게 알고 이렇게 구경을 하러 왔는
지 그게 신기하고 궁금하기만 한 듯,

"선생님, 어떻게 오셨죠?"

하고 물었다.

“왜, 나는 구경 오면 안 되나?”

“안 되다뇨. 아주 영광이죠. 그런데 어떻게 알고 오셨느냐 그 말이에요.”

“음, 다 아는 수가 있지.”

그러면서 주 선생은 나를 힐끗 바라보았다. 나는 살짝 웃으며 그 시선을 얼른 피해서 미애의 표정을 보았다. 미애는 눈치를 못 채는 듯했다.

나는 어쩐지 가슴이 두근거리고 조마조마한 느낌이어서 침을 꿀꺽 삼켰다. 지그시 아랫배에 힘을 주며 시치미를 뚝 떼고,

“선생님, 일부러 찾아주셨는데, 앉을 자리도 없이 어떻게 하죠?”

이렇게 말했다. 내가 생각해도 꽤나 능청스러웠다.

“응, 괜찮아. 곧 가야지.”

주 선생도 능청스럽게 받아넘겼다. 아무도 주 선생과 나 사이를 이상하게 볼 사람은 없을 것이었다.

연극에서 노인 역을 맡아 수염을 떨어뜨렸던 학생이 슬금슬금 다가왔다. 그러자 미애가,

“참, 오빠 인사드려. 우리 학교 미술 선생님이셔. 제 사촌 오빠예요.”

하고 소개를 했다.

정두현이라는 대학생이었다. 이번 연극에서 노인 역을 맡았을 뿐 아니라, 연출도 그가 했고, 각본까지 그가 썼던 것이다. 그러니까 작년부터 교회에서 공연하게 된 연극의 산파역을 한 셈이었다.

미애가 대충 그런 설명을 하자, 주 선생은 아주 재미있으면서도 좋은 내용의 연극이었고, 연기도 훌륭했다고 찬사를 늘어놓았다.

그러자 두현은 웃으며,

"제가 수염을 떨어뜨리는 바람에 많이 웃으셨죠?"

하면서 한 손으로 슬그머니 뒤통수를 긁었다.

"아니에요. 소인극에서는 얼마든지 있는 일이죠. 오히려 한 번 정도 그런 실수가 있어야 더 재미가 있지. 허허허……."

"그래요? 하하하……."

미애와 나도 기분 좋게 따라 웃었다.

잠시 후, 주 선생은,

"자, 그럼 나는 먼저 가야겠어요. 수고들 해요."

하고 돌아섰다. 그러면서 주 선생은 묘한 미소가 어린 눈으로 힐끗 나를 바라보았다. 나도 얼른 그 시선을 받아 살짝 미소를 띠었다. 말하자면 그것은 우리만의 비밀이 담긴, 야릇한 눈맞춤인 셈이었다.

미애도 두현도 그런 우리의 미소를 눈치챌 턱이 없었다.

3

다시 주 선생 집을 찾아간 것은 방학으로 들어서서 첫 번째 토요일이었다. 그러니까 바로 연말께였다.

방학이 되면 매일 찾아가겠다고 말은 했으나 어쩐지 주저되어 종전처럼 일주일에 한 번씩만 찾아가기로 했다. 일요일 찾아가지 않고 토요일을 택한 것은 일요일에는 교회에 나가볼까 해서였다. 아침나절에 교회에 갔다가 오후에 주 선생 집에 갈 수도 있는 일이었으나, 교회에서 미애를 만나면 잘 그렇게 될 것 같지가 않았던 것이다. 방학 기분이고 해서 만나면 어디로 쏘다니든 날이 저물어야 헤어질 수 있을 것 같았다.

교회에는 굳이 나가야 되는 것은 아니었지만 어쩐지 다녀보고 싶은 심정이었다. 크리스마스이브의 그 야릇한 흥분이 아직 덜 가셔서 그런지, '교회에 계속 나오세요' 하고 두현의 권유가 있었기 때문인지, 좌우간 연극 멤버에 낀 체면도 있고 해서 계속 나가 보기로 마음먹은 것이다. 그래서 기도드리는 일이랑, 찬송가 부르는 일이 몸에 잘 배면 그대로 정말 신자가 되는 것도 나쁘지 않을 것 같았다.

토요일 오후에 찾아간 나를 주 선생은,

"아니, 왜 인제 오는 거지?"

반갑기도 하고, 원망스럽기도 한 듯이 맞이했다.

나는 약간 긴장이 되어 있었다. 오래간만에 주 선생 집을 찾아간 터이라 새삼스럽기도 했고, 묘하게 가슴이 부풀기도 했지만, 한편 어떤 일이 벌어질지 조금 두렵기도 했다.

방 안은 아무것도 달라진 게 없었다. 그러나 그 아무것도 달라진 게 없는 방 안에 앉은 나는 분위기가 전과는 판이하게 다르다는 것을 느꼈다. 그 전에는 그저 선생과 제자가 함께 있다는 그런 심상한 분위기였으나 이제 사제지간일 뿐 아니라, 분명히 남자와 여자 사이에서 이루어지는 묘하고 야릇한 분위기가 감돌았다.

노파가 오늘도 어디로 가고 없는 듯 집안이 조용하기만 해서 더욱 기분이 이상했다.

나는 할머니가 어디 가셨느냐고 물어볼까 하다가 그만두었다. 오히려 분위기에 더 부채질을 하는 결과가 될 것 같아서였다.

주 선생도 그런 분위기를 피부로 느끼는 듯 어쩐지 자연스럽지가 못했다.

"이제부터는 매일 오는 거지? 약속한 대로……."

나는 여전히 아무 대답 없이 웃기만 했다.

"왜 안 오는가 하고 얼마나 기다렸다고. 모델이 없으니 그림을 그릴 수가 있어야지."

그러면서 주 선생도 어색한 듯 싱긋이 웃었다.

어색하던 분위기는 곧 누그러졌다. 내가 불쑥 내뱉듯이,

"한복으로 갈아입게 자릴 비켜 줘요. 모델이 왔으니 어서 그림을 그리셔야죠."

했던 것이다.

그러자 주 선생은 재미있다는 듯이 껄껄 웃었다. 그리고 말했다.

"긴 겨울 방학인데 뭐 그렇게 서둘 필요 있나. 매일 그리게 됐는데……."

"매일 누가 온대요?"

"매일 오기로 약속했잖아."

"언제요?"

"저번 때, 그날이 아마 월요일이었지. 복도에서 내가 어제 일요일인데 왜 안 왔느냐고 물으니까 연극 연습 때문에 못 왔다고, 크리스마스가 지나 방학이 되면 매일 갈게요, 했잖았어?"

"저는 기억이 안 나는데요."

"요 깍쟁이."

주 선생은 눈을 흘겼다. 그러나 웃음이 담긴 너그러운 남자의 눈 흘김이었다.

그때 그런 말을 했던 것을 내가 잊은 것은 결코 아니었다. 장난기가 동해서 시치미를 뚝 뗐던 것이다.

그렇게 해서 어색하던 분위기는 풀어지고, 주 선생과 나는 그전처럼 자연스럽게 이야기를 주고받았다. 우리의 대화는 그전보다 어딘지 모르게 훨씬 더 사이가 가까워지고 다정해진 것 같았다. 입맞춤까지 나눈 터이니 그럴 수밖에.

화제는 자연히 며칠 전 크리스마스이브의 연극 이야기로 옮아갔다. 주 선생은 소인극치고는 수준이 높았다고 칭찬을 아끼지 않았다. 중도에 수염이 떨어지는 실수가 있었지만, 그런 점이 오히려 소인극의 재미있는 점이라고 어디까지나 너그럽게 보아주었다.

나는 기분이 좋았다. 우리가 그 정도의 실력을 발휘할 수 있었던 것은 다 그 정두현이라는 대학생 덕분이라고 그를 추켜세웠다. 그는 대학에서 연극을 전공하는 것은 아니지만, 그 방면에 취미가 대단하고, 아주 소질도 있다고 말했다.

"각본도 그 대학생이 썼어요. 아주 잘됐죠?"

"응, 재미있는 각본이야."

"문학에도 소질이 있나 봐요. 의대에 다니고 있대요."

"아, 그래?"

"의대생이 문학에도 소질이 있다니……."

"……."

"미애 사촌 오빠예요. 그 대학생……."

"응, 알아. 그날 밤 미애가 소갤 했었잖아."

"미애한테 그런 사촌 오빠가 있는 줄은 정말 몰랐어요."

"……."

“선생님, 의과대학은 육 년이라죠?”

“……”

주 선생은 대답이 없었다. 가만히 입을 다물고 묘한 시선으로 나를 지켜보고 있었다.

“예과가 이 년이고, 본과가 사 년이래요. 맞죠? 선생님.”

“왜 아무 대답을 안 하세요?”

그러자 주 선생은 언짢은 기분을 억지로 누르는 듯한 그런 표정으로,

“알면서 왜 자꾸 묻지?”

하고는 자리에서 벌떡 일어나며,

“자, 그림이나 시작해 볼까.”

방문을 열고 밖으로 나갔다. 옷을 갈아입으라고 자리를 비켜 주는 것이었다.

그제야 나는 정두현에 대해서 내가 약간 지나친 관심을 표시했구나 싶었다. 나도 모르게 그렇게 되었던 것이다. 주 선생이 아마 질투를 느낀 모양이라고 생각하니 속으로 묘하게 재미있었다. 치마저고리로 갈아입으면서 나는 혼자서 킥킥 웃었다.

그날 주 선생과 나 사이에는 아무 일도 없었다. 그림 그리는 일이 끝나고 사과랑 귤 같은 것을 먹으면서도 주 선생은 그저 점잖기만 했다. 어디까지나 제자 앞의 스승이었다.

그러나 내가 그렇게 생각해서. 그런지 그 전의 자연스러웠던 태도와는 어딘지 모르게 다른 듯했다. 어딘지 모르게 주저를 하고 있는 듯, 어떤 욕망을 누르고 있는 듯한 기색이 엿보였다.

내가 집에 돌아가려고 일어섰을 때, 주 선생은 무슨 말을 할 듯

하다가 삼켜버리는 것이었다. 안타까운 듯한 그런 빛이 얼굴에 역력했다.

대문까지 바래다주며 주 선생은,

"내일도 오는 거지?"

하고 물었다.

"글쎄요. 보고요."

"보고가 아냐. 내일도 와야 돼. 매일 와야 돼, 알겠지?"

"……."

나는 대답 대신 힉 웃기만 했다.

주 선생 집을 나서자 나는 절로 안도의 숨이 내쉬어졌다. 아무 일도 없이 무사했다는 데 대한 기쁨인 셈이었다.

그러나 참 이상한 일이었다. 언덕길을 혼자 걸어 내려가는 나는 어쩐지 허전하고 기분이 얄궂었다. 어떤 기대에 어긋난 듯한 그런 심정이었다. 아무 일도 없이 무사해서 결코 기쁜 게 아니었다. 그와 정반대라고 할 수 있었다.

"시시하게 남자가 뭐 그래."

이런 소리가 내 입에서 흘러나오고 있었다.

4

어쨌든 방학이란 즐거운 것이었다.

우선 아침에 실컷 늦잠을 잘 수 있다는 것은 행복감까지 느끼게 하는 일이었다. 나는 거의 매일 아침 열 시가 넘어서야 일어났다.

마치 그동안 아침 일찍 일어나느라 부족했던 잠의 보충이라도 하는 것처럼.

다른 사람은 다 일어나서 아침을 먹고 출근을 하고, 과외에 가고 한 다음에 늘어지게 기지개를 켜며 일어난다는 것은 정말 기분 좋은 일이었다. 그래도 아무도 간섭을 하는 사람이 없었다.

새엄마는 나에 대해 일체 싫은 말을 하지 않았다. 아버지 역시 여간해서 나를 꾸짖는 일이 없었다. 오히려 부엌 할멈이 이따금,

"아이구, 인제 일어나?"

하면서 쯧쯧 두어 번 혀를 찰 따름이었다.

늦은 아침을 먹고 나면 잠시 집안에서 서성거리다가 나는 어디를 가든 거의 매일 집을 나섰다. 미애를 찾아가기도 했고, 교회에 가기도 했고, 주 선생 집에 가기도 했다.

주 선생 집에는 마음이 내키면 찾아갔다. 주 선생은 매일 오라고 했고, 나는 종전처럼 일주일에 한 번씩만 찾아가기로 마음먹었었지만, 그렇게 일정하게 되지가 않았다. 심심하고, 어쩐지 기분이 허전해지고 하면 찾아갔다.

주 선생은 여전히 점잖은, 제자 앞의 스승이었다. 스승이라는 것을 견지하려고 괴로운 노력을 하고 있는 게 눈에 보이는 듯했다. 내가 조금만 틈을 보이면 금세 스승이라는 허울이 벗겨져 버릴 것 같았다.

한 번은 책상 위에 트럼프가 놓여 있었다. 그림 그리는 일이 끝나고 내가 집에 돌아가려 하자 주 선생은,

"어때? 혜선이, 오늘은 오래간만에 트럼프놀이나 한 번……."

하고는 어색한 듯 씩 웃었다. 얼굴이 약간 붉어지는 듯도 했다.

나도 어쩐지 얼굴이 화끈했다. 트럼프놀이를 한다는 것은 곧 스승과 제자라는 허울을 버리고 남자와 여자라는 관계로 치닫는 것을 의미했다.

나는 잠시 어쩔까 망설였다. 그러나 두려웠다. 치마를 벗기려던 그날 밤의 일이 왈칵 머리에 와 닿는 것이었다. 그것은 일종의 공포였다.

"그냥 갈래요."

나는 조그만 소리로 말하고는 얼른 방문을 열고 밖으로 나와 버렸다.

말하자면 어떤 위기를 잘 극복한 셈이었다. 주 선생 집을 나서면 곧 또 허전해지고, 후회가 될지 모르지만, 좌우간 당장은 잘했다 싶었고, 기분이 개운했다.

그러나 그런 무사함도 오래 가지 않았다. 어느 날, 정말 뜻밖의 일이 벌어지고 말았다.

어느 눈이 희끗희끗 나부끼는 오후였다. 나는 심심해서 미애한테나 가볼까 하고 집을 나섰다. 그날은 집에서 오래간만에 방학 숙제를 좀 하고 점심을 먹고, 느지막이 외출을 했던 것이다.

외투 깃을 세우고 약간 웅크린 채 한길을 걸어가고 있는데, 누군가가 뒤에서,

"혜선 씨 아닙니까?"

하는 소리가 들렸다.

돌아보니 정두현이었다.

"어머."

"어디 가십니까?"

"미애한테 가는 길이에요."

"눈이 많이 올 모양이죠?"

그러면서 두현은 하늘을 우러러보았다.

"어디 가시는 길이에요?"

"심심해서 교회에나 나가볼까 하고……. 추운데 어디 가서 뜨끈한 단팥죽이나 한 그릇씩 먹을까요?"

"……."

나는 뜻밖의 제의에 무척 기뻤다. 그러나 수줍은 듯 살짝 웃기만 했다.

단팥죽 집을 찾아 두현과 나는 어깨를 나란히 하고 걸었다. 희끗희끗 눈이 나부끼는 거리를 대학생인 더구나 의과대학생인 두현과 나란히 걷는 나는 가슴이 이상스럽게 부풀어 오르는 것을 느꼈다.

단팥죽이랑 생과자, 빵 같은 것을 파는 집을 찾아 들어가서 두현과 나는 거의 한 시간가량을 마주 앉아 이런 얘기 저런 얘기 나누었다. 이렇게 단둘이 만나 이야기하는 것은 처음이었지만, 교회에서 연극 때문에 줄곧 어울렸고, 그 후도 내가 일요일이면 꼭 교회에 나갔기 때문에 우리는 별로 스스럼이 없었다.

그러나 두현이 우리 집안에 대해 물었을 때 나는 약간 당황했다. 새엄마가 들어왔다는 사실을 밝히기가 어쩐지 창피한 생각이 드는 것이었다. 그렇다고 거짓말을 할 수는 없었다.

내 이야기를 듣자 두현은 안됐다는 표정을 지었다. 그러나 그는 곧 화제를 돌려 내가 우울해지지 않도록 마음을 써주었다. 나는 그런 그가 몹시 좋았다. 나에게도 이런 믿음직한 오빠가 한 사람 있었으면 얼마나 좋을까 싶기도 했다.

단팥죽 집을 나오자 바깥은 어느덧 함박눈으로 바뀌어 있었다.

"어머— 이 눈 좀 봐."

나는 쏟아지는 함박눈을 손바닥으로 받으며 호들갑을 떨었다.

"야— 멋있는데……."

두현이도 활짝 웃는 얼굴을 지었다. 그리고 나를 향해 거침없이 말했다.

"우리 이 눈 속으로 좀 걸을까요? 함박눈을 맞으면서 걷는다는 것은 아주 멋있는 일이잖아요."

"그래요. 그래요."

나도 서슴없이 대답했다.

목화송이 같은 눈이 푸덕푸덕 소리 없이 쏟아지는 길을 두현과 나란히 걷기 시작했다. 함박눈이 온통 머리로부터 온몸을 뒤집어 씌울 듯이 퍼붓는 바람에 눈을 잘 뜰 수가 없을 지경이었다.

나는 불현듯 두현의 한쪽 팔을 끼고 싶은 충동을 느꼈다. 그러나 그럴 수는 없는 노릇이었다. 그래서 나는 마치 그에게 의지를 하듯 바싹 다가붙으며 걸었다. 은근히 그가 내 허리를 살짝 안거나 손이라도 잡아주었으면 하고 바랐다. 그러나 그 역시 그럴 수는 없는 노릇이라고 생각하는 모양이었다.

아무튼 나는 이상스럽게 즐겁기만 했다. 함박눈 속으로 끝없이 두현과 둘이 걷고 싶은 심정이었다. 묘하게 가슴이 부풀어 오르고, 야릇하게 설레기도 했다.

두현이 역시 기분이 매우 좋은 듯했다.

"이렇게 걷다가는 둘이 다 눈사람이 되겠는데요."

"상관없어요. 눈사람이 한 번 돼 보는 것도 재미있죠."

"그래요? 그럼 실컷 한 번 걸을까요?"

"그러죠. 호호호……."

나는 좋아서 공연히 까르르 웃었다. 두현도 싱글벙글 웃고 있었다.

함박눈 때문인지 길에는 행인도 거의 없었다. 우리는 길 한복판을 서슴없이 걸었다.

그렇게 한참을 걸어가고 있는데, 저만큼 앞에서 웬 사람이 우산을 들고 걸어오면서 유심히 우리를 눈여겨보는 듯했다. 그러나 허옇게 쏟아지는 눈발 때문에 그게 누군지 잘 알 수가 없었고, 또 누구든 그런 것 개의치 않고 우리는 곧장 웃으며 얘기를 주고받았다.

그 우산을 든 사람이 가까워지자, 나는 남자 대학생과 나란히 눈을 맞으며 걷고 있는 게 어쩐지 쑥스러워져서 살짝 얼굴을 돌렸다.

그러자 그 사람은 우리 곁을 지나다가 주춤 걸음을 멈추었다. 순간 나도 그 사람을 바라보았다. 시선이 마주쳤다.

"어머!"

나는 깜짝 놀라지 않을 수 없었다.

"아니, 혜선이 웬일이야?"

주 선생이었다. 뜻밖에 주 선생이 혼자서 우산을 받고 지나가던 길이었던 것이다.

정말 우연이 아닐 수 없었다. 원수는 외나무다리에서 만난다더니 정말 그렇구나 싶었다. 주 선생은 원수가 아니라, 오히려 그 정반대지만, 좌우간 이런 곳에서 만난다는 것은 여간 난처한 일이 아닌 것이다. 그렇다고 두현이와 내가 무슨 별다른 사이인 것은 아니지만, 그러나 보는 사람에 따라서는 얼마든지 오해를 할 수 있지 않겠는가 말이다.

나는 당황하여 어찌할 바를 몰랐다. 주 선생은 무뚝뚝한 표정으로 달했다.

"이렇게 눈이 쏟아지는데 어딜 가는 거야? 눈을 맞으면서……."

"미애한테 가는 길이에요."

"미애한테……?"

"미애 오빠잖아요."

내가 두현을 힐끗 돌아보며 말하자, 멋쩍은 듯 서 있던 두현이,

"안녕하십니까?"

하고 주 선생에게 인사를 했다.

"예."

주 선생은 두현을 알아보는지 어떤지 그저 시들하게 인사를 받았다.

내가 재빨리 설명을 달았다.

"크리스마스이브에 인살 했었잖아요. 연극이 끝나고……. 미애 사촌 오빠예요. 의과대학에 다니는……."

"글쎄, 안다니까."

어쩐지 주 선생은 표정이 굳어진 채였다.

그런 주 선생의 표정을 보자, 두현은 입장이 곤란한 듯 약간 이맛살을 찌푸렸고, 나는 얼른,

"선생님, 안녕히 가세요."

하고 작별인사를 해버렸다. 그러자 주 선생은 마치 화라도 난 사람처럼 뚱해가지고 걸음을 떼놓았다.

우리도 다시 걷기 시작했다. 그러나 조금 전까지의 그 즐겁기만 하던 기분은 결코 아니었다. 주 선생 바람에 기분이 형편없이 망가

져 버린 것이었다.

터벅터벅 걸어가고 있는데,

"혜선이!"

주 선생의 부르는 소리가 들렸다. 돌아보니 주 선생은 눈 속에 멈추어 서서 이쪽을 향해 손으로 오라는 시늉을 했다.

나는 난처했다. 선생님이 오라는데 안 갈 수 없는 일이었다. 그렇다고 같이 걷던 두현을 떼쳐버릴 수도 없었다. 실상 그러고 싶지도 않았다. 주 선생이 무슨 말을 하고서 돌려보내 주면 다행이지만, 보나 마나 질투가 나 있는 게 분명했다. 돌려보내 줄 것 같지가 않았다.

내가 망설이고 있자,

"이리 오라니까!"

주 선생은 냅다 고함을 질렀다.

그러자 두현이 얼른,

"가보세요. 선생님이 오라는데 안 가면 됩니까?"

하고 씩 웃었다.

나는 도리가 없었다. 난처하고 미안한 그런 표정을 그에게 지어 보이고는 주 선생 쪽으로 걸음을 떼놓았다. 그러자 그도,

"담에 또 만납시다."

하고는 성큼성큼 가버리는 것이었다.

나는 어쩐지 몹시 기분이 허전하고 안 좋았다.

입을 꼭 다물고 싸늘한 얼굴로 다가가자, 주 선생은 화가 난 듯한 무뚝뚝한 목소리로,

"할 말이 있으니 따라와."

이렇게 명령조로 내뱉었다. 그리고 앞장서 터벅터벅 눈 속을 걷

기 시작했다.

　나는 말없이 주 선생의 뒤를 따르는 수밖에 없었다. 물론 주 선생은 자기 집 쪽으로 가고 있었다. 말없이 뒤를 따르며 나는 주 선생의 뒤꼭지를 향해 눈을 흘기곤 했다. 주 선생의 뒤꼭지가 지랄같이 생겼다고 생각하기는 그때가 처음이었다.

5

　그날 주 선생 집에서 일어난 일은 나에게 있어서 정말 겁나는 일이었고, 부끄럽기 짝이 없는 일이었고, 그러면서도 한편 묘하게 희열감을 주는 그런 일이기도 했다. 한마디로 엄청난 일이었다. 여자로서 가장 엄청난 일이라고 할 수 있는 그런 일을 나는 그날 마침내 겪고야 말았던 것이다.

　주 선생 집에 당도할 때까지도, 그리고 방에 들어가 앉았을 때까지도 나는 주 선생이 어쩐지 밉고 원망스럽기만 했다. 의과대학생인 두현과 그렇게 기분 좋게 눈을 맞으며 걷고 있는데, 하필 외나무다리에서 마주치듯 주 선생이 불쑥 나타날 게 뭔가 말이다. 재수도 정말 더럽다 싶었다. 그렇게 마주쳤다 하더라도 좀 모르는 체하고 지나쳐 주든지, 아니면 '선생님, 안녕히 가세요' 하고 작별 인사를 했으니 그냥 점잖게 돌아갈 일이지, 가다가 말고 다시 부를 게 뭔가 말이다. 어쩌면 두현이 이상하게 생각했을지도 모르는 게 아닌가.

　그런 뒤숭숭한 기분이어서 뚱한 표정으로 앉아 있자, 주 선생은 한참 내 심정을 꿰뚫어 보는 듯한 시선으로 말없이 나를 바라보고 있었다.

방 안은 알맞게 난롯불이 피어오른 듯 따뜻했고, 유리창으로는 쏟아져 내리는 눈이 환하게 내다보였다.

나는 유리창 밖으로 푸덕푸덕 쏟아져 내리는 함박눈을 보고 있다가 살짝 고개를 떨구었다. 주 선생의 시선을 감당할 수가 없었던 것이다.

그러자 주 선생은,

"혜선이."

하고 무겁게 입을 열었다.

"지금부터 내가 묻는 말에 정직하게 대답해야 돼."

"……."

나는 아무 대답을 하지 않았다.

"알겠어?"

"……."

여전히 아무 대답이 없자, 주 선생은 잠시 또 침묵을 지킨 다음, 불쑥 내뱉었다.

"그 대학생하고 어떤 사이야?"

그 말에 나는 반사적으로 고개를 들었다. 나와 시선이 마주치자 주 선생은 약간 안색이 붉어지는 듯했다. 긴장이 되어 있는 얼굴이면서도 어딘지 모르게 약간 쑥스러운 듯한 그런 기색이 보였다.

나는 그만 힉 웃음이 나왔다.

"왜 웃지? 그 대학생과 어떤 사인가 말이야? 솔직하게 말해봐."

"하하하……."

나는 소리를 내어 까르르 웃어 버렸다. 남자의 묘한 질투를 보는 듯해서 재미가 있었던 것이다.

"그럼, 아무런 관계도 없단 말인가?"

"관계는 무슨 관계요. 미애의 오빠라 그랬잖아요. 사촌 오빠……."

"그런데 왜 그렇게 눈을 맞으며 둘이서 걸어가고 있는 거야? 응?"

"친구의 오빠하고 걸어가는데 뭐 어때요?"

"안 되지. 여학생이 남학생하고 단둘이 아베크를 하다니……. 더구나 대학생하고……."

"……."

"퇴학감이지."

"하하하……."

나는 갈수록 재미있구나 싶었다. 그럼 스승하고 단둘이 이렇게 한 방에 앉아서 수작을 하고 있는 것은 퇴학감이 아니란 말인가. 선생과 제자가 묘한 관계가 되는 것은 괜찮단 말인가. 오히려 이런 일이야말로 퇴학감이고, 또 스승 쪽은 파면감인 것이다.

나는 그런 소리가 입 밖으로 튀어나오려는 것을 애써 참았다.

내가 곧장 헤죽헤죽 웃자, 나의 그런 마음속을 알아차리기라도 한 듯 주 선생은 태도가 눈에 띄게 물렁해지며 마치 애원하는 조로 말했다.

"혜선이, 정말 그러지 말아 주어. 부탁이야."

"뭘 그러지 말라는 거예요?"

"몰라서 묻는 거야, 정말?"

"……."

"내가 혜선일 얼마나 생각하고 있는지, 내 맘을 모르고 그러면 쓰나. 안 그래?"

"무슨 말씀인지 잘 알 수가 없군요. 제가 뭘 어쨌다는 거예요? 선생님 오늘 좀 이상하신 거 같애요."

"사실이야. 내가 오늘 좀 이상해. 아무래도 오늘은 결판을 내야만 될 것 같애. 도무지 견딜 수가 없어."

"결판은 무슨 결판을요?"

나는 약간 눈이 휘둥그레지지 않을 수 없었다. '결판'이라는 말이 어쩐지 가슴팍을 꽉 쥐어박는 듯한 느낌이었다. 누구하고 무슨 결판을 낸단 말인지, 얼떨떨하기도 했다.

애원하듯 물렁해졌던 주 선생의 태도가 다시 묘하게 열을 머금은 상태로 되돌아가 있었다. 주 선생은 내뱉듯이 말했다.

"불안하단 말이야."

"왜요?"

"혜선이가 아무래도 나한테서 멀어져 갈 것만 같애."

"호호호……."

"정말이야. 아무래도 그럴 것 같애."

"선생님 참 어린애 같으셔."

"아니야. 정말이야. 그래서 오늘은 기어이 혜선일……."

"……."

"내 것으로 만들어 버리고 말겠어. 정말이야."

그러면서 주 선생은 야릇한 열기가 번들거리는 눈으로 나를 똑바로 쏘아보았다.

나는 주 선생의 그 시선을 감당할 수가 없었다. 온 얼굴에 화끈 열기가 와 닿는 것 같아 몸이 떨렸고, 기분이 하도 묘해서 나도 모르게 그만,

"어머!"

하면서 고개를 돌렸다.

그러자 그 순간, 주 선생은 와락 나에게로 달려들어 커다란 두 팔로 나를 덥석 끌어안고 불끈 힘을 주며 버르르 떨었다. 그리고 뜨거운 숨을 훅 내뿜고는,

"혜선아!"

하고 입을 열었다. 이번에는 '혜선이'가 아니라, '혜선아'였다.

나는 정신없이 움츠러들어서 바르르 떨고 있었다.

"내 것이지? 응? 내 것이지?"

"……."

"혜선아, 왜 대답을 안 해? 내 것 맞지? 응?"

"……."

나는 목구멍에 무슨 뜨거운 기운이 콱 막힌 듯 여전히 아무 말도 나오지가 않았다.

그러자 주 선생은 마치 열에 뜬 사람처럼,

"맞지? 맞지?"

하면서 냅다 내 입술을 찾아 기어이 덮쳐버리는 것이었다.

뜨겁고 미끈미끈한 것이 마구 덮쳐 오자, 나는 별수 없이 내맡기듯 그것을 받아들였다. 처음에는 반사적으로 고개를 두어 번 내둘렀으나, 곧 다소곳해지고 말았던 것이다. 처음도 아니고 두 번째 입맞춤이니 그럴 수밖에.

그렇게 해서 주 선생과의 두 번째 입맞춤은 발갛게 익어 갔다. 트럼프놀이 끝에 있었던 그 첫 번째 입맞춤 때보다 주 선생의 열기는 더 뜨거운 듯했고, 더 격렬했다. 어쩐지 그렇게 느껴졌다.

나는 눈을 지그시 감고 내맡기듯 하고 있다가 나중에는 나 역시 발그레 달아올라 주 선생의 목을 휘감고 마구 덤벼들었다.

그렇게 한 덩어리가 되어 벌겋게 무르익다가, 주 선생이 입술을 떼고 조금 떨리듯이 조심스레 뜨거운 숨을 내쉬고는 내 눈을 가만히 들여다보며 속삭였다.

"내 것 맞지? 그지?"

"……."

나는 말없이 고개를 한 번 끄덕해 보이고는 두 눈에 부끄러운 미소를 담았다.

그러자 주 선생은 다시 몸부림치듯 달려들었다. 나를 안은 채 아랫목 이부자리가 깔린 쪽으로 무너져버리는 것이었다.

우리는 이부자리 위에 나가 뒹군 채 끌어안고 입맞춤을 계속했다.

그러나 잠시 후, 나는 주 선생의 가슴 안에서 빠져나가려고. 버둥거렸다. 주 선생의 손길이 나의 치마를 벗기려 들었던 것이다.

"안 돼요. 안 돼요. 그러지 말아요."

나는 이맛살을 찌푸리며 몸부림을 쳤다. 그러나 주 선생은 막무가내였다.

나는 얼른 머리에 떠오르는 것이 있었다. 트럼프놀이 끝의 그날 밤 일이었다. 그날 밤, 나의 한마디에 마치 무슨 최면에라도 걸린 사람처럼 대번에 맥이 풀려 순순히 놓아주던 일 말이다. '선생님이 이게 뭐예요, 제자에게' 이 말 한마디에……

그 말이 머리에 떠오르자, 나는 다급히,

"선생님, 선생님."

하고 불렀다.

그러나 주 선생은 대답이 없었다. 내 치마를 벗겨 내리기에 바빠서 대답할 겨를도 없는 모양이었다.

"선생님이 이게 무슨 짓이에요. 저는 선생님의 제자잖아요. 제자에게 이럴 수가 있어요?"

"……."

"예? 선생님."

그러자 주 선생은 신음소리 비슷하게 그러나 내뱉듯이 말했다.

"소용없어. 오늘은……."

"……."

"오늘은 기어이 내 것을 만들어 버리고 말겠어."

"몰라요. 선생님, 선생님……."

나는 안타깝게 몸부림을 쳤다. 그러나 소용이 없었다. 어느덧 내 아랫도리는 노출이 되어 가고 있었다.

그때였다. 저쪽 방문 열리는 소리가 들리고, 콜록콜록……. 기침하는 소리가 났다. 노파였다. 노파가 방문을 열고 나오는 모양이었다.

나는 질겁을 했다. 주 선생도 주춤 놀라는 기색이었다. 주 선생과 나는 마치 약속이라도 한 듯 후닥닥 이부자리 속으로 파고들었다. 이불을 온통 뒤집어 써버리는 것이었다.

한참 동안 우리는 그렇게 이불 속에 묻혀서 가만히 숨을 죽이고 있었다. 마치 무슨 공범자 같은 느낌이었다.

한참 뒤, 주 선생이 이불을 살짝 들추고 바깥 동정을 살폈다. 이제 아무 기척이 없는 모양이었다.

“늙으면 주책이야.”

주 선생은 안도의 숨을 가볍게 내쉬면서 중얼거리듯이 말했다.

그리고 다시 서서히 뜨거워지기 시작했다.

참 이상한 일이었다. 조금 전까지는 그처럼 두렵기만 하고 싫던 일이 이제는 별로 그렇지가 않은 것이었다. 오히려 입안에 달착지근한 침이 고이는 듯했고, 가슴이 야릇한 희열감에 떨리며 부풀어 올랐다. 이불 밖과 이불 속의 차이란 그렇게 현저한 것인지, 정말 이상했다. 어쩌면 노파 때문에 깜짝 놀란 다음이라 그런지도 몰랐다. 어떤 공범의식 같은 것 끝이라서 말이다.

아무튼 나는 주 선생의 가슴 안으로 파고들었고, 그리고 주 선생이 하는 대로 내맡겨 버렸다. 곧 나는 질끈 눈을 감았고, 어금니를 악물었다. 가슴은 터져나갈 듯이 할할거렸다.

얼마가 지났을까. 세상은 너무나도 고요했다. 마치 온갖 움직임이 다 정지해 버린 듯한 그런 느낌이었다. 나는 마치 무중력 상태인 것 같기도 했고, 엄청난 무게로 착 가라앉은 것 같기도 했다.

그리고 내 눈에서는 눈물이 흘러내리고 있었다. 그것은 슬픔의 눈물인 듯도 했고, 반대로 기쁨의 눈물인 듯도 했다. 슬픔과 기쁨이 뒤섞인 그런 야릇한 눈물이 하염없이 흘러내렸다.

내 볼을 타고 흘러내리는 눈물을 보자, 나를 조용히 안고 있던 주 선생은 팔을 풀었다. 그리고 착 가라앉은 낮은 목소리로,

“울고 있군.”

하고 말했다. 그리고 손으로 가만가만 눈물을 닦아 주었다.

나는 주 선생의 그 손이 조금 따뜻하다고 느꼈을 뿐, 좋지도 않았고, 그렇다고 싫지도 않았다. 부끄럽다는 생각도 없었다.

잠시 후, 주 선생은 자리에서 일어나 옷을 주워 입고 주전자의 물을 컵에 따라 벌컥벌컥 들이켰다. 그리고 방문을 열고 밖으로 나갔다. 아마 볼일을 보러 변소에 가는 모양이었다.

곧 나도 부스스 이불 속에서 빠져나왔다. 그리고 얼른 옷을 입었다.

바깥은 여전히 눈이었다. 유리창 가득히 하얀 눈이 쏟아져 내리고 있었다.

나는 눈이 부셨다. 그리고 창밖에 내리는 눈이 어쩐지 아까와는 다른 듯했다. 아까와는 현저하게 다른 세상에 내리는 눈인 것만 같았다. 눈뿐 아니라, 방 안의 모든 것도 조금 전과는 아주 다른 세상의 물건들인 것 같은 느낌이었다.

참 이상했다. 세상이 온통 다른 세상으로 바뀐 듯한 기분이었다. 그것은 착각이 아니었다. 실제로 내 눈에 그렇게 비치는 것이었다. 말하자면 나는 조금 전과는 아주 판이한 여자가 되어 있었던 것이다.

그런 야릇한 상태가 되어 있는데,

"눈이 굉장하군. 무릎까지 묻히는데……."

하면서 주 선생이 문을 열고 들어왔다.

나는 맥없이 킥 웃었다. 그리고 얼른 돌아서며,

"몰라요, 몰라요."

부끄러워 못 견디었다.

나의 계절은 겨울

1

그해 겨울은 왜 그렇게 눈이 많은지 몰랐다. 눈 위에 또 눈이 내리 쌓이곤 해서 세상이 온통 눈에 파묻힌 듯한 느낌이었다.

나 역시 눈에 묻힌 듯 집안에 들어앉아 있기만 했다. 주 선생과 그런 관계가 된 뒤로는 어찌 된 셈인지 도무지 밖에 나가고 싶은 생각이 없었다. 그렇다고 기분이 우울하거나, 그 일이 후회가 되거나 하는 것도 아니었다. 묘하게 착 가라앉은 듯한 상태였다. 조용하고 차분히 집에서 책도 읽고, 숙제도 하고, 집안 일을 거들기도 했다.

내가 생각해도 이상할 지경이었다. 별안간 내가 네댓 살을 껑충 뛰어 성숙해 버린 것 같은 기분이었다. 새해가 되어 이제 열아홉, 그런데 마치 스물서넛 된 사람 같았다.

처녀라는 성(城)의 아름답고 꿈 많은 성문이 허물어지듯 열려버린 다음의 덧없고 허전한 상태라고나 할까. 혹은 열려진 성문 밖의 새로운 세상에 대한 가슴 설레는 대기 상태라고 할까.

아무튼 나는 교회에도 가지 않았고, 주 선생 집을 다시 찾아가는 일도 없이 조용히 집 안에 들어앉아 있었다. 그야말로 조용한 방학인 셈이었다.

어느 날 미애가 찾아왔다.

"집에 있었구나. 난 또 어디 친척집에라도 간 줄 알았지, 집에 있으면서 왜 그렇게 꼼짝 안 했니? 교회에도 안 나오고……. 어디 아팠니?"

미애는 대뜸 이렇게 호들갑을 떨었다. 그러나 나는 조용히 웃기만 했다.

"어머, 너 별안간 사람이 달라진 것 같다. 정말 숙녀가 된 것 같은데……. 왜 그렇게 조용하고 고상하게 웃지?"

"고상하게 웃다니……. 호호호……."

나는 말소리와 웃음소리까지 어쩐지 그야말로 조용하고 고상하게 나오는 것 같았다.

"너 아무래도 무슨 일이 있었구나? 있었지? 그지? 말해봐."

미애는 마치 내 심중을 꿰뚫어 보기라도 하려는 것처럼 나를 똑바로 바라보았다. 나는 어쩐지 귀밑이 조금 화끈하는 듯했다. 어쩌면 미애가 무슨 눈치를 챈 게 아닌가 싶어 가슴이 뜨끔하기도 했다.

그러나 나는,

"일은 무슨 일……."

하고 시치미를 뚝 뗐다.

"그러지 말고 말해봐."

"애도 참……."

"내가 다 알고 있단 말이야."

"어머!"

나는 나도 모르게 깜짝 놀라고 말았다.

"왜. 놀라니? 세상에는 비밀이라는 게 있을 수 없어. 다. 알고 있어. 그러니까 솔직히 고백하란 말이야."

"……."

나는 미애가 정말로 그러는지, 넘겨짚고 그러는지 알 수가 없어 오히려 이번에는 내가 꿰뚫어 보듯이 미애를 바라보았다.

"주상운 선생하고 어떤 관계니?"

"뭐?"

"왜 내 말이 거짓말이니? 솔직히 말해봐. 친구 좋다는 게 뭐니? 친구한테도 비밀이 있니?"

"……."

"나는 너를 둘도 없는 친구라고 생각한다. 그런데 너는 나를 그렇게 생각하는 것 같지가 않단 말이야."

"어머, 그게 무슨 소리니?"

"그럼 왜 나한테까지 비밀로 하니? 나를 둘도 없는 친구라고 생각한다면……."

"……."

"어서 말해봐. 주 선생하고 어떤 관계냔 말이야."

"……."

나는 난처했다. 이 지경이 되었는데 언제까지나 감출 수도 없는 노릇이고, 그렇다고 솔직하게 털어놓을 수도 없는 노릇이었다. 솔직하게 털어놓다니……. 주 선생과 육체를 나눈 관계라는 사실을 어떻게 내 입으로 털어놓을 수가 있단 말인가. 아무리 친구가 좋고, 둘도 없이 친한 사이라고는 하지만…….

내가 망설이고 있자 미애는,

"다 알고 있는데 뭘 그러니? 우리 오빠한테 들었단 말이야."

하고 히죽 웃었다. 이래도 감추겠느냐는 듯이.

그러나 나는 미애의 '우리 오빠한테 들었다'는 그 말에 절로 속으로 안도의 숨이 내쉬어졌다. 그러면 그렇지, 제가 알기는 뭘 알아, 싶으며 재미가 있어서 웃음이 나왔다.

혹시 미애가 주 선생과의 깊은 관계까지 어떻게 눈치를 챈 게 아닌가, 불안하기만 했는데 알고 보니 그게 아니라, 사촌오빠인 두현에게 그날의 일을 이야기 들은 데 불과했던 것이다.

나는 이제 마음이 놓여 곧장 방글방글 웃으며 말했다.

"그래, 너거 오빠가 뭐라 그러던?"

"아무래도 수상하다 그러던데……."

"홋홋홋호……."

"우리 오빠하고 같이 걸었다면서? 눈이 쏟아지는데……."

"그래. 단팥죽도 사 먹고……."

"그러다가 주상운 선생을 만났다면서?"

"맞어. 어서 말해봐. 그런데 뭣이 수상하다는 거야?"

"주상운 선생이 너를 채 가버렸다면서?"

"뭐? 채 가버려?"

"오빠가 그러더라 야. 둘이 기분 좋게 걸어가는데, 주 선생이 화를 내 가지고 너를 오라고 불러서 데리고 가버렸다면서? 숨기지 말고 까놓고 말해. 도대체 어떻게 된 영문이니? 주 선생하고 어느 정도니?"

"호호호……."

"보통 선생과 제자 사이 같으면 그럴 수가 있겠니? 안 그래?"

"글쎄……."

나는 공연히 재미가 좋아서 싱글벙글하다가 오히려 미애를 좀 놀려주고 싶은 생각이 들어 불쑥,

"화가하고 모델 사이지, 뭐는 뭐야."

내뱉듯이 말했다.

"뭐? 화가하고 모델 사이?"

"그래, 선생은 화가고, 제자는 모델이지. 멋있잖어. 이제 알겠니? 호호호……."

"그래애?"

미애는 고개를 천천히 끄덕거리며 약간 휘둥그레진 눈으로 나를 바라보았다. 뜻밖이며 놀랐다는 표정이었다.

"그러면서 나한테 감쪽같이 숨겼구나. 요 깍쟁이."

미애는 얼른 괘씸한 듯한 표정으로 바뀌었다. 그러나 진짜 서운하다기보다는 일이 너무나 놀랍고 재미있다는 듯이 침까지 한 번 꿀꺽 삼키며 바싹 다가드는 것이었다.

"아니, 언제부터 그렇게 화가와 모델 사이가 됐니? 언제부터야?"

"작년 가을부터지."

"어머, 그렇게 오래됐어? 그런데 감쪽같이 몰랐네. 아이 분해."

“분하긴…….”

“안 분하게 됐니?”

“…….”

“넌 친구가 아냐.”

“어머, 그러지 말어. 미안하게 됐어. 친구에게도 할 말이 있고, 못 할 말이 있잖어.”

“그게 뭐 못 할 말인가. 선생님 그림 그리는데 모델 노릇 하는 게…….”

“…….”

“그런데 그림을 어디서 그리는 거야?”

“선생님 집에서.”

“집에서? 방 안에서 말이야?”

“하하하……. 방 안에서 그리지 그럼 추운데 마당에 앉아 그리겠니? 애도 참…….”

“작년 가을부터 계속 방 안에서 그리니?”

“그래.”

“선생님하고 단둘이서?”

“하하하……. 왜 그렇게 꼬치꼬치 캐묻지?”

“…….”

미애는 말없이 또 내 눈 속을 들여다보듯 바라보았다. 눈을 통해서 가슴 속 깊숙한 곳을 살피기라도 하려는 것처럼, 아무래도 뭔가 의심스러운 모양이었다.

잠시 후,

“별일 없니?”

하고 물었다. 지금까지의 어조와는 사뭇 다른 나직하면서도 진지한 그런 것이었다.

나는 찔끔했다. 그러나 입술에 침을 싹 발랐다.

"별일은 무슨 별일……. 애도 참 말 같은 소리를 해라. 선생과 제자 사인데 무슨 일이 있겠니."

"그래도 모른다 야. 선생도 남자는 남자 아니니?"

"하기야 그래."

"남자하고 여자가 단둘이 오래 접촉하면……. 더구나 방 안에서……. 알지?"

"……."

"조심해라."

"염려 말어. 주 선생은 그런 분 아니야. 아주 점잖은 분이야. 제자를 탐낼 사람이 아니야, 정말이야. 가을부터 지금까지 겪어 봤는데, 아주 신사야."

"그래?"

미애는 묘하게 표정이 밝아지는 듯했다. 그렇다면 안심이라는 그런 표정이었다.

그리고 화제를 바꾸었다.

"교회에 왜 안 나오니? 나오너라. 우리 오빠가 나오라더라."

"……."

"아마 우리 오빠가……. 호호호……."

미애는 말을 하려다가 말고 묘하게 큭큭 웃었다.

나는 대번에 그 웃는 의미를 알아차릴 수가 있었다. 얼굴이 약간 화끈해지는 느낌이었다.

미애는 내가 무안해할까 봐 얼른 정색을 하고서 말했다.

"니가 보고 싶은가 봐. 왜 교회에 안 나오는지 모르겠다면서, 나한테 한 번 찾아가 보라지 않니."

"……."

나는 왠지 말문이 콱 막히는 듯했다.

"내일이 주일인데, 꼭 나와 응?"

"……."

"왜 대답이 없지?"

"보고……."

"보고가 아냐. 꼭 나와. 우리 오빨 봐서라도 꼭 나와야 돼. 애, 우리 오빠가 널 은근히 좋아하고 있나 봐. 우리 오빠 의대생이야. 그걸 알아야 돼."

"알고 있어."

나는 힉 웃었다. 그러나 어쩐지 쓸쓸한 기분이었다.

내일 꼭 교회에 나와야 된다는 다짐을 몇 번이나 하고 미애가 돌아가자, 나는 마음이 뒤숭숭해서 견딜 수가 없었다. 마치 미애가 호젓이 가라앉은 내 마음의 수면에다가 냅다 풍덩! 커다란 돌덩이를 하나 던져 놓고 간 것 같은 느낌이었다. 그 파문을 걷잡을 수가 없었다. 실제의 수면에 인 파문 같으면 곧 다시 잠잠히 가라앉을 것이지만 마음의 수면에 인 파문은 그렇게 쉬 가라앉질 않았다.

그날 밤, 나는 일찍 잠자리에 들었으나 도무지 잠이 오질 않았다. 뒤숭숭하고 괴롭고, 어쩐지 좀 슬프기까지 한 것이 있다.

지금까지 미애는 교회에 꼭 나오라는 그런 말을 한 적이 없었다. 나오고 싶으면 나오고, 나오기 싫으면 안 나와도 무방하고……. 어디까지나 신앙은 자유라는 식이었다. 그런데 그런 미애가 오늘은 교회에 꼭 나오라는 소리를 몇 번이나 되풀이했는지 모른다.

부담이 안 될 도리가 없었다. 모처럼 친구가 그처럼 권고를 하는데 거절할 수가 있겠는가 말이다. 교회에 처음으로 나오라는 것도 아니고, 얼마 동안 다니던 교회에 다시 나오라는데…….

그러나 나는 도저히 나갈 수가 없을 것 같았다. 미애가 그냥 신앙생활의 계속을 위해서 교회에 나오라는 것이라면 문제가 간단하겠는데, 그게 아니라, 자기 오빠와 만나도록 하기 위해서, 그래서 자기 오빠와 내가 남다른 사이가 되도록 하기 위해서, 그러는 것이니 괴로운 일이 아닐 수 없었다.

─아마 우리 오빠가 니가 보고 싶은가 봐.

─우리 오빠가 널 은근히 좋아하고 있나 봐.

─우리 오빠 의대생이야. 그걸 알아야 돼.

미애의 그런 말이 곧장 귓전에서 뱅뱅 맴을 돌며 나를 괴롭혔다. 그리고 그날 눈 내리는 거리에서 주 선생 때문에 헤어지게 됐을 때 두현이,

"가보세요. 선생님이 오라는데 안 가면 됩니까?"

하고 씩 웃고는,

"담에 또 만납시다."

하고 성큼 돌아서 가버리던 일이 곧장 떠올라 견딜 수가 없었다.

─담에 또 만납시다.

생각할수록 안타깝고 괴로운 말이었다. 정말 또 만날 수가 있다면 얼마나 좋을까. 그러나 이제 나는 그를 만날 수 없는 여자가 되어버린 것이 아닌가. 생각하니 한없이 쓸쓸하고 슬프기까지 했다.

참 이상한 일이었다. 지금까지 두현이 그처럼 그리운 존재로 여겨진 일이 없는데, 그저 막연히 친밀감 같은 것만 느끼고 있었는데, 불현듯 그를 만날 수 없게 됐다는 사실이 슬프기까지 하다니, 정말 내 마음을 내가 알 수가 없었다. 어쩌면 단팥죽 집에서 마주 앉아 이야길 나누고 눈 내리는 거리를 잠시 나란히 걸었던 그 일이 나도 모르게 내 가슴 밑바닥에 지울 수 없는 발그레한 감정으로 채색이 되었던 모양이다. 그것이 미애로 인해서 아프게 밖으로 표출되어 나오는 것이다.

두현이 나를 은근히 좋아하고 있다니, 정말 얼마나 가슴 두근거려지는 일인가. 그러나 나는 이미 주 선생의 것이 되어 버린 것이다. 주 선생 말마따나 틀림없는 그의 것이.

일이 왜 이렇게 묘하게 어긋나 버리는 것일까. 주 선생과 그런 관계가 되기 전에 두현의 마음을 알았더라면 얼마나 좋았을까. 그렇다면 절대로 어떠한 일이 있어도 주 선생의 것이 되어 버리지는 않았을 터인데……. 생각할수록 안타깝고 분하고 울고 싶기까지 했다. 지금이라도 좋으니 물릴 수 있다면 물리고 싶은 그런 심정이었다.

주 선생이 원망스럽기만 했다.

주상운― 그는 학교의 선생이 아닌가. 선생이 제자에게 그런 마음을 먹다니……. 아무리 선생도 남자라고 하지만, 그러나 제자에게 그럴 수가 있는가 말이다.

잘못은 나에게도 없는 게 아니었다. 오히려 나에게 더 큰 잘못이 있는지도 몰랐다. 일이 그렇게 되도록까지 접근해 간 게 애당초 잘못이었다. 그리고 그 순간에도 내가 끝내 안 된다고 버티었다면, 최

악의 경우에는 소리라도 질렀으면 되었을 게 아닌가. 실상은 나도 은근히 그렇게 되기를 바라고 있었는지도 모르는 것이다.

이제 와서 주 선생을 원망한들 무슨 소용이 있는가.

그런데 스승과 그런 관계가 되었으니, 앞으로 도대체 어떻게 되는 것일까. 생각이 거기에 미치자, 나는 별안간 두려움이 온몸을 엄습해 오는 듯했다. 좌우간 괴롭고 뒤숭숭한 밤이었다.

잠시 후, 나는 가볍게 발작이라도 일으킨 사람처럼 벌떡 이불을 걷어차고 일어났다. 시계를 보았다. 아홉 시 오 분 전이었다.

나는 얼른 옷을 주워 입고, 외투를 걸쳤다. 그리고 집을 나섰다.

어처구니없게도 나는 그 밤중에 주 선생네 집을 향해 가는 것이었다.

2

밤거리는 호젓했다. 아홉 시 가량밖에 안 되었는데도 어느덧 사람의 발길이 거의 끊어져 있었다.

하늘 한쪽에는 조각달이 얼어붙어 있었다.

외투 깃을 세우고, 포켓에 두 손을 찌른 나는 무슨 급한 볼일이라도 있는 사람처럼 주 선생 집을 향해 잰걸음을 쳤다. 코끝에 와 닿는 밤공기가 여간 싸늘하지가 않았다. 그러나 그 싸늘한 공기가 싫지 않았다. 뒤숭숭하고 답답하기만 하던 가슴이 조금은 트이는 듯한 기분이었다.

어디선지 멀리서,

"메밀묵 사려— 찹쌀떡—"

하고 외치는 소리가 호젓하고 싸늘한 밤거리에 메아리치듯 들려오고 있었다.

주 선생 집이 있는 언덕길에 이르자 나는 문득 이 밤중에 무엇 하러 주 선생을 찾아가는 것인지……. 하는 생각이 들었다. 집을 뛰쳐나올 때는 분명히 주 선생을 찾아가야 할 까닭이 있었던 것 같은데, 이제 생각하니 그 이유라는 것이 아리송했다.

잃어버린 처녀성— 그 처녀성을 되물리고 싶은 심정과 앞으로 도대체 어떻게 할 작정인지, 한바탕 따지며 앙탈이라도 부리고 싶은 심정에서 집을 뛰쳐나왔던 것 같은데, 생각하니 우습고, 싱거워 빠졌다는 느낌이었다. 도대체 한 번 잃어버린 처녀성을 어떻게 되물린단 말인가. 그리고 앞으로 어떻게 할 작정인지 따진다는 것도 말이 아니었다. 싱거워 빠진 노릇이 아닐 수 없었다.

밤중에 찾아간다는 것도 이상했다. 어쩌면 속이 빤히 들여다보이는 노릇인 듯했다.

나는 그대로 걸음을 돌릴까 생각했다. 괴롭고 뒤숭숭하던 기분이 싸늘한 밤공기에 씻긴 듯 거의 가셨으니, 집으로 되돌아가는 것이 옳을 것 같았다. 그러나 어찌 된 영문인지 나는 돌아서지지가 않았다. 돌아서기에는 무언가 아쉽고 허전한 것이 남아 있는 듯했다.

잠시 그 자리에서 머뭇거리던 나는 결국 돌아서는 것이 아니라, 앞으로 걸음을 내딛는 것이었다. 마치 무슨 인력에라도 끌리듯이 말이다.

주 선생 집 대문 앞에 이르자, 나는 숨을 죽였다. 주 선생 방에 불이 환히 켜져 있었다. 아직 안 자고 있는 게 분명했다.

그런데 이상하게도 나는 '선생님' 하는 소리가 입에서 나오질 않았다. 마치 입안이 얼어붙기라도 한 듯 좀처럼 입술이 떨어지질 않는 것이었다.

밤이기 때문에 그런지도 몰랐다. 밤에 찾아오기는 처음이니 말이다. 그러나 그래서라기보다도 주 선생과 그런 관계가 된 뒤로는 처음 찾아오는 터이라 그런 것 같았다. 남자와 여자가 그런 관계가 되었다는 것은 두 사람 사이가 그야말로 가까워질 대로 가까워졌다는 것을 의미한다. 그러니까 이제 스스럼 같은 것은 전혀 없어도 좋을 것이다.

하지만 그게 아니었다. 오히려 그전보다 더 쑥스럽고, 주저되고, 기분이 얄궂기만 했다.

잠시 후, 나는 대문을 가만가만 노크했다. 똑똑똑 똑똑……. 그러나 그 소리가 주 선생 방까지 들릴 리가 없었다. 좀더 세게 두들겼다. 역시 아무 반응이 없었다.

하는 수 없이 나는 대문을 왈칵왈칵 두어 번 밀어붙였다. 그제야 방문이 열리며,

"누구야?"

주 선생이 얼굴을 내밀었다.

나는 왠지 큭큭 웃음이 나왔다. 그러자,

"아니!"

주 선생은 깜짝 놀란 듯 후닥닥 밖으로 튀어나왔다.

대문 밖에 내가 서 있는 것을 보자, 주 선생은,

"오, 잘 왔어, 잘 왔어. 어서 들어와, 어서, 어서……."

반가워서 어쩔 줄을 모르겠는 듯 싱글벙글했다.

주 선생이 나를 보고 그처럼 좋아서 들뜨는 것은 처음이었다. 전에는 아무리 좋아도 그것을 안으로 슬그머니 감추고, 겉으로는 점잖은 티를 잃지 않으려고 애를 썼는데, 다시 말하면 스승이라는 체면을 지키려고 했는데, 이제 그게 아니었다. 이제 스승 같은 것 내팽개쳐버린 모양이었다.

대문을 닫고 나서 주 선생은 덥석 내 한쪽 손을 잡으며,

"정말 잘 왔어. 정말, 정말……. 추운데 어서 들어가자구."

하면서 안으로 이끌었다.

주 선생한테서 훅 술내가 풍겼다.

방에 들어가 보니 술상이 놓여 있었다. 조그마한 둥근 상에 소주병과 안주 접시, 그리고 잔이 한 개 얹혀 있는 것이었다. 이홉짜리 소주병이 절반가량 내려가 있었다.

아랫목에 혼자 앉아서 술을 마시고 있었던 것이다.

나는 좀 이상하다는 생각이 들었다. 혼자서 술을 마시다니……. 술이란 주거니 받거니 몇 사람이 어울려서 마시는 것인 줄 알았는데, 혼자 앉아서 잔에 술을 따르고, 그것을 홀짝홀짝 마시고 있다니……. 어쩐지 청승스럽고, 처량하다는 생각이 들기도 했다.

아버지도 이따금 술이 얼큰해가지고 집에 들어오는 터였으나, 집에서 혼자서 술을 마시는 일은 없었던 것이다.

무슨 재미로 술을 혼자서 마시느냐고 물어보고 싶었으나, 나는 입을 떼지 않았다. 가만히 앉아서 애써 뚱한 얼굴을 하고 있었다. 기분이 좋아서 찾아온 게 결코 아니라는 것을 과시라도 하려는 것처럼.

그러나 주 선생은,

"하도 허전하고 쓸쓸해서 혼자 술을 마시고 있던 참이야. 정말 잘 왔어. 잘 왔어."

하면서 곧장 싱글벙글 웃었다. 밤에 이렇게 내가 찾아올 줄은 정말 몰랐고, 또 뜻밖에 무슨 횡재라도 굴러 들어온 듯한 기분인 모양이었다. 눈언저리가 곱게 물들어 있었다.

나는 그렇게 좋아서 못 견디는 주 선생이 결코 싫지 않았다. 내가 찾아온 것을 그처럼 좋아하는데 싫을 턱이 없었다. 그러면서도 한편 묘하게 심술 같은 것이 동하는 듯했다. 그 좋아하는 까닭이 빤히 들여다보이는 것 같았던 것이다. 허전하라고 쓸쓸하던 판인데, 마침 와 주어서 정말 신난다는 그런 생각임에 틀림없었다. 술기도 있는 판이니, 곧 어떤 행동으로 나올 것인지 뻔했다.

나는 입을 꼭 다물고 앉아서 주 선생을 지켜보고 있었다. 되도록 싸늘한 표정을 하고서.

주 선생은 잔에 술을 따랐다. 그리고 그것을 훌쩍 마시고는

"술맛도 더 좋은데⋯⋯. 혜선이가 오니까⋯⋯."

하고 싱그레 웃었다.

내가 여전히 뚱한 얼굴로 싸늘한 표정을 짓고 있자, 주 선생은 재미있다는 듯이 말했다.

"아니, 내가 술 마시는 게 혜선이는 싫은 모양이지?"

"⋯⋯."

"아버지는 술 안 자시나?"

"⋯⋯."

"왜 그러지? 왜 아무 대답이 없지? 꼭 기분이 안 좋은 사람 같은

데……."

그제야 나는,

"안 좋단 말이에요."

톡 쏘듯이 말했다.

"어, 그래? 왜 기분이 안 좋을까?"

"아하― 알겠어. 알겠어. 귀한 손님이 왔는데, 나 혼자 술상을 앞에 놓고 앉았으니 기분이 안 좋을 수밖에. 아, 미안, 미안……."

그러면서 주 선생은 얼른 상을 한쪽으로 밀어내는 것이었다.

나는 속으로 우스웠다. 그러나 더욱 싸늘한 어조로,

"그게 아니란 말이에요."

하고 내뱉었다.

"그게 아니라? 그럼 와 그럴까?"

"나 죽어버릴 거란 말예요."

정말 뜻밖에 튀어나온 말이었다. 그런 말을 하려고 전혀 생각지도 않았는데, 저절로 그런 말이 입 밖으로 튀어나왔던 것이다. 그리고 그 말이 나로서는 다른 어떤 말보다도 적절한 말인 것 같았다.

나의 그 말에 주 선생은,

"뭐? 죽어버려?"

약간 눈이 휘둥그레지더니, 곧 껄껄 웃음을 터뜨렸다. 술기 탓인지 어쩐지 사람이 좀 헐렁헐렁하고, 물렁물렁해진 것같이 느껴졌다.

"정말이란 말예요. 죽어버릴 거예요."

"허허허……."

"왜 웃으세요? 내가 죽는다니까 기분이 좋으신 모양이죠?"

"허허허……."

웃다가 말고 주 선생은 정색을 했다. 그리고 술기 때문인지 약간 흐릿하게 번들거리는 눈으로 나를 똑바로 바라보더니,

"혜선이! 그런 소리 하는 게 아니야. 아무리 농담이지만 그런 소리 하다니……."

제법 진지한 어조로 말했다.

"농담이 아니란 말예요. 정말 죽어버릴 작정이란 말이에요."

"……."

"두고 보세요. 거짓말인가……."

정말 나는 죽어버리기로 작정이라도 한 것 같은 그런 묘한 심정이 되어 있었다.

주 선생의 표정이 굳어졌다.

"왜 죽어버린다는 거야? 그 이유를 말해봐."

"몰라서 물으세요?"

"……."

"난 도로 처녀가 되고 싶단 말예요. 도로 처녀가 못 될 바에야 차라리 죽는 게 나아요."

"……."

"정말 억울해 죽겠어요."

"뭐?"

주 선생의 번들거리는 두 눈에 매서운 빛이 번쩍했다.

"아니, 혜선이 너 그게 정말이니?"

"……."

"응? 정말이야?"

"……."

"지금 한 말이 정말이냔 말이야."

"정말예요."

나는 쏘아붙이듯이 대답했다. 그러나 주 선생의 위세에 눌려서 그런지 목소리가 조금 떨렸다.

주 선생은 잠시 온몸이 굳어진 사람처럼 말없이 앉아서 나를 지켜본다기보다도 노려본다고 하는 편이 옳을 것이다.

나 역시 바짝 긴장이 되어 굳어져 있었다.

잠시 후 주 선생은,

"음―"

신음하는 듯한 무거운 소리를 토했다. 그리고 술상을 도로 앞으로 끌어당겨 술을 마시기 시작하는 것이었다.

기분 잡친 듯한 얼굴로 자작자음을 하는 주 선생을 가만히 바라보고 있던 나는 슬그머니 겁이 났다. 침울하고 무뚝뚝한 표정과 이따금 신경질적으로 깜작거리는 눈이 어쩐지 으스스하게 느껴졌던 것이다.

나는 조심스럽게 숨을 한 번 내쉬고는 가만히 자리에서 일어났다.

"왜 일어나는 거야?"

주 선생이 묻자 나는,

"갈래요."

나직한 소리로 대답했다.

그러자 주 선생은 잔을 놓고 벌떡 일어서며,

"안 돼, 안 돼, 못 가!"

하고 내 앞을 가로막았다.

"아니에요. 갈래요."

“못 가!”

“갈래요.”

“안 돼!”

주 선생은 덥석 내 양 팔뚝을 잡았다. 술내가 내 얼굴로 훅 풍겨 왔다. 나는 얼른 고개를 돌리며, 내 팔뚝을 잡은 주 선생의 손을 뿌리치려고 했다.

“혜선이!”

“싫어요.”

“정말 이러기야?”

“……”

“이러지 말어. 이미 혜선이는 내 거야. 그걸 알아야 돼. 나한테서 멀어지고 싶은 모양인데, 마음대로 안 되지. 안 되고말고……”

“싫단 말예요!”

나는 냅다 신경질적으로 내뱉었다. 정말 주 선생이 싫은 생각이 왈칵 치솟았던 것이다.

“뭣이 어째?”

주 선생의 두 눈이 바르르 떨렸다. 그리고 다음 순간, 나는 방 아랫목 이불 위에 벌떡 나가떨어지고 말았다. 주 선생도 나와 함께 나가떨어졌다. 냅다 나를 그쪽으로 쓰러뜨리며 자기도 함께 쓰러져 버렸던 것이다.

이불 위에 나를 안고 쓰러진 주 선생은 마치 사나운 짐승 같았다. 술기 탓인지 거칠기 짝이 없었다.

나는 정신이 얼얼했다. 이 일을 어떻게 했으면 좋을지 몰랐다. 처음 겪는 일도 아닌데, 덜컥 겁이 나기도 했다.

그러나 나는 어찌 된 영문인지 거의 맥을 못 추고 있었다. 마치 온몸의 나사가 풀어져 버린 사람 같았다. 얼굴에 와 닿는 술내를 피하느라 이맛살을 찡그리며 고개를 이리저리 돌리기만 했다.

남자들의 술 냄새라는 것이 어떤 것인가를 나는 그때 처음으로 알았다. 시큼하고, 텁텁지근하고 후끈둥한 것이 처음에는 반사적으로 싫었으나, 그러나 묘하게도 온몸에 열기가 오르면서부터는 그게 아니었다. 오히려 덜큰*(약간 시금하고 단 느낌이 있다)하고 시그무레*(깊은 맛이 있게 조금 신 듯하다)한 것이 무슨 야릇한 마취제라도 되는 듯 느껴졌다.

나는 그 야릇한 술 냄새에 휩싸여 점점 의식이 가물가물해져 가는 듯했다.

얼마나 지났을까.

"혜선이."

주 선생의 열이 풀린 목소리가 나직하게 귓전에 울렸다.

나는 대답을 하지 않았다. 가만히 눈을 감고 있었다.

"아직도 기분이 안 풀렸어?"

"……."

"응? 대답해봐."

"안 풀렸어요."

그러나 나는 그만 눈을 뜨고 샐쭉 웃어 버렸다.

"요 깍쟁이. 혜선이 상당히 깍쟁인데……."

주 선생도 좋아서 싱그레 웃음을 떠올렸다.

그리고 주 선생은 내 볼에다가 자기의 한쪽 볼을 가만히 갖다 대고 슬슬 문지르며 속삭이듯이 말했다.

"혜선이, 죽어버린다는 그런 생각 절대로 하면 안 돼. 죽어버리다
니, 그게 무슨 소리야. 앞으로는 농담으로라도 그런 소리 하면 안
돼."

"……."

"알겠지? 응?"

"……."

나는 아무 대답을 하지 않았다. 그러나 내 볼을 슬슬 문지르고
있는 주 선생의 볼이 부드럽고 따스하다고 생각했다.

3

이튿날, 나는 교회에 가지 않았다. 갈 것인가, 어쩔 것인가, 망설
여졌으나, 도저히 얼굴을 들고 미애랑 두현을 대할 수가 있을 것
같지 않았던 것이다.

어제 그처럼 간곡히 부탁하던 미애를 보아서는 가는 게 옳은 일
이었으나, 도리가 없었다. 간밤에 주 선생 집에만 가지 않았더라도
혹시 모를 일이었다. 그러나 간밤에 주 선생과 또 그런 일을 저질
러 놓고, 어떻게 얼굴을 들고 미애랑 두현을 대한단 말인가. 나는
그런 뻔뻔스러운 계집애는 아니었다.

간밤에 거의 통행금지가 가까워서 집에 돌아온 나는 곧 깊은 잠
에 떨어져 버렸었다. 이제 모든 게 될 대로 되었다는 그런 체념 비
슷한 심정 때문인지, 마치 온몸이 깊은 잠의 수렁으로 푹 빠져들어
가듯 잠이 들었었다.

아침에 눈을 뜬 것은 아홉 시가 지나서였다. 실컷 자고 나서 그런지 몸은 가뿐했고, 기분은 개운했다.

그러나 낮이 되자, 교회에 못 간 탓으로 약간 심란하고, 입맛이 썼다. 교회가 끝나면 미애가 찾아오겠지 싶었다. 찾아오면 뭐라고 변명을 할까, 생각해 보기도 했다.

그러나 미애는 오지 않았다. 해가 질 무렵까지 미애가 찾아오지 않자, 나는 서운한 생각이 들었다. 찾아와서 왜 교회에 안 왔느냐고 윽박질러대면 난처한 일이었으나, 그런대로 미애가 오지 않고 말자, 허전하고 섭섭한 것이었다. 사람이란 그렇게 일방적이고, 이기적인 것인지, 내가 생각해도 약간 어이가 없었다.

틀림없이 미애가 토라진 모양이었다. 그처럼 나오라고 당부를 했는데, 안 갔으니, 괘씸한 생각이 들었을 게 뻔했다. 화를 내거나 토라지는 일이 거의 없는 미애였는데, 단단히 섭섭했던 모양이라고 생각하니 정말 미안한 생각이 들었다. 아무리 친한 사이지만, 서로 지킬 것은 지켜야 하는 법인데, 오늘 일은 내가 잘못된 게 틀림없다. 그러나 그런 줄을 알면서도 나로서는 어쩔 도리가 없었던 것이다.

해가 지고, 사방이 어둑어둑해지자, 나는 왈칵 쓸쓸한 생각이 들어 가만히 몸을 떨었다. 으스스 춥기도 했다. 가장 친한 친구가 나에게서 떨어져 나가버린 것 같은 그런 허전하고 안타까운 기분이었다.

주 선생과 두 차례 그런 일이 있은 뒤부터 나는 묘하게도 그 일이 별로 두렵지 않은 것으로 여겨지게 되었다. 두렵지 않을 뿐 아니라, 오히려 어떤 때는 온몸이 야릇한 열기에 휩싸이는 듯 갈증 같은 것을 느끼며, 걷잡을 수 없이 욕망이 그쪽으로 치닫기도 하는 것이었다.

그럴 때면 나는 으레 집을 나섰다. 집을 나서서 공연히 거리를 이리저리 쏘다니다가, 결국 발길이 주 선생 집 쪽으로 향하는 것이었다.

이제 주 선생 집을 찾아간다는 것은 결국 그 일을 자청해서 가는 것과 마찬가지였다. 그 일을 자청하다니……. 생각하면 부끄럽고, 수치스러운 일이기도 했다. 그래서 발길이 주저되기도 했으나, 어찌할 수가 없었다. 말하자면 그것은 뿌리칠 수 없는, 야릇하고 묘한 유혹이었다.

찾아가서 주 선생이 집에 없을 때면 걷잡을 수 없이 허전했다. 집에 안 있고, 지랄같이 어딜 갔을까, 하고 공연히 화가 치밀며, 찔끔 눈물이 날 것 같기도 했다.

결국 나는 주 선생을 사랑하고 있구나 하는 생각이 들었다. 사랑한다는 것은 말하자면 이런 감정이 아니고 무엇이겠는가.

한 번은 오후에 찾아갔는데, 주 선생은 그림을 그리고 있었다. 추상화인데, 내가 보기에는 무슨 구름이 뒤엉켜 있는 것만 같았다.

역시 그림 선생은 그림을 그리고 있는 게 어울렸고, 또 어쩐지 좋았다. 나는 그림 그리는 곁에 서서 구경을 하다가, 가만히 입을 열었다.

"선생님, 뭘 그리는 거예요?"

"뭐처럼 보이나?"

"구름 같은데요. 구름이 뒤엉킨 것 같애요."

"흠, 그러고 보니 그렇게도 보이는군. 그러나 구름은 아니야."

"그럼 뭐예요?"

"그저 어떤 마음의 상태 같은 것을 표현해 보고 있을 뿐이야."

"마음이 뒤숭숭하신 모양이죠?"

"허허허……. 글쎄."

"맞죠?"

"좌우간 조용하진 못하지."

"왜 그래요? 왜 조용하지 못해요?"

"……."

"예?"

"값진 보물을 손에 넣은 사람은 기분이 좋으면서도 한편 불안한 거야. 누가 그 보물을 훔쳐 가면 어쩌나 싶어서 탈이야. 더구나 그 보물이 깊숙한 곳에 숨겨둘 수 있는 그런 것이 아니고, 제 발로 마음대로 걸어 다니는 그런 것일 때는 그 불안이 더한 것이지. 무슨 뜻인지 알겠어?"

"……."

나는 아무 대답을 하지 않았다. 속으로 힉 웃음이 나왔다.

주 선생은 계속 말했다. 마치 그림을 그리면서 혼자 독백을 하는 것 같았다.

"그리고 그 보물을 손에 넣었다는 것을 남들이 알게 되면 입장이 매우 곤란해지는 경우가 있지. 남들이 부러워하는 것이 아니라, 비난을 하는 거지. 말하자면 손에 넣어서는 안 될 사람이 손에 넣은 셈이지. 그러나 그 사람은 그 보물을 가지지 않고는 못 배기는 걸 어떻게 해. 고민은 거기에 있는 거야."

주 선생은 꽤 심각하고 착잡한 듯한 표정으로 바뀌어 있었다.

나도 묘하게 가슴 내부가 굳어진 듯한 느낌이었다. 가만히 숨을 죽이고 있었다.

잠시 침묵이 흘렀다.

그러나 곧 나는 마치 화라도 난 것처럼,

"그만두면 되는 거 아니에요?"

하고 불쑥 내뱉었다.

"그만두다니?"

"남들이 알면 비난한다면서요? 그게 고민이라면서요?"

"……."

"그럼 그만두면 되는 거죠 뭐. 고민할 게 뭐 있어요."

그러자 주 선생은 일부러 그러는지, 정말 웃음이 나오는지, 좀 묘한 표정으로 나를 힐끗 보고는,

"허허허 허허허……."

웃는 것이었다.

조금 전의 심각하고 착잡한 듯한 표정은 싹 어디로 가고, 어쩐지 유들유들해 보이고, 싱겁기만 한 그런 얼굴이었다. 그래서 나는,

"웃긴 왜 웃어요?"

톡 쏘아붙였다.

내가 쏘아붙이는데도 주 선생은 기분이 매우 좋은 모양이었다. 약간 닝글닝글한 그런 표정으로 계속 독백하듯 말했다.

"그만둘 수 있다면 문제는 간단하지. 그러나 그만두다니, 어림도 없는 이야기지. 설사 남들이 알게 되어 비난을 퍼붓는다 하더라도 그만둘 수는 도저히 없지."

"……."

"그리고 아름다운 꽃이란 밝고 따뜻한 햇빛만으로 이루어지는

것은 아닐 거야. 눈보라에 시달리기도 하고, 비바람에 씻기기도 한 다음에야 비로소 피어나는 것일 거야. 그와 마찬가지로 참다운 애정이라는 것도 남들의 축복 속에서 이루어진다기보다는, 주위의 비난과 측근의 반대 속에서 비로소 결실되는 것이라고 생각해. 축복 속에서 이루어진 애정이 온실 속에서 자란 화초 같은 것이라면, 비난과 반대 속에서 피어난 애정은 야생화와 같은 것이지. 온실 속에서 자란 화초는 언제 시들지 믿을 수가 없어. 그러나 야생화는 그렇지가 않아. 싱싱한 생명력이 있는 꽃이지. 때가 올 때까지는 결코 함부로 시드는 법이 없어. 온실 속의 꽃보다는 어느 모로나 야생화가 참다운 꽃이지. 어때? 내 말이……."

나는 약간 얼얼한 기분이 되어 있었다. 아까와는 달리 주 선생이 매우 믿음직하고 든든하게 여겨졌다. 그리고 남자란 어쩌면 두 개의 상반된 얼굴을 가지고 있는 것인지도 모른다는 생각이 들기도 했다. 유들유들하고 닝글닝글한 그런 싱거운 얼굴과 이처럼 진지하고 감동적이기까지 한, 든든한 얼굴 말이다.

주 선생은 화필을 놓고, 담배를 피워 물었다.

"왜 아무 대답이 없지?"

"……."

"혜선이, 야생화 같은 그런 꽃을 한 번 피워보자구. 어때?"

"몰라요."

나는 불쑥, 그러나 나지막한 목소리로 대답했다. 물론 마음속으로는 예, 하고 있었다.

"모르다니?"

"……."

"그런 법이 어디가 있어. 그러지 말고…… 혜선이, 단단히 각오를 해야 돼. 농담이 아냐. 만일의 경우……. 어떠한 일이 있더라도 견뎌 나가야 돼. 알겠지?"

"싫어요. 겁이 나요."

"겁이 나긴……."

그러면서 주 선생은 한 손으로 내 한쪽 손을 가만히 싸쥐고는 지그시 힘을 주는 것이었다. 얼굴에는 미소가 어려 있었다. 그러나 그 미소는 부드럽고 따뜻한 것이라기보다, 약간 긴장이 되고, 어딘지 모르게 진지한 그런 것이었다.

정말 나는 두려운 생각이 들었다. 그러나 순응하는 표시인 듯 주 선생의 손아귀 속에 든 손을 잠시 그대로 가만히 두고 있었다.

그러자 주 선생은 담배를 비벼 끄고는 슬그머니 나를 끌어안았다. 나의 한쪽 볼에다가 자기의 한쪽 볼을 갖다 대는 것이었다.

다른 때 같으면 곧바로 입술을 덮쳐 왔을 것이다. 볼에다가 가만히 볼을 갖다 대는 일은 맨 나중에나 있던 일이었다. 그런데 오늘은 그 순서가 뒤바뀐 셈이다.

말하자면 몸에 열이 오른 게 아닌 것이다. 뜨거운 욕구 때문에 나를 끌어안은 게 아니라, 어떤 결의를 다짐하기 위해서인 것이다. 맞닿은 볼과 볼을 통해서 자기의 결의를 나에게 전달하고, 또 나의 결의를 북돋우기 위해서인 것이다. 야생화 같은 꽃을 피우기 위해서 말이다.

그러나 나는 곧 볼을 뗴었고, 주 선생을 밀어내 버렸다. 주 선생의 그 결의의 다짐이 싫어서가 아니었다. 냄새 때문이었다. 담배 냄새가 풍겼던 것이다. 방금 입에서 담배를 떼 내어서 그런지 입이 옆으로 살짝 비켜나 있는데도 그 냄새가 심히 풍겼다.

나는 담배 냄새를 싫어한다. 몹시 역하게 느껴지며 절로 이맛살이 찌푸려지는 것이다. 이상하게도 술 냄새는 그다지 그렇지가 않은데, 담배 냄새는 질색이다.

내가 이맛살을 찌푸리며 볼을 떼고 자기를 밀어내 버리자, 주 선생은 실망의 빛이 역력한 그런 눈으로 나를 바라보았다. 그래서 나는 얼른

"담배 냄새가 난단 말이에요."

하고 힉 웃었다.

그러자 주 선생의 두 눈에 생기가 확 되살아나며, 좀 멋쩍은 듯 히죽 웃음을 띠었다.

방 윗목에 나를 모델로 해서 그리던 그림이 벽에 기대 세워져 있었다. 나는 지금까지의 화제와 분위기에서 벗어나기라도 하려는 것처럼 시선을 그쪽으로 보내며 말했다.

"선생님, 저 그림은 어떻게 된 거예요?"

"어느 그림?"

"저 그림 말이에요. 완성이 된 거예요? 아직 덜 된 거예요? 알 수가 없군요."

"완성이 되었다면 된 거고, 미완성이라면 아직 미완성이지. 손을 대려면 아직 댈 데가 있지만, 그만두어도 상관없으니까. 뭐라고 해야 할까……."

애매모호한 대답이었다.

"그런 게 어딨어요. 완성이면 완성이고, 미완성이면 미완성이지, 완성도 아니고 그렇다고 미완성도 아니고……. 그게 뭐예요? 참 흐

리멍덩하군요. 솔직하게 싫증이 나서 더 손을 대고 싶지 않다고 그러시지."

"모르는 소리. 본래 예술이란 그렇게 흐리멍덩한 구석이 있는 법이야. 딱 잘라서 여기부터는 완성이다, 여기까지는 미완성이다 하는 그런 분명한 선이 있는 게 아니야. 누가 봐도 아직 덜 그렸다고 느껴질 그런 것을 가지고 완성이라고 한다면 곤란하겠지만, 완성인 듯도 하고, 미완성인 듯도 한 그런 경우는 그 화가가 완성이라고 내걸면 완성인 거야. 어디까지나 그 판단은 그런 사람에게 달려 있는 거지. 어쩌면 그런 점도 일종의 예술의 자유에 속하는 것인지도 몰라. 특히 다른 분야보다도 그림에 있어서는 말이야."

주 선생의 한 가닥 예술론 비슷한 말이 끝나자, 나는 재빨리 익살 섞인 투로 말했다.

"그렇다면 저 그림은 아직 미완성이군요."

"어째서?"

"화가가 완성이라고 내걸면 완성이라면서요. 아직 내걸지 않고, 저렇게 벽에 기대 세워둔 걸 보니 미완성이지 뭐예요."

"허허허……. 혜선이 재치 문답에 나가면 잘하겠는걸."

"그렇잖아도 한 번 나가볼까 해요. 호호호……."

4

어느덧 방학이 끝나고, 개학이 되었다. 그전과는 달리 나는 학교 가기가 두렵고 조심스럽기만 했다. 멀리 교문이 보이면 벌써 가슴이 두근두근 뛰며 긴장이 되는 것이었다.

무엇보다도 학우들의 눈치가 두려웠다. 혹시 누군가가 나의 비밀을 알고 있지나 않는가, 알지는 못한다 하더라도 그런 낌새라도 챈 게 아닐까 하고 늘 불안했다.

친구들이 저희끼리 모여서 무슨 말들을 주고받을 것 같으면 나는 가슴부터 덜컥했다. 혹시 내 비밀 이야기를 나누고 있는 게 아닌가 싶어서 얼굴에서 핏기가 가시는 듯한 느낌이었다.

그리고 미술 시간이 싫었다. 학교에서 주 선생과 얼굴을 맞댄다는 것은 정말 어색하고 난처한 일이었다. 곧 탄로가 나는 것만 같아 조마조마하고 두려웠다.

아마 다른 어떤 큰 죄를 지었다 하더라도 이처럼 이렇지는 않을 것 같았다. 사제지간에 선을 넘는다는 것이 이렇게 겁나는 일인가 싶으며 나는 가만히 몸을 떨기도 했다. 마치 오한 같은 것이 등을 적시는 듯한 느낌이었다.

미애는 전과 별다른 데가 없었다. 그러나 내가 그렇게 생각해서 그런지 전보다는 어쩐지 나에 대한 태도가 무덤덤해진 것 같았다.

그런 어느 날, 나는 마침내 가슴이 덜컥 내려앉고 말았다. 점심시간이었다. 도시락을 먹고 나자, 왠지 아랫배가 살살 조금 아픈 듯해서 나는 변소로 갔다. 2학년 3반 우리 학급 전용의 변소였다.

변소 문에는 제각기 학년과 반 표시가 되어 있었다. 아무데나 들어가는 것은 규율 위반이었다.

변소에 들어가 앉자 가벼운 설사였다.

쪼그리고 앉아 있던 나는,

"아니……."

절로 조금 눈이 휘둥그레졌다.

낙서였다. 그런데 그 낙서가 아무래도 예사롭게 생각되지가 않는 것이었다. 연필로 써 놓은, 무슨 화학공식 같은 낙서였다. J+Y=? 이렇게 되어 있었다.

처음에는 그저 누가 변소에 앉아 볼일을 보다가 심심풀이로 아무렇게나 그런 공식 비슷한 것을 낙서했거니 싶었다.

그러나 가만히 보니 '제이' 자와 '와이' 자가 아닌가. 'Y'는 다름 아닌 나의 이니셜인 것이다. 양혜선이니 'Y'가 아닌가.

그리고 'J' 자는……. 그 순간 나는 얼굴이 화끈해지는 것을 어쩌지 못했다. 'J' 자는 바로 주 선생의 이니셜인 것이다.

주 선생 플러스 양혜선 이퀄 무엇 바로 이렇게 풀이가 되는 것이 아닌가. 그렇다면 틀림없이 누군가가 나와 주 선생과의 관계를 알고 있거나, 적어도 눈치를 채고 있는 것이다.

그런 생각이 들자, 나는 눈앞이 아찔해지는 것이었다. 가벼운 현기증 같은 것이 머리를 때리고 지나가며, 낙서가 있는 하얀 벽이 노오랗게 물드는 듯했다.

드디어 올 것이 오고야 말았구나 하는 생각과 함께 나는 정신없이 그 낙서를 문질러 지워 버렸다.

변소를 어떻게 나왔는지도 잘 알 수 없을 정도로 나는 당황하고 있었다. 그길로 나는 학교 뒤 포대가 있는 언덕으로 올라갔다.

언덕에는 아직 잔설이 여기저기 눌어붙어 있었고, 바람결은 차가웠다. 그러나 나는 동백나무 밑동에 기대앉아 얼굴을 두 무릎 위에 묻고 눈을 감아 버렸다. 아무것도 생각하고 싶지가 않았다. 그저 이대로 앉은 채 얼어서 얼음덩어리가 되어 버리거나, 굳어서 돌덩

어리가 되어 버렸으면 싶었다.

선생과 그런 관계를 가진 학생 생각만 해도 창피하고 수치스러워서 도무지 견딜 수가 없었다. 그런데 그런 사실이 이제 학교에 널리 알려지게 될 모양이니 이 일을 어떻게 감당한단 말인가.

J+Y=? 라는 짓궂은 공식이 눈을 감고 있는데도 곧장 망막 속에 반딧불처럼 환하게 떠오르는 것이 아닌가.

도대체 누구일까. 누가 그런 낙서를 한 것일까? 누가 나의 그 비밀을 알고 있는 것일까?

미애일까? 생각이 여기에 미치자, 나는 스스로 깜짝 놀라고 있었다. 둘도 없는 친구인 미애를 의심하다니. 될 말이 아니었다. 그런 생각을 한 내가 오히려 부끄러웠다.

그렇다면 도대체 누가……. 알 수 없는 일이었다. 우리 반 아이임에는 틀림없는데……. 우리 반 변소에 그런 낙서가 있었으니 말이다.

누구인지 짐작도 가지 않았지만, 좌우간 머리가 좋은 아이의 낙서임에 틀림없었다. 그렇게 이니셜만을 따서 무슨 화학 공식 비슷한 것을 만들어 놓았으니 말이다. 그것만 가지고는 무슨 뜻인지 아무나 알 수가 없는 것이 아닌가. 그 낙서를 한 당자와 그것을 본 나밖에는…….

가령 주 선생+양혜선=? 이런 식으로 해 놓았다면 누구나 대번에 무슨 뜻인지 짐작을 할 수 있을 것인데……. 그리고 보면 남의 비밀을 들추어내어 널리 알려서 크게 상처를 입힐 그런 악의는 없는 것이 아닌가 여겨졌다.

그렇다면 얼마나 좋을까. 도대체 누구일까……. 불안한 생각이 약간 누그러지면서 안타깝기만 했다. 누구인지 알 수가 없지만, 그 사람에게, 그 애의 연필 끝에 나의 운명이 달려 있는 듯한 느낌이었다. 그 애에게 매달리고 싶은 그런 심정이었다.

언덕에서 내려온 것은 거의 해가 기울어져서였다. 그러니까 오후 수업은 고스란히 빼먹어버린 것이다. 수업 같은 게 문제가 아니었던 것이다.

이튿날 나는 여느 때보다 월등히 더 긴장된 상태로 등교를 했다. 모든 친구들의 얼굴이 예사롭게 대해지지가 않았다. 그러나 평소와 별로 다른 데가 없었다.

그저, 어제 오후에 어디 갔었느냐, 왜 수업을 빼먹었느냐, 하고 몇몇 친구가 걱정되는 듯 물어보았을 뿐이었다.

그런데 미애는 그런 말을 묻지도 않았다. 여느 때보다 어쩐지 더 무덤덤하기만 했다.

그러나 나는 그런 데 신경을 쓰고 있을 계제가 아니었다. 교실에 책가방을 놓기가 바쁘게 변소를 찾아갔다.

약간 떨리는 듯한 기분으로 변소 문을 열었다. 그러나 낙서는 없었다. 어제 내가 문질러 지워버린 그대로였다.

후유— 절로 안도의 숨이 내쉬어졌다. 그렇다고 뭐 푹 마음이 놓이는 것은 아니었다. 우선 당장은 불안을 면했을 뿐인 것이다.

수업이 끝나고, 쉬는 시간마다 나는 살금살금 변소를 찾아가 보곤 했다. 말하자면 나의 온 신경이 변소 쪽으로 집중하고 있는 셈이었다.

종일 낙서는 다시 나타나지 않았다. 이튿날도 역시 낙서는 보이지 않았다.

그제야 나는 슬그머니 마음이 놓이는 듯했다. 그리고 어쩌면 그게 주 선생과 나와의 관계를 나타낸 낙서가 아닌지도 모른다는 생각이 들기도 했다. 'J'가 반드시 주 선생의 이니셜이라는 법도 없고, 또 'Y'가 꼭 내 이니셜이라는 법도 없지 않은가. 다른 무슨 그런 공식이 있는지도 모르는 것이 아닌가.

그런데 도둑이 제 발이 저리다고, 지레 겁을 집어먹은 것이나 아닐까 싶기도 했다.

그런데 낙서의 일이 잊혀져 가는 어느 날, 점심을 먹고 무심히 변소에 가니, 마침 미애가 변소 문을 열고 나오고 있었다.

미애는 나를 보자, 힉 웃었다. 그리고 아무 말 없이 얼른 가버리는 것이었다. 어쩐지 그 태도가 좀 어색하게 느껴졌다.

변소에 들어가 앉은 나는 이마빼기를 한 대 딱 얻어맞은 것 같은 기분이었다.

낙서가 또 나타났던 것이다. 그런데 이번에는 'J'니 'Y'니 하는 그런 것이 아니라, 연필로 다음과 같이 써놓은 것이었다.

—사랑에는 국경도 없고, 사제지간도 없는 것일까. 설마 그럴 리야 없겠지.

나는 온몸의 피가 일시에 얼굴로 모이는 듯했고 또 곧 그 피가 얼굴에서 싹 가시는 듯했다.

이제 틀림없는 것이다. 틀림없이 나와 주 선생과의 관계를 의심하는 낙서인 것이다.

그런데 이 낙서의 주인공이……. 생각이 거기에 미치자, 나는 눈앞이 아찔했다. 현기증과 함께 가벼운 소름이 좍 끼쳤다.

미애가 그럴 줄이야……. 틀림없이 미애의 소행으로 여겨지는 것이다. 방금 미애가 바로 이 변소에서 나갔고, 힉 웃으면서 아무 말 없이 얼른 가버리는 것이 아니었는가. 틀림없는 것이다.

나는 그만 왈칵 울음이 쏟아지는 것을 어쩌지 못했다.

얼마나 울었는지 모른다. 변소에 쪼그리고 앉아 두 손으로 얼굴을 가리고 나는 추적추적 눈물을 흘리며 자꾸 울었다. 왜 그렇게 끝없이 눈물이 녹아내리는지…….

다른 애가 낙서를 했다면 결코 그렇게 눈물이 쏟아지지는 않았을 것이다. 둘도 없이 가까운 친구가 그런 낙서를 하다니……. 생각할수록 분하고, 원망스럽고, 서럽기만 했다. 믿었던 도끼에 발을 찍혀도 분수가 있지, 정말 미애가 그럴 줄이야…….

실컷 울고 나서 나는 이를 뽀도독 악물었다. 그리고 눈앞의 그 낙서를 마치 미애의 얼굴을 짓뭉개 주듯이 마구 문질러 지워버렸다.

그날 저녁, 나는 미애네 집을 찾아갔다. 나는 미애와 절교를 할 각오를 하고 있었다.

내가 찾아가자, 미애는 싱글싱글 웃으면서 반겼다. 그러나 나는 싸늘한 표정을 조금도 누그러뜨리지 않았다.

"어서 들어와, 웬일이니? 니가 다 우리 집을 찾아오고……."

미애의 말엔 빈정거리는 투가 들어 있었다. 아닌 게 아니라, 그처럼 자주 찾아다니던 미애네 집에 발걸음을 안 한 지도 꽤 되었다.

나는 아무 대꾸도 없이 방에 들어가자, 꼿꼿한 자세로 앉아 똑바로 미애를 쏘아보았다.

미애는 그런 나를 보더니 약간 질리는 듯 슬쩍 시선을 피하다가, 또 넉살 좋게 싱글싱글 웃음을 돌이키며 입을 열었다.

"오늘 밤 왜 그러니? 보통 저기압이 아닌 것 같은데……."

“…….”

“무슨 시비 걸 일이 있는 모양이지. 야 무섭다 야.”

“…….”

“하하하……. 애도 참, 왜 그렇게 노려보고 있니? 시비 걸 일이 있
으면 걸어 봐.”

“…….”

“내가 뭐 잘못한 게 있니?”

미애의 입에서 이런 말이 나오자, 나는 나도 모르게,

“그런 말이 어디서 나오니?”

싸늘한 목소리가 튀어나왔다.

“왜? 내가 뭘 어쨌는데?”

“너 정말 뻔뻔스럽구나. 그러고도 시치미를 뚝 떼니?”

“시치미를 뚝 떼다니?”

“야, 난 니가 그런 앤 줄 몰랐어. 정말 실망했어. 세상에 그런 법
이 어디 있니? 다른 애들이 그러더라도 너는 나를 감싸줘야 할 것
인데, 니가 나서서 그럴 줄이야 정말…….”

“하하하하…….”

미애는 좀 어색한 웃음을 그러나 호들갑스럽게 웃었다. 그리고
넉살좋은 얼굴로,

“낙서 때문에 그러는 모양이구나.”
하고 내뱉듯이 말했다.

나는 얼굴이 화끈 달아오르는 것을 어쩌지 못했다. 미애 자신이
이제 순순히 시인하고 나오는 것이 아닌가. 그런데 예사롭게 그 말
이 입에서 나오다니……. 정말 보통 넘는 계집애라는 생각을 하며,

나는 어이가 없어 그저 멀뚱히 미애를 바라보기만 했다.

"낙서를 한 것은 미안해. 하하하……. 그러나 그럴 만한 까닭이 있었던 거야."

"뭐?"

"너와 주 선생과의 관계가 아무래도 수상하고 궁금해서 견딜 수가 없었어. 그렇다고 니가 솔직하게 나한테 털어놓지도 않는 것 같고……."

"……."

"오히려 나를 멀리하는 것만 같아서 괘씸한 생각이 들기도 했지. 친한 친구란 뭐니? 무슨 말이든지 못 할 말이 없어야 되지 않니? 그런데 너는 그런 것 같지가 않았어. 나에게 뭔가 자꾸 숨기는 것 같아서."

"……."

미애의 그 말에는 사실 나도 가슴이 찔끔했다. 할 말이 없었다.

미애는 나를 몰아붙이듯 계속 지껄여댔다.

"그리고 너와 주 선생과의 관계가 어떤 것인가를 나는 확실히 알아야 될 일이 생겼어."

"……."

"그래서 너를 슬쩍 한 번 떠봤던 거야. 낙서로……."

"……."

나는 뭐라고 말을 해야 좋을지, 미애에게 휘감겨버린 듯한 느낌이었다. 나와 주 선생과의 관계가 어떤 것인가를 확실히 알아야 될 일이 생기다니……. 도대체 무슨 일이 생겼다는 것인지 궁금했으나, 왠지 그것을 물어볼 수도 없었다. 묘하게 곤경에 빠진 듯한 입

장이 되어 있는데, 미애가 또 넉살 좋게 웃으며 불쑥,

"그러고 보니 너 주 선생하고 깊은 관계구나."

하고 뇌까렸다.

나는 얼굴이 새빨개지는 것을 어쩌지 못했다.

"그렇지? 내 말이 맞지?"

"아니야."

"아니긴 뭐가 아니야. 솔직히 말해봐. 친구한테 못 할 말이 있니?"

"……."

"니가 나를 둘도 없는 친구라고 생각한다면 말이야, 안 그래?"

"사실은 말이야……."

나는 그만 입이 열리고 말았다. 그러나 다음 순간, 나는 나도 모르게 마음이 도사려졌다. 이래서는 안 된다는 생각이었다. 그래서 능청스럽게,

"주 선생이 나를 달리 생각하는 것 같애. 제자로만 생각하질 않는 것 같단 말이야. 알겠어?"

하고 지껄여댔다.

"그렇지? 그럴 거야."

미애는 공연히 신이 나는 모양이었다.

"한 번은 글쎄 주 선생이 내 손목을 슬그머니 잡잖아."

"그래서?"

"그래서 왜 이러세요, 하고 홱 뿌리쳐 버렸지. 가만히 내버려두었으면 틀림없이 키스를 하려고 덤벼들었을 것 같애. 정말 별꼴이야."

"……."

"선생이 제자한테 그럴 수가 있니? 안 그래?"

“선생이라고 별수 있는 줄 아니? 남자는 다 동물이라는 거야.”

“그런가 봐. 그런 일이 있은 뒤론 주 선생 꼬락서니도 보기 싫어서 모델이고 뭐고 다 집어치워 버렸어.”

“정말이니?”

“정말이야.”

내가 생각해도 어이가 없을 정도로 나는 입에 침을 싹 바르고 있었다. 사람의 혀란 도대체 어떻게 생겨먹은 것이기에 그처럼 능청스러울 수가 있는 것인지, 참 희한하다는 생각이 들기도 했다.

그제야 미애는 나와 주 선생과의 관계를 확실히 알았다는 듯이,

“그렇다면 다행이야. 나는 깊은 관곈 줄 알았어.”

하더니, 자리에서 일어나 책상 서랍 깊숙한 곳에서 무엇을 꺼내는 것이었다.

“이거 너한테 전해 줘야 될지 어떨지, 그동안 망설였던 거야.”

“뭔데?”

“우리 오빠가 방학이 끝나고 서울로 올라가면서 너한테 주라고…….”

“어머!”

나는 가슴이 덜컥하는 느낌이었다.

그것은 얼른 보아도 책에 틀림없었다. 하얀 종이에 싸여 있었다.

5

두현의 선물은 정말 뜻밖이었고, 또 충격적인 일이기도 했다.

그 선물을 나에게 전달해야 될지 어떨지 미애는 혼자 꽤 망설였던 모양이다. 주 선생과 나의 관계가 보통 이상 깊은 것이라면 그 선물을 준다는 것은 난센스라고 생각했던 게 틀림없다.

그러니까 그 선물은 그저 아무에게나 주는, 별 뜻이 없는 그런 것이 아니라, 어떤 분명한 의미가 담긴 선물이라는 것을 미애 자시도 잘 알고 있었던 것이다. 알맹이를 뜯어보았는지 어떤지는 알 수가 없지만, 좌우간 자기 오빠가 나한테 애정의 표시로서 주는, 첫 번째 매개물이라는 것을 알고 있었던 것이다.

이미 내가 주 선생과 깊은 관계라면 그런 매개물을 전달한다는 것은 우스운 일이라고 생각한 것이다. 그래서 주 선생과 나의 관계가 어떤 것인지 알아보려는 수단으로서 그런 낙서의 방법을 생각해냈던 모양이다.

그러니까 결코 남들에게 주 선생과 나의 관계를 퍼뜨리려는 악의는 전혀 없었다고 하겠다.

미애를 만나고 돌아온 나는 그 점은 우선 마음이 놓였다.

선물을 뜯어보니 생각했던 대로 책이었다. 김소월 시집이었다.

그런데 그 시집 책갈피 속에 한 장의 편지가 들어 있었다. 편지라기보다도 몇 마디 간단하게 적은 메모지라고 하는 편이 옳겠다.

다음과 같이 씌어 있었다.

―왜 교회에 안 나오셨어요? 만나고 싶었습니다. 함박눈이 내리던 그날을 잊을 수가 없군요.

여름 방학에는 자주 만나게 되리라 믿으면서…….

그리고 끝에 서울의 하숙집 주소가 적혀 있었다.

간단한 몇 마디였으나, 그것을 읽고 난 나는 가슴이 걷잡을 수 없이 설레었다. 아무도 없는 나 혼자의 방인데도 마치 누가 보기라도 하는 것처럼 얼굴이 화끈 달아오르기도 했다.

그것을 곧 러브레터라고 할 수 있을지 어떨지 알 수가 없지만, 러브레터라면 너무 간단하고 싱겁다고도 할 수 있지만, 좌우간 그 몇 마디 말속에 담겨 있는 것은 곧 나에 대한 그리움인 것이었다. 말하자면 사랑의 은근한 고백이었다.

나는 이미 남자와 육체까지 나눈 몸이다. 그것도 한두 번이 아니라, 여러 차례 말이다.

그런데도 이 간단한 몇 마디가 적힌 종이쪽지 앞에 걷잡을 수 없이 흔들리고 있는 것이다.

주 선생과의 사이에서는 느낄 수 없었던 아련하고 깨끗한, 그러면서도 가슴 두근거려지는 그런 감정이라고 할까. 어쩌면 이런 것을 순정이라고 하는 게 아닌가 싶다.

주 선생과의 사이에서는 이런 순정의 과정이 생략되고, 곧바로 미끌미끌하고 화끈화끈한 감정의 수렁 속으로 빠져들어 가 버렸다고 할 수가 있다. 다시 말하면 깨끗한 정신적인 것이 동기가 된 사랑이 아니라, 육체적인 욕망이 앞서서 이루어진 사랑이라고 할 수 있는 것이다.

사랑이란 어디까지나 순정에서 비롯되어야 참된 것이라고 생각한다. 첫사랑의 경우는 더욱 그렇다.

그런데 나는 처음부터 순정이 결여된 사랑으로 미끄러져 들어가 버린 것이다. 더구나 스승과 제자라는, 남의 손가락질을 받고도 남을 그런 부도덕한 사랑으로 말이다.

남자도 그렇지만, 여자는 특히 첫사랑이 아름다워야 한다. 비록 그 사랑이 열매를 맺지 못하고, 중도에 헤어지는 비운을 맞는다 하더라도 그 기억은 영원히 아름다워야 하는 것이다.

그런 점에서 나는 이미 불행한 여자에 틀림없다. 불행해도 아주 불행한 여자라고 할 수 있다. 첫사랑으로 인해서 어떤 공포증 비슷한 불안에 떨어야 하는 처지이니 말이다.

주 선생과의 접촉 같은 것은 처음부터 전혀 없이, 두현과 만나게 되었고, 또 이런 선물과 쪽지를 받게 되었다면 얼마나 좋았을까. 이런 쪽지로부터 나의 첫사랑의 싹이 눈뜨기 시작했다면 얼마나 깨끗하고 순수한 첫사랑이 되었겠는가 말이다.

어쨌든 나로서는 처음으로 받아보는 남자로부터의 러브레터 비슷한 글이어서 두고두고 그 쪽지 생각을 떨쳐버릴 수가 없었다.

생각할수록 안타깝고, 우울하고, 슬프기까지 했다. 그런 깨끗하고 순수한 사랑의 고백을 받아들일 수가 없는 몸이 되어버렸으니 그럴 수밖에…….

글의 끝에다가 서울의 하숙집 주소를 적어 놓은 것은 답장을 보내달라는 뜻이 아니겠는가. 그런 생각을 하면 더욱 안절부절못할 지경이었다.

주 선생이라는 사람이 원망스럽고, 가증스러운 존재로까지 여겨지기도 했다.

괴로운 밤이 계속되었다. 도무지 잠이 오질 않았다.

밤이 이슥토록 이리 뒤척 저리 뒤척 하다가 마침내 결심을 한 듯 엎드려 편지를 쓰기 시작하는 때도 있었다. 물론 두현에게 보낼 답장이었다.

쓰고는 찢고, 쓰고는 찢고 하다가 지쳐서 내동댕이치기도 했고,

때로는 다 써서 봉투에 넣어 두현의 서울 주소를 적기까지 했다.

그러나 이튿날 그 편지는 역시 갈기갈기 찢어져서 쓰레기통 속에 들어가고 마는 것이었다.

내용도 일정하지가 않았다. 두현의 애정을 받아들이는 그런 내용일 때도 있었고, 반대로 쌀쌀하게 거절을 하는 내용일 때도 있었다. 또는 받아들이는 것도 아니고, 그렇다고 거절하는 것도 아닌 애매한 글일 때도 있었다.

말하자면 마음의 갈피를 잡을 수가 없는 것이었다.

학년말이 가까워지고, 추위가 서서히 물러가면서 조금씩 봄기운이 어리기 시작했으나, 나의 가슴 속의 계절은 마냥 겨울인 듯 썰렁하고 울적하기만 했다.

비밀, 그리고 수치감

1

신학년도가 되었다. 이제 3학년인 것이다.

어느 날, 나는 뜻밖의 소식을 들었다. 주 선생이 딴 학교로 전근이 되었다는 것이었다. 신학년도를 맞아서 교사들의 대폭 이동이 단행되었는데, 우리 학교에서는 네 분 선생이 전근되었다는 것이었다. 그 가운데 주 선생도 들어 있었다.

그런데 다른 세 분 선생은 딴 도시로 멀리 전근이 되었는데, 주 선생만은 같은 시내 학교로 옮기게 된 것이었다.

농업 고등학교였다. 그러니까 남학생들의 학교로 전근이 된 것이다.

농업 고등학교는 같은 시내이기는 했으나, 그 위치는 시가지에서 멀리 벗어난 곳에 있었다. 시가지에서 거의 2킬로 정도 떨어진, 야산 모퉁이에 자리잡고 있었다.

학교 근처의 야산이 온통 과수원과 실습답으로 탈바꿈을 하고 있었다. 농업고등학교로서 제대로 면모를 갖추어 나가고 있는 것이었다.

주 선생이 농업고등학교로 전근이 되었다는 소식을 들었을 때, 나는 처음에는 뜻밖의 일이어서 좀 얼떨떨한 느낌이었으나, 곧 잘된 일이라는 생각이 들었다. 딴 학교로 가게 되었으니, 그렇다면 이제 사제지간이 아니라면 아니라고 할 수가 있지 않은가 말이다.

그리고 이제 주 선생과 나의 관계가 알려져서 입장이 아주 난처해질 그런 위험이 거의 없어진 것이 아닌가. 얼마나 다행한 일인가.

나는 이제 살았다는 그런 기분이었다. 잘된 정도가 아니라, 아주 썩 잘 맞아떨어진 일이었다. 목구멍에 걸려서 노상 찝찝하고 따끔따끔하던 가시가 쑥 내려가 버린 듯 개운하고 시원하기만 했다.

그러나 막상 주 선생의 작별 인사가 있었을 때는 기분이 이상했다. 결코 기분이 좋은 것은 아니었다.

강당에 전교생이 모였고, 이번에 전근이 된 네 분 선생이 차례차례 한 사람씩 올라가 작별 인사를 했다. 주 선생이 세 번째 등단했다.

주 선생이 단위로 올라서자, 나는 맥없이 귀밑이 화끈 물드는 듯해서 살짝 고개를 떨구었다.

주 선생은 이발을 해서 그런지 여느 때보다 더 훤하고 미끈해 보였다. 그런 밝은 얼굴에 약간 미소까지 띠고 작별 인사를 늘어놓는 것이었다.

주 선생은 다음과 같은 말을 하기도 했다.

"여러분들과 더불어 더 오래 이 학교에 있고 싶었는데, 이번에 전근 발령이 나서 헤어지게 되어 섭섭한 생각이 듭니다. 그러나 먼 곳으로 가는 것이 아니고, 같은 시내에 있는 학교로 가게 되니, 앞으로도 지난날의 정을 잊지 말고, 놀러도 오고, 소식도 주고 하면 고맙겠어요."

입으로는 섭섭하다는 말을 하면서도 얼굴에는 조금도 섭섭한 표정이 떠오르지가 않았다. 어쩐지 오히려 기분이 좋은 것처럼만 보였다.

그런데 참 이상한 일이었다. 나는 기분이 묘하게 쓸쓸해지는 것이었다. 정말 사랑하는 사람이 어디 먼 곳으로 떠나는 듯한 그런 야릇한 허전함이 가슴으로 밀려드는 듯했다.

그날 하루 종일 나는 기분이 뒤숭숭했고, 쓸쓸했고, 울컥했다.

주 선생이 딴 학교로 간다는 것은 어느 모로나 잘된 일인데, 그처럼 심란한 것을 보면 정말 사람의 마음이란 알 수가 없는 것이로구나 싶었다. 내가 내 자신의 마음을 정확히 헤아릴 수가 없고, 가늠할 수가 없는 것이 아닌가. 이제 보니 내가 주 선생을 나도 모르게 깊이 사랑하고 있구나 하는 생각이 드는 것이었다.

그날 밤, 이슥해서 나는 주 선생을 찾아갔다. 도저히 그냥 잠이 올 것 같지가 않았던 것이다. 그리고 전근이 되었다는데, 찾아가 보는 것이 도리일 것 같았던 것이다.

송별연이 있었다면서 주 선생은 꽤 취해 있었다. 여느 때보다 새삼스럽게 나를 반기는 듯했다.

"나는 내일부터 이제 놓고 선생이지. 그러니까 혜선이하고는 이제 사제지간이 아니야. 아니고말고……. 허허허……."

사제지간이 아니라는 말에 나도 킥! 웃음이 나왔다.

취중에 진담이라더니, 주 선생 역시 그동안 사제지간이라는 것 때문에 무척 고민을 한 게 틀림없다.

"왜 사제지간이 아니에요. 딴 학교에 가서도 지난날의 선생님인 것만은 틀림없잖아요."

나는 톡 쏘아붙이듯이 말했다. 공연히 심술 같은 것이 동했던 것이다.

"지난날의 선생님과 현재의 선생님과는 아주 딴판이지. 지난날의 사제지간이란 오히려 더 가까워질 수 있는 사이고, 또 세상에서도 별로 욕을 하지 않지."

"……"

"현재의 사제지간에서는……."

주 선생은 말을 하려다가 말아버리는 것이었다.

그래서 나는 얼른,

"곤란하다 그 말씀이죠? 세상이 욕을 하니까 말이에요. 그죠?" 하고 디밀듯이 물었다.

"……"

"왜 대답이 없으세요?"

"다 알면서 싱겁게 왜 묻지?"

주 선생은 주기 때문에 번들거리는 불그레한 눈으로 나를 바라보며 빙그레 웃었다.

그러나 나는 웃지 않았다. 일부러 조금 새초롬한 그런 표정을 지으며 말했다.

"세상이 욕을 할 줄 알면서 왜 현재의 제자에게 손을 댔죠?"

"손을 대? 허허허……."

"왜 웃으세요? 손을 대도 아주 사정없이 댔잖아요. 호호호……."

나도 그만 웃음이 나와 버렸다.

"사정없이 댔어? 허허허 허허허……."

주 선생은 아주 재미있다는 듯이 껄껄껄 자꾸 웃었다. 그리고 번들번들한 눈으로 나를 지그시 바라보더니,

"요 귀여운 것……."

하면서 슬그머니 안아 버리는 것이었다.

얼마나 지났을까. 나는 숨결이 이제 완전히 가라앉은 것을 느끼며 주 선생의 가슴팍에 묻었던 이마를 살짝 떼었다. 그리고 가만히 속삭이듯 말했다.

"왜 딴 학교로 가시는 거예요?"

"……."

주 선생은 대답이 없었다.

나는 묘하게도 정말 주 선생이 딴 학교로 가는 것이 서운하고 안타까운 그런 심정이 되어 있었다. 마치 주 선생이 딴 학교로 가는 것이 나에게서 아주 멀어지는 것 같은 그런 느낌이기도 한 것이었다. 사람의 심정이란 참 종잡을 수가 없는 것인 모양이다.

잠시 후, 주 선생이 입을 열었다.

"내가 딴 학교로 가는 거 싫어?"

"……."

이번에는 내가 대답을 하지 않았다.

그러자 주 선생은 혼자 중얼거리듯이 멀뚱멀뚱 천정을 바라보며 말했다.

“나도 딴 학교로 가고 싶진 않았어. 혜선이가 졸업할 때까지 그대로 있고 싶었어. 그러나 생각해 보았지. 아무래도 한 학교에 있어서는 곤란할 것 같았어. 그래서……”

“그래서 전근을 희망하신 거예요?”

“응, 희망했지. 그러나 같은 시내 학교로 전근이 되도록 특별히 부탁했지.”

“……”

“그래야 혜선이를 자주 만날 수 있을 것 아냐. 안 그래?”

그러면서 주 선생은 나의 한쪽 뺨에다가 살짝 입술을 갖다 대는 것이었다. 그 입술이 뺨에서 미끄러져 내려 귀께로 가더니, 가만가만 귓불을 씹기 시작했다. 그러나 조금 전에 온몸이 타올랐다가 식은 뒤여서 그런지, 그 씹는 수작이 그저 미적지근하고 시들하기만 했다.

주 선생이 전근을 자원했다는 말에 나는 기분이 또 묘해졌다. 잘 생각해 보면 그렇게 하는 것이 얼마나 현명한 일인지 모른다. 백 번 잘한 일인 것이다.

그런데도 어쩐지 썩 기분 좋게만 여겨지지 않는 것은 웬일일까. 주 선생이 작별 인사 때 하던 말이 떠올랐다.

—더 오래 이 학교에 있고 싶었는데, 이번에 전근발령이라서 헤어지게 되어 섭섭한 생각이 듭니다.

전근을 자원한 사람의 말이라고는 여겨지지가 않는다. 그러니 입으로는 그렇게 말하면서도 조금도 섭섭한 표정이 떠오르지 않을 수밖에……

나는 어쩐지 무엇에 조금 속은 것 같은 그런 기분이었다. 속았다는 말은 정확한 표현이 못 되는 것 같은데, 무어라고 할까, 어른들의, 특히 남자들의 엉큼하면서도 약은 그런 면을 본 것 같아 약간 떨떠름한 느낌이었다.

주 선생이 신학년도에 전근을 해서 위험을 사전에 예방하리라고는 나는 미처 생각지도 못했던 것이다. 그런 방법을 혼자서 궁리해 낸 엉큼하면서도 약은 주 선생…….

나는 묘한 반발 같은 것을 느끼며 얼굴을 살짝 돌렸다. 나의 귓불이 절로 주 선생의 입에서 빠졌다.

나는 불쑥 내뱉듯이 말했다.

"나도 전학을 갈 거예요, 선생님."

주 선생은 가볍게 한대 얻어맞은 것 같은 표정을 지었다.

잠시 나를 똑바로 바라보고 있더니,

"정말이야?"

따지듯이 물었다.

"정말이죠. 왜 나는 전학 가면 안 되나요?"

"……."

"선생님은 전근을 가도 괜찮고, 학생은 전학을 가면 안 된다는 법이 있어요?"

그제야 주 선생은 농담인 줄 짐작을 하고,

"안 된다는 법이야 없지."

히들히들 웃었다.

"왜 웃으세요? 거짓말인 줄 아시나 봐."

"……."

"정말이란 말이에요."

“전학을 가면 어디로 가는 거야?”

“서울로요.”

“뭐, 서울로?”

주 선생의 표정은 다시 굳어지는 듯했다.

“서울로 전학을 오라는 사람이 있어요.”

나는 속으로 재미있다 싶으며 시치미를 뚝 떼고 말했다.

주 선생은 좀 이상한 눈으로 나를 똑바로 쏘아보는 것이었다.

“누군지 아세요?”

“……”

“호호호……. 그것은 비밀예요.”

“……”

“아버지한테 서울로 전학을 가고 싶다고 했더니, 좋다고 가라고 승락을 하셨어요. 서울에 고모 집이 있어서 편리해요.”

나는 입에서 나오는 대로 지껄였다.

그러자 주 선생은 좀 화가 난 사람처럼 약간 빈정거리는 투로,

“흥, 서울로 전학하는 일이 그렇게 쉬운 줄 알아…….”

하고 말했다.

“우리 고모부가 서울 시청에 다니는걸요. 문제없어요.”

“시청에 다닌다고 전학이 되는 줄 알아? 허허허……. 전학 같은 것은 시청에서 취급하는 것이 아니야. 교육청에서 취급하는 거야.”

“……”

“시청하고 교육청은 엄연히 별개야. 알겠어?”

“좌우간 우리 고모부한테 부탁하면 그런 것쯤 문제가 없어요. 아— 서울로 가면 얼마나 좋을까.”

나는 공연히 킬킬킬 웃으면서 자리에서 벌떡 일어났다.

밤이 아주 깊었던 것이다. 곧 통금 사이렌이 울릴 것 같았다. 팔목시계를 보니 열한 시 이십오 분이었다.

나는 방문을 열고 밖으로 나가며,

"농업학교 선생님 안녕히 주무세요."

하고 인사를 했다.

그러자 자리에 일어나 앉은 주 선생은 무엇이 그렇게 우스운지 껄껄껄 냅다 웃어젖히는 것이었다.

"왜 그렇게 웃으세요? 이제 농업학교 미술 선생님 맞잖아요?"

그리고 나도 히힉 웃었다.

2

농업학교로 전근을 간 주 선생은 자전거로 통근했다.

농업학교로 가는 길은 우리 학교로 가는 길에서 갈라져서 남쪽으로 쭉 뻗어 있는 것이었다.

아침에 등교를 하다가 간혹 자전거를 타고 출근하는 주 선생을 만나는 수가 있었다. 그럴 때면 화끈 얼굴이 붉어지며 묘하게 반가웠다.

"농업학교 선생님, 출근하세요?"

하고 큰 소리로 인사말을 던지고 싶은 충동을 느끼기도 했다.

그러나 그것은 어디까지나 마음속의 장난기일 뿐, 나는 곧 어색해지며 온몸이 굳어드는 것을 어쩌지 못했다. 길에 등교하는 학생들이 많을 뿐 아니라, 어깨를 나란히 하고 함께 걷고 있는 친구들이 혹시 눈치를 채지나 않나 싶어 공연히 가슴이 두근거리기까지 했다.

"주 선생님—"

"주 선생님 출근하세요?"

"안녕하세요?"

친구들이 호들갑스럽게 인사를 던질 것 같으면 주 선생은 빙그레 웃으며 고개를 까딱해 보이는 것이었다. 시치미를 뚝 뗀 얼굴이 점잖게만 보였다.

나는 그런 주 선생의 얼굴이 어쩐지 속으로 우습기만 했다.

주 선생이 전근을 가버리자, 마치 학교가 나에게 있어서는 맥이 빠져버린 것 같은 느낌이었다. 불안한 생각도 이제는 없었고, 가슴 두근거려지는 일도, 어색해서 몸이 굳어지는 그런 일도 물론 없었다. 그저 무덤덤하기만 했다.

긴장이 풀려버린 다음의 느슨하고 흐늘흐늘한 그런 기분으로 나는 별 재미도 없는 학교생활을 그저 타성적으로 계속 해나가고 있었다.

정말 어디 딴 데로 전학을 가봤으면 싶기도 했다. 정말 서울로 전학을 간다면 얼마나 좋을까. 그래서 이곳에서의 일은 말짱 없었던 것으로 돌리고, 모든 일을 새로 시작할 수 있다면 얼마나 좋겠는가 말이다.

그러나 다 부질없는 생각이었다.

3월이 가고, 4월도 중순으로 접어들었다. 봄이 무르익고 있었다.

일요일 오후였다. 집 마당가에 있는 화단에 나는 꽃씨를 묻고 있었다. 봉숭아와 나팔꽃이었다. 호미로 흙을 파서 씨를 묻어 나가고 있는데, 웬일인지 나는 별안간 가벼운 현기증 같은 것을 느꼈다. 일하던 손을 멈추었다. 그리고 눈을 감았다.

그렇게 잠시 있으니 현기증이 가셨다. 다시 호미로 흙을 일구기 시작하는데, 이번에는 속이 메슥메슥해지며 구역질이 올라오는 것이 아닌가.

"윽, 윽, 윽……."

그러나 속에서 먹은 것이 올라오는 것은 아니었다. 헛구역질이었다.

나는 지금까지 그런 헛구역질을 해 보기는 처음이었다. 이상한 구역질도 다 있다 싶으며 윽, 윽, 하다가 나는 다시 눈을 감았다.

눈앞이 핑 도는 듯했던 것이다. 아까의 현기증보다 현저히 강한 현기증이 이마빼기를 딱 때리는 듯했다.

나는 호미를 그 자리에 놓았다. 그리고 얼른 일어나 내 방 쪽으로 걸음을 떼놓았다. 아무래도 이상해서 방에 들어가 좀 누워 있어야겠다고 생각한 것이다.

내가 그렇게 황급히 방으로 향하는 것을 수돗가에서 빨래를 하고 있던 새엄마가 가만히 보고 있었다.

나와 시선이 마주치자 새엄마는 약간 이상한 표정으로,

"왜, 어디 아프니?"

하고 물었다.

나는 그저 예사로,

"별안간 구역질이 나면서 어지러워요."

하고는 얼른 내 방으로 들어갔다.

방에 한참 누워 있으니 기분이 괜찮아지는 듯했다. 가만히 일어나 앉아 보았다. 괜찮았다. 서 보았다. 역시 괜찮았다.

나는 다시 밖으로 나갔다. 하던 일을 마저 끝내야겠다는 것이었다.

내가 화단으로 가 다시 꽃씨를 묻기 시작하자, 빨래를 마친 새엄마가 이상한 눈으로 나를 가만히 지켜보는 것이 아닌가. 마치 나를 처음 보기라도 하는 것처럼 유심히 이모저모를 뜯어보는 듯했다. 어쩐지 뭔가 미심쩍은 듯한 그런 표정이었다.

나는 새엄마의 그런 시선이 얄궂고 싫었다. 그래서,

"이제 괜찮아요, 다 나았어요."

하고는 부지런히 일손을 놀렸다.

그 이상한 현기증과 헛구역질은 그 후에도 이따금씩 나를 괴롭혔다. 뭐 크게 고통을 느낄 정도는 아니었으나 좌우간 기분이 나빴다. 속이 메슥메슥하면서 헛구역질이 올라올 때는 영 지랄 같았다. 한 번은 학교에서 그렇게 헛구역질이 나왔다. 쉬는 시간에 변소에 갔다 나오는데 별안간 속이 메슥메슥해지면서 윽, 윽, 헛구역질이 나오는 것이 아닌가.

쪼그리고 앉아 구역질을 해대고 있으니까, 친구 하나가 다가와서,

"왜 그러니?"

하면서 등을 톡톡 두들겨 주는 것이었다.

먹은 것이 체한 줄 아는 모양이었다.

"괜찮어, 체한 게 아냐. 뱃속이 그냥 미슥미슥*(메슥메슥)하면서 구역질이 나와."

내가 말하자,

"그럼, 회가 있는 모양이구나. 회충약을 사 먹어 봐."

힉 웃고는 가버리는 것이었다.

얼마 동안 그렇게 나를 괴롭히던 현기증과 헛구역질이 슬그머니 사라지더니, 이번에는 얄궂게도 입맛이 변덕을 부딪기 시작했다.

이상하게 신 것이 곧장 먹고 싶었다. 복숭아나 살구 같은 것이 먹고 싶었으나, 아직 계절이 아니었다.

그런데 한 번은 퇴근해 온 아버지에게 나는 불쑥 입을 열었다.

"아버지, 복숭아하고 살구는 언제 나오죠?"

그러자 아버지는,

"별안간 복숭아하고 살구는 왜?"

하면서 나를 바라보았다.

"복숭아하고 살구가 먹고 싶단 말이에요."

"그래? 아직 좀 있어야 나올걸."

"나오면 사주세요."

"사주지, 허허허……."

아버지는 매우 기분이 좋은 모양이었다.

아버지는 나와 동생이 집안에서 말을 많이 하면 좋아 우리가 무슨 말을 하거나 싫어하는 기색이 없었다. 좀에 거슬리는 그런 말을 해도 애써 미소를 지으며 들었다.

반대로 우리가 말이 없으면 슬금슬금 눈치를 보는 것이었다. 우리와 새엄마 사이에 무슨 일이 있지나 않았나 싶은 모양이었다.

난데없이 복숭아와 살구가 먹고 싶다는 철없는 아이 같은 내 말에 아버지가 웃자, 곁에 있던 새엄마는 또 이상스런 눈으로 나를 유심히 바라보는 것이었다. 아무래도 수상하다는 그런 표정이었다.

나는 속으로 별꼴이야 싶었다.

한 달에 한 번씩 있는 일이 없어진 사실을 알아차린 것은 두어 달가량 뒤의 일이었다. 처음 한두 번은 그저 무심히 넘겼었는데, 나중에는 그게 아니었다.

이상한 일인데…… 싶은 것이었다.

다달이 있던 일이 벌써 세 번인가, 네 번 없는 것이 아닌가. 이상한 일이 아닐 수 없었다.

혹시……. 싶은 생각이 들자, 눈앞이 아찔했다. 정말 눈앞이 온통 치잣물처럼 노오랗게 물들어 빙 기울어지는 듯했다. 그러고 보니 현기증과 헛구역질, 그리고 신 것이 먹고 싶던 일 같은 것이 다 까닭이 있었던 것이다. 그럴 때마다 새엄마가 이상스런 눈으로 바라보곤 하던 일도 수긍이 가는 것이었다.

생리의 이상은 나에게 그야말로 큰 충격이었다. 임신이 사실이라면 이 일을 도대체 어떻게 해야 되는 것인지, 나로서는 도저히 감당할 수가 없는, 커다란 공포가 아닐 수 없었다.

아이를 밴 게 사실일까. 사실이라면……. 나는 그만 방바닥에 엎어져 얼굴을 묻고 떨면서 울었다. 온몸에 소름이 좍 돋아나는 것이었다.

울어도 울어도 조금도 기분이 풀어지지가 않았다. 오히려 더 깊고 깜깜한 절망의 구렁텅이로 떨어져 가는 것 같은 느낌이었다.

이 일을 누구에게 상의를 해야 될지 정말 난감했다. 어머니가 살아 있다면 별도리 없이 어머니에게 고백을 해서 처분을 바라겠지만, 그것도 아니고, 그렇다고 아버지에게 이 사실을 말할 수는 도저히 없고, 또 새엄마한테는 죽으면 죽었지 말하고 싶지가 않고…….

부엌 할멈한테 상의를 해 볼까 싶었으나 그렇게 되면 아무래도 비밀이 새엄마한테로 새 들어가고, 결국 아버지도 알 될 것 같아 겁이 났다.

그렇다면……. 주 선생한테 이야기를 하는 수밖에 없다고 생각했다. 말하자면 아이 아버지한테 알려서 처리를 하는 도리밖에 없는 것이었다.

내가 아이를 가졌다는 사실을 알면 주 선생이 어떤 표정을 지을까, 어떤 태도로 나올까, 생각하니 쑥스럽기도 했고, 두렵기도 했고, 그러면서도 약간 재미있기도 했다.

그러나 나는 조금 더 두고 보기로 했다. 실제로 임신인지, 아니면 무슨 다른 이유로 생리에 이상이 온 것인지, 아직 확실한 것을 알 수가 없는 것이 아닌가. 확실한 것을 알지도 못하고 자기 입으로 임신이라고 말을 꺼낸다는 것은 경망스럽기 짝이 없는 일이다. 공연히 아무렇지도 않으면서 긁어 망신을 살지도 모르는 일이 아닌가 말이다.

그래서 어느 일요일 오후, 나는 미애를 찾아갔다. 임신이라는 것이 어떤 것인지, 한 번 이야기를 나누어 보고 싶었던 것이다.

미애는 혼자 집을 보고 있었다.

마침 잘 왔다면서, 마루에 드러누웠던 미애는 벌떡 일어나며 호들갑스럽게 반겼다.

"무슨 기분 좋은 일이 있니?"

미애가 호들갑스럽게 반기는 바람에 나는 약간 얼떨떨했다. 미애
가 그렇게 호들갑을 떠는 것은 좀처럼 없는 일이었다.

"그렇잖아도 너의 집을 찾아갈까 하고 있는 참이었어. 집이 비어
서 나갈 수가 있어야지."

"왜, 무슨 일인데?"

"저……. 서울에서 편지가 왔어. 우리 오빠한테서 말이야."

"……."

"너 그동안 우리 오빠한테 편지 한 번도 안 했니?"

"……."

"안 했지?"

"응."

나는 들릴 듯 말 듯한 목소리로 대답했다.

"왜 편질 하지 그랬어. 우리 오빠가 네 안부를 물었더라. 학교에
잘 다니고 있느냐고, 시험이 끝나면 곧 내려온대. 대학은 시험이 끝
나면 방학 한 가진가 봐."

"……."

"여름 방학에는 서이서 어디 시원하고 조용한 데로 여행을 갔으
면 좋겠다는 거야. 어떠니?"

"……."

"응? 왜 대답이 없니. 가면 가타, 부면 부타, 대답을 해봐."

나는 비식 웃기만 했다. 이제 그런 것은 나와는 거리가 먼 일인
것만 같이 여겨졌다. 안타깝거나 쓸쓸하다는 생각도 없었다. 그저
무덤덤한 것이었다.

나는 불쑥 내뱉듯이 화제를 돌렸다.

“여자가 임신을 하면 어떻게 되니?”

“별안간 임신은……. 내가 묻는 말에는 대답도 안 하고…….”

“임신을 하면 신 것이 먹고 싶니? 구역질도 나고?”

그러자 미애는 눈이 둥그레지며 나를 똑바로 바라보는 것이었다.

나는 아차 싶었다. 속으로 약간 당황했으나, 애써 아무렇지도 않은 얼굴로,

“어서 대답해봐. 임신을 하면 구역질이 나고, 신 것이 먹고 싶다는 게 정말이야?”

하고 다시 물었다.

“…….”

역시 미애는 놀란 듯한 눈으로 말없이 나를 바라보기만 했다.

“왜 그렇게 바라보기만 하니? 대답은 안 하고…….”

“…….”

“우리 새엄마가 말이야, 헛구역질을 하고, 신 것이 먹고 싶다 그러잖니.”

나는 여유 있게 웃으며 말했다.

“난 또……. 애도 참……. 그럼 진작 그렇게 말할 것이지. 난 니가 헛구역질이 나오고, 신 것이 먹고 싶은 줄 알았지 뭐냐. 하하하…….”

미애도 그제야 호들갑스럽게 웃었다.

나는 속으로 재미있다 싶으며 혀에서 미끄러져 나오는 대로 지껄였다.

“글쎄, 며칠 전에 우리 새엄마가 화단에 꽃씨를 심다가 별안간 헛구역질을 하더니 현기증이 난다면서 방으로 들어가지 않겠니. 그

러더니 어제는 신 것이 먹고 싶다면서 복숭아와 살구가 언제 나오
는지 모르겠다고 푸념이잖아. 임신 틀림없지?"

"그런 것 같은데……."

"임신이면 어떻게 하지?"

나는 순간적으로 눈앞이 캄캄해지며 맥이 탁 풀리는 것이었다.
몸부림을 치며 미애 앞에 엎어져 그만 엉엉 울어버리고 싶은 심정
이었다.

그러자 미애는,

"임신이면 어떻게 하다니, 애도 참, 니가 걱정할 게 뭐 있니?"

"……."

"새엄마는 뭐 임신을 하면 안 되니? 새엄마도 여자고, 너의 아버
지한테 시집을 왔으니, 애를 낳아야 될 게 아니니. 안 그러니?"

"……."

"새로 동생이 생기게 돼서 좋겠다야. 나 같으면……."

"……."

"야, 왜 그렇게 맥 떨어진 얼굴을 하고 있니? 새엄마 임신한 게
그렇게 기분 안 좋으니?"

"아니야, 기분 안 좋을 것 없어."

"그럼 왜?"

"왜, 내가 어떤데?"

그리고 나는,

"임신 아니라도 구역질이 나오고, 신 것이 먹고 싶고 할 수도 있
겠니?"

힘없이 또 이렇게 물어보았다.

"애도 참 웃긴다. 새엄마가 기어이 아기를 안 낳았으면 좋겠는 모양이지? 심술도 참 이상한 심술인데……."

"글쎄, 임신 아니라도 그럴 수가 있겠지?"

"내가 그걸 어떻게 아니? 내가 산부인과 의사니?"

"애, 그러지 말고 말해봐. 니가 알고 있는 대로……."

"하하하……. 웃긴다. 알고 있는 대로 말하라니, 모르는데 어떻게 말을 하니? 너 참 오늘 재미있다."

"……."

"그렇게 알고 싶으면 새엄마한테 직접 물어보려무나. 새엄마님, 왜 구역질을 하슈? 왜 신 것이 먹고 싶으슈? 임신이라서 그러슈? 이렇게 물어보면 될 게 아니니. 하하하……."

미애가 재미있다는 듯이 웃어대자, 나는 견딜 수 없는 그런 심정이었다. 가뜩이나 침울하고 불안한 판인데, 남의 속도 모르고 재미좋다고 깔깔 웃어대니 안타깝고, 부아가 나기도 하고, 기분이 지랄같기만 했다.

'새엄마님'은 또 뭔가 말이다. 물론 장난으로, 악의 없이 그러는 것이지만, 남의 아픈 데까지 쿡 쑤시는 것 같아 비굴한 느낌마저 들었다.

나는 그만 토라지듯 돌아앉았다. 그리고 두 손으로 얼굴을 가리고 훌쩍훌쩍 울기 시작했다.

내가 울기 시작하자, 미애는 당황한 모양이었다.

"아니. 우는 거야. 정말 우는 거니?"

너무나 뜻밖이라는 듯이 말했다.

물론 나는 그런 말 들은 체도 않고 곧장 훌쩍훌쩍 울다가 내 처지가 묘하게 슬퍼지면서 눈물이 걷잡을 수 없이 흘러내렸다. 말하자면 나는 벌써부터 여자로서의 슬픔을 눈물로 씻어내고 있는 셈이었다.

아니나 다를까. 그렇게 한참 울고 나니 좀 기분이 가라앉는 듯했다.

"혜선아, 너 왜 그러니? 내가 농담으로 한 말 가지고 그러니? 그렇다면 미안하다."

미애가 얼떨떨한 듯이 말했다.

"아니야. 괜찮아."

나는 손수건으로 눈물을 씻었다. 그리고 좀 멋쩍어서,

"괜히 우리 엄마 생각이 나잖어. 그래서……."

애써 얼굴에 웃음을 떠올리려고 했다. 그러나 제대로 웃음이 떠오르는 것 같지는 않고, 얼굴이 묘하게 이지러지는 듯했다. 쑥스럽고 어색하기만 했다.

미애 앞에서 이렇게 쑥스럽기는 처음이었다.

미애는 진정으로 농담이 지나쳤다는 듯이,

"미안하게 됐어. 정말……. 난 그저 예사로 농담 삼아 말했는데……."

하고는 곧 어조를 바꾸어 어색한 분위기를 휘저었다.

"야. 우리 토마토 사다 먹을까? 내가 가서 토마토 사 올 테니까, 울지 말고 기다려요. 우리 혜선 씨."

그리고 미애는 벌떡 자리에서 일어났다.

나는 힉! 좀 멋쩍게 웃었다.

미애를 만나 보아도 결국 별수 없었다. 임신인지 아닌지, 털어놓고 물어보지도 못하고, 오히려 마음만 더 뒤숭숭해지고 말았다.

새엄마의 일이라고 둘러대지 않고, 솔직히 털어놓고 물어보았다 하더라도 시원한 대답을 얻었을 리 만무했다. 미애라고 그런 방면에 밝을 까닭이 없는 것이다.

정말 답답한 노릇이었다. 아무에게도 털어놓고 물어볼 수도 없고, 어떻게 했으면 좋을지 상의해 볼 수도 없는 이런 일이 달리 또 있을까 싶었다. 참 맹랑한 일이었다.

다음 달에도 있을 것이 없자, 나는 마침내 혼자서 임신이라고 단정을 했다. 아마도 틀림없는 것 같았다.

내가 벌써 애를 배다니……. 열아홉 살이니까 나이로 보아서는 충분히 밸 수 있는 일이지만 옛날에는 열대여섯 살에도 흔히 어머니가 됐다지 않는가. 그러나 결혼도 안 한, 더구나 여고생의 몸으로 임신을 하다니, 기가 찰 노릇이었다.

나는 혼자서 남몰래 곧잘 질금질금 울었다. 그리고 때로는 아랫배를 내려다보며 이 속에 내 애가 들었는가 하고 손으로 꾹꾹 눌러 보기도 했다. 그러나 아직 아무 감촉도 느껴지는 게 없었다. 배도 뭐 별로 불러 오른 것 같지가 않았다. 그저 좀 밥을 많이 먹었을 때와 비슷했다.

그럴 때면 혹시 임신이 아닌지도 모른다는 한 가닥 희망이 아직도 살아서 어둠 속으로 비쳐드는 듯했다. 그 한 가닥 희망에 매달리고 싶은, 간절하고 안타까운 심정이었다.

그러나 그 희망은 잠시 동안의 자위일 뿐, 곧 마음속의 짙은 어둠에 밀려 사라져 버리는 것이었다. 주 선생을 만난 것은 어느 날 해 질 녘이었다. 아무래도 주 선생에게, 즉 애 아버지에게 털어놓고 말할 수밖에 없다고 생각한 것이다.

학교에서 방과 후의 과외수업을 마치고서였다. 대학에 진학할 학생들만 별도로 과외수업을 두 시간씩 받고 있었다. 그날은 묘하게 울적하고, 더욱 불안하기도 해서 도저히 그는 집으로 돌아갈 수 없어 걸음을 농업학교 쪽으로 돌렸다. 시계를 보니 마침 주 선생이 퇴근해 올 시간이 되었던 것이다.

농업학교로 가는 길 중간에 숲이 있었다. 제법 나무가 우거지고, 드문드문 큼직한 바위도 박혀 있는 그런 숲이었다.

나는 그 숲에서 주 선생을 기다리기로 했다. 책가방을 놓고 바위에 기대섰다. 그리고 농업학교 쪽 길을 바라보곤 했다. 어쩐지 기분이 좀 묘했다. 공연히 누가 보지 않는가 싶어 주위를 둘러보기도 했다.

길에 자전거를 탄 사람이 하나 조그맣게 나타났다. 나는 조금 가슴이 두근거리는 듯했다.

그러나 저만큼 가까워지는데 보니 주 선생이 아니었다. 나는 나도 모르게 얼른 책가방을 집어 들고 살짝 몸을 바위 뒤로 숨겼다. 여학생이 남학생의 학교 쪽 숲에서 혼자 누구를 기다리고 있다는 것은 누가 보나 예사롭게 생각하지 않을 것 같았던 것이다.

그 자전거가 지나가고 나자, 나는 바위 뒤에서 나와 다시 그쪽으로 눈을 주곤 했다.

잠시 후, 이번에는 자전거가 두 대 나란히 나타났다. 나는 아하, 싶었다. 어쩌면 헛일이 되고 말지도 모르는 것이다. 저 두 사람 중 한 사람이 주 선생이라면 헛일이 아닌가 말이다. 주 선생이 혼자서 퇴근하지 않고, 만일 저렇게 딴 선생과 함께 온다면 헛일인 것이다.

그런 생각이 들자, 바짝 더 초조해지는 것이었다.

두 자전거도 주 선생이 아니었다. 다행이었다.

두 자전거가 지나가고 난 다음에는 한참 뜸했다.

나는 초조하기도 하고 불안하기도 하고, 그러면서도 한편 조금 가슴이 설레는 듯도 했다. 바로 이런 게 애인을 기다리는 심리인가 보다 하는 생각이 들자, 나는 씩 웃음이 나왔다.

임신을 안 하고서 이렇게 기다린다면 얼마나 좋을까 싶었다. 좌우간 나는 비로소 처음으로 연애를 하는 것 같은 기분이 들었다. 이렇게 시원한 숲속에서 남자를 기다리고 있으니 말이다.

사랑이란 이런 시원한 자연 속에서 무르익어 나가야 제격인 것인데, 처음부터 줄곧 방구석에서만 노닥거렸으니, 제대로 연애 같은 기분도 느껴보지 못하고, 억울하게 덜컥 애부터 밴 게 아닌가 말이다. 지랄같이…….

주 선생이 나타난 것은 해가 거의 서산에 기울어졌을 때였다. 자전거가 여러 차례 지나가고 나서 이제 모두 퇴근을 한 듯 조용해지고도 한참 뒤에야 모습을 나타냈다. 물론 자전거를 타고서였다. 아마 맨 꼴찌로 퇴근을 하는 모양이었다.

나는 기다리다가 지쳐서, 어쩌면 내가 여기 오기 전에 벌써 퇴근을 했거나, 아니면 결근이라도 한 게 아닌가 싶어 그만 돌아갈까 망설이고 있는데, 그제야 슬그머니 나타나는 것이 아닌가.

좀 부아가 나기도 했지만, 어쨌든 혼자서 맨 나중에 나타나 준
게 오히려 다행이었다.

자전거를 타고 건들건들 가까워져 오는 주 선생을 보자, 나는 공
연히 힉! 웃음이 나왔다. 왈칵 반가운 생각이 드는 것이었다. 나에
게 임신을 시킨 장본인이라는 그런 원망스러운 생각은 조금도 없
었다. 이상한 일이었다.

그러고 보니 내가 정말로 주 선생을 사랑하고 있는 모양이었다.
그리고 주 선생을 만난 지도 오래되었던 것이다. 임신이 된 게 아닌
가 하는 증상이 오고부터는 주 선생을 찾아가는 것을 싹 그만두어
버렸던 것이다. 생각만 해도 진절머리가 났던 것이다. 그 일의 결과
가 임신이라니, 정말 정나미가 뚝 떨어졌다.

주 선생이 저만큼 가까워지자, 나는 부끄러운 생각이 들었다. 그
리고 장난기가 살짝 머리를 쳐들기도 해서 얼른 바위 뒤로 몸을 숨
겼다.

자전거가 지나가려 하자, 나는 얼굴을 빼꼼히 내밀고,

"선생님—"

하고 소리를 질렀다.

주 선생은 자전거에 탄 채 힐끔 이쪽을 돌아보았다. 그러나 빼꼼
히 내민 내 얼굴을 못보고 두리번거리다가 다시 페달을 밟는 것이
아닌가.

"선생님—"

"……?"

주 선생이 다시 돌아보자,

"호호호 호호호……"

나는 재미있다는 듯이 웃으며 불쑥 모습을 나타냈다. 그러자,

"아니!"

주 선생은 눈이 휘둥그레졌다. 너무나 뜻밖의 일에 깜짝 놀라며, 활짝 함박 같은 웃음을 떠올리는 것이었다.

"웬일이지? 응?"

주 선생은 길에 자전거를 세워두려다가 말고, 그것을 끌고는 숲 속으로 달려 들어오는 것이었다. 내 곁에 오더니,

"저쪽으로 가지, 누가 볼지 모르니."

하고는, 숲 깊숙이 앞장서 들어갔다.

호젓한 곳에 자전거를 눕혀 놓고는, 풀밭에 자리를 잡고 앉았다. 나도 좀 떨어져서 다소곳이 앉았다.

"얼마나 기다렸다구요. 왜 이렇게 늦게 퇴근하세요?"

"응. 좀 일이 있어서……. 그런데 도대체 어떻게 된 일이야? 여기 서 기다리다니……."

"왜 여기서 기다리면 안 돼요?"

"안 되는 게 아니라……. 왜 집엔 그동안 얼씬도 안 했지?"

그 말에 나는 그만 기분이 팍 토라지며,

"싫어요. 집엔 안 간단 말예요."

내쏘듯 말했다.

"집에 안 오다니, 왜?"

얼떨떨한 모양이었다.

"몰라요!"

"허, 나 참……."

"허, 나 참이 아니에요."

“허허허……. 여기까지 신경질을 부리러 나왔단 말인가?”

“그래요. 신경질을 부리러 왔어요.”

“…….”

“정말예요. 거짓말인 줄 아세요?”

“왜 무조건 이러는 거지?”

“…….”

“알 수 없는 일인데……. 오래간만에 만나서 이러는 법이 있나. 안 그래?”

“몰라요! 싫단 말예요.”

조금 전의 반갑고, 좀 부끄럽기도 하던 그런 기분은 싹 어디로 가고, 정말로 나는 부아가 부글부글 끓어올랐다.

주 선생은 담배를 꺼냈다. 잠시 담배 연기를 푸— 푸— 내뿜더니, 가라앉은 목소리로,

“곧 방학이지?”

하고 화제를 돌렸다.

나는 아무 대꾸를 안 하고, 뚱하게 앉아만 있었다.

“방학에 어디 여행이나 할까?”

“…….”

“어때? 응?”

나는 약간 어이가 없어 픽! 웃음이 나오려는 것을 얼른 삼키고는,

“여행할 사람 따로 있단 말예요.”

하고 내뱉어 주었다.

주 선생은 가볍게 한 대 얻어맞은 것 같은 표정이었다. 그러나 곧 주 선생은 비식 웃었다. 그런 투의 반발 한두 번이 아니어서 이제

면역이 되었다는 듯이.

"왜 웃으세요? 거짓말인 줄 아세요?"

"여름 방학에 함께 여행할 사람을 벌써부터 예약해 놓은 모양이지?"

"그럼요. 이쪽에서 예약을 한 게 아니라, 예약 신청이 들어왔는걸요."

"흠, 재미있는데……."

"거짓말인 줄 아시나 봐. 그것도 서울에서 예약 신청이 있었단 말이에요. 아시겠어요?"

"……."

주 선생의 낯빛은 다시 굳어지는 듯했다.

"빨리 여름 방학이 됐으면 좋겠네. 어디로 여행을 하는 게 좋을까? 바다가 좋을까, 산이 좋을까……. 삼박사일은 너무 길 거고, 이박삼일이 좋을 거야."

나는 공연히 주 선생을 골려주고 싶은 그런 묘하게 짓궂고 장난기 어린 기분이 되어 혼자 중얼거리듯 지껄여댔다.

"선생님, 이박삼일이 좋겠죠?"

"……."

"삼박사일은 너무 길겠죠? 그죠?"

그러자 주 선생은 바짝 약이 오른 듯,

"닥쳐!"

냅다 신경질적으로 내뱉었다.

"그렇게 함부로 까부는 게 아냐! 버릇없이……."

주 선생의 두 눈꺼풀이 파르르 떨고 있었다.

뜻밖의 일에 나는 깜짝 놀라 쑥 움츠러들고 말았다.

"누굴 놀리는 거야, 뭐야? 그런 소릴 하려고 여기서 기다렸나?"

주 선생은 단단히 기분이 상한 모양이었다. 좀처럼 없었던 일이었다. 이렇게 정말로 화를 내기는 처음이었다. 겁이 날 지경이었다.

"앞으로 한 번 더 서울이 어쩌고 해 봐라. 가만히 안 둘 테니까."

"……."

"알겠어?"

마구 윽박지르듯 다졌다.

나는 얼얼해서 뭐라고 입이 떨어지지가 않았다. 남자란 역시 부드러울 때는 부드러워도, 화가 나면 저렇게 무섭구나 싶으며, 뚱한 얼굴로 가만히 앉아만 있었다.

주 선생은 담배를 또 한 개피 꺼내어 불을 붙였다. 잠시 침묵이 흘렀다. 숲속은 서서히 땅거미가 깔리기 시작하고 있었다.

담배를 거의 다 태우고 나서 주 선생은 가만히 입을 열었다.

"혜선이."

아까와는 달리 무겁게 가라앉은 목소리였다.

"화를 내서 미안해."

"……."

"그러나 혜선이도 잘못이야. 서울 있는 그 대학생을 곧잘 들먹이는데, 그러면 못써. 그러는 거 아냐. 여자는 마음이 한 가닥으로 곧아야 돼. 그게 여자의 값어치라는 거야."

"……."

"마음이 이리저리, 이 남자 저 남자한테로 흔들리면 값어치가 없어. 그건 요부형(妖婦型)이야."

요부형이라는 말에 나는 어머! 싶었으나 그렇다고 뭐라고 반론을 제기하고 나설 수도 없었다. 사실 틀린 말은 아니니 말이다.

"물론 혜선이가 일부러 장난삼아 하는 말인 줄을 나도 잘 알아. 실제로 그 대학생이 마음에 있다면 그런 말을 입 밖에 내놓을 수는 없는 일이니 말이야. 그러나 농담에도 한도가 있는 거야. 한두 번은 괜찮지만, 자꾸 그런 소릴 하면 화가 나는 거야."

"……."

"그러니까 앞으로는 그런 말 절대로 꺼내지 말어. 그 대학생 이야길 다시 꺼내면 가만 안 둘 거야. 정말이야."

나직하나 단호한 어조였다.

나는 처음으로 남자에 대한 어떤 두려움 같은 것을 느꼈다. 주 선생이라는 남자가 나를 사랑하는 사람일 뿐 아니라 한편, 나를 꽉 얽어매어 꼼짝을 못 하게 하려는 존재처럼 느껴졌다. 다시 말하면 속박자(束縛者)인 것 같았다.

주 선생에 대해서 그런 생각이 든 것도 처음이었다. 지금까지는 그저 무슨 말을 해도 받아주고, 어떤 어리광을 부려도 따뜻하게 포옹해 주는 그런 넓은 안식처 같은 존재로만 여겨왔는데, 이제 보니 그와 반대로 나를 얽어매려 하는 그런 엄격한 일면도 지니고 있는 게 아닌가.

말하자면 나는 벌써 여자로서의 어떤 구속감 같은 답답함을 느끼고 있었다. 내 처녀의 몸에 깃들어 있던 자유라는 이름의 파랑새는 이제 어디로 날아가 버리고 만 것일까…….

그런 생각과 함께 문득 나는 배 속에 아이가 들어 있다는 사실이 머리에 떠올랐다. 그 자유롭고 꿈 많은 파랑새가 날아간 대신, 내

안에 깃든 것은 한 남자의 씨앗이란 말인가.

나는 아찔한 현기증과 함께 암담한 것이 눈앞을 가리는 듯했다. 울고 싶은 심정이었다.

"날이 어두워지는데 자, 그만 일어날까."

주 선생은 자리에서 털고 일어나, 눕혀 놓은 자전거를 일으켜 세웠다. 나도 부스스 따라 일어나는 수밖에 없었다.

뜻밖에 그만 그런 분위기가 되어 버린 바람에 나는 주 선생에게 조용히 털어놓으려던 임신에 관한 이야기를 입 밖에 내지 못하고 말았다.

길에 나오자, 주 선생은 자전거 뒤에 나를 타라고 했다. 그러나 나는 타지 않았다. 기분이 아주 좋아도 탈 수 있을지 어떨지 알 수 없는데 이런 무거운 기분으로 자전거 뒤에 올라앉다니 말도 아니었다.

그럼 책가방이라도 얹으라는 것이었다. 처음에는 그것도 얹고 싶지 않은 심사였으나, 그것까지 고집을 피울 수는 없을 것 같아 말없이 책가방을 자전거 뒤에 놓았다.

주 선생은 자전거에 올라 아주 천천히 페달을 밟기 시작했다. 나는 혹시 떨어질까 봐 책가방을 살짝 붙들고 자전거 뒤를 따랐다.

주 선생은 내 기분을 돌이켜 보려는 듯 몇 차례 입을 열었으나, 그럴 때마다 나는 그저 멋대가리 없게 예, 하고 대답을 하거나, 아니면 숫제 아무 대꾸도 하지 않았다. 주 선생도 나의 그런 우울한 기분을 알았는지 나중에는 말없이 그저 천천히 페달을 밟기만 했다.

시내 들머리 갈림길에 이르자, 주 선생은,

"집으로 같이 가지."

하였다.

"싫어요!"

나는 톡 쏘아붙이듯 말하고는, 자전거 뒤에 얹었던 책가방을 얼른 들고 성큼성큼 나 갈 길로 걸음을 떼놓았다. 뒷모습으로나마 되도록 매정한 바람을 일으키면서.

4

주 선생에게 임신의 비밀을 털어놓지 못하고 그렇게 헤어진 뒤로 나는 혼자 괴로워하며 하루하루를 그저 타성적으로 보내고 있었다. 학교에 가도 아무 재미가 없고, 집에 돌아와도 우울하기는 마찬가지고……. 마치 세상이 온통 회색으로 변한 듯한 그런 느낌이었다.

이 일을 도대체 어떻게 해야 될지……. 아무리 생각을 거듭해도 별다른 묘안이 떠오르질 않았다. 산부인과 병원을 찾아가서 긁어내 버리는 수밖에 없겠는데, 혼자서 어떻게 병원을 찾아가며 막상 찾아갔다 하더라도 의사 앞에서 무어라고 말을 해야 되는 것인지……. 생각만 해도 얼굴이 화끈해서 견딜 수가 없었다.

설사 말이 나왔다 하더라도 그다음은……. 틀림없이 아랫도리를 홀랑 벗어야 할 것이고, 그리고 아마 두 다리를 쫙 벌려야 할 것이며 그러면 그 속으로 기계 같은 것을 집어넣어……. 으악― 생각만 해도 아찔한 현기증과 함께 냅다 비명소리가 올라올 것만 같았다. 몸서리가 쳐지는 것이었다. 죽으면 죽었지 그런 부끄럽고 수치스럽고, 겁나는 일은 감당할 수가 없을 것 같았다. 밤이 깊어도 그런 저런 생각으로 뒤척이며 잠을 이루지 못하는 날이 많았다.

자살― 언제부터인가 나는 자살이라는 것을 머릿속에서 굴리게 되었다. 자살을 해 버릴까. 그러면 모든 것이 깨끗이 해결되는 게 아닌가……. 이런 생각을 진지하게 해 보면서, 혼자 아드득 어금니를 물어보기도 했다. 그리고는 공연히 슬퍼져서 질금질금 눈물을 흘렸다.

돌아가신 엄마 생각이 나기도 했다. 엄마만 살아 있다면 모든 문제가 어렵지 않게 해결될 것만 같아 안타깝기 그지없었다. 어머니는 왜 교통사고를 당해서 그처럼 일찍 가버렸는지, 원망스러운 생각이 들기도 했다.

여름 방학이 멀지 않은 어느 날, 학교에서 점심시간에 미애가 불쑥 말했다.

"우리 오빠가 니 안부 묻더라."

"……."

"어제 내려왔어. 대학은 벌써 방학인가 봐."

"……."

나는 얼굴이 살짝 붉어지는 것을 느꼈을 뿐, 아무 말도 입에서 나오지가 않았다.

미애는 잠시 말이 없더니,

"방학하면 곧 해수욕하러 가자. 서이서. 어느 해수욕장이 좋을까……."

하고 나를 바라보았다.

"난 해수욕 못 해."

“왜?”

“그저.”

“애도 참, 해수욕 못 하는 사람도 있니? 수영을 못 치면 못 쳤지, 해수욕을 왜 못해. 수영복 입고 바닷물에 뛰어들면 그게 해수욕 아니니.”

“나는 그렇게도 못한단 말이야.”

정말 나는 그렇게도 할 수가 없을 것 같았다. 수영복만 입다니 될 말이 아니었다. 아랫배가 남의 눈에 드러날 게 아닌가 말이다.

“너 참 애가 이상해졌다. 그전하고 다른 것 같애. 왜 그렇지?”

“뭘 왜 그래?”

“어쩐지 성격이 비뚤어진 것 같애. 무슨 일이 있니?”

“……”

“해수욕 가자는 게 싫으니?”

“싫은 게 아니라…….”

“그럼 우리 오빠하고 가는 게 부끄럽다 그 말이니? 19세기식이니?”

“아냐.”

“그럼 뭐니?”

“바다보다 산이 좋겠어.”

나는 불쑥 이렇게 말해 버렸다.

나의 그 말 한마디는 결정적인 것이었다. 결국 우리는 여름 방학이 되자, 바다가 아니라, 산으로 놀러 가게 되었다.

운학산이라는 곳이었다. 계곡이 깊고, 나무가 우거지고, 절간 같은 것도 있는, 여름철에 찾아가기에 알맞은 산이었다.

두현이 등산 장비 일체를 갖추고 있어서, 미애와 나는 그저 따라 가기만 하면 되었다.

두현과 미애는 무척 즐거운 모양이었으나, 나는 그렇지가 못했다. 물론, 기분이 안 좋은 것은 아니었으나, 가슴 한구석에 짙은 그늘이 덮여 있는 터이라 개운하지가 못했다. 실은 산으로 놀러 가고 싶은 생각도 별로 없었다. 무엇보다도 두현을 만나는 것이 괴로웠다. 이미 주 선생의 씨를 배 안에 잉태한 몸으로 두현을 만나면 무얼 한단 말인가. 절로 한숨이 쏟아질 따름이었다.

그러나 그 호의를 무시할 수가 없어 마지못해 따라나섰던 것이다. 바다보다 산이 좋다는 말까지 해 놓고서 거절을 한다는 것은 말이 아니었던 것이다.

운학산은 시외버스로 두 시간가량 걸리는 곳에 있었다. 버스에서 내려 또 한참을 걸어 들어간 곳에 운학사라는 절이 있었고, 그 곁에서 얼마 안 올라가서 조그마한 폭포가 있었다.

그 폭포가 바로 눈앞에 바라보이는 산비탈 바로 곁에 두현은 자리를 잡고 텐트를 쳤다. 미애는 두현이 텐트 치는 것을 직접 거들었고, 나는 돌을 치우고 풀 같은 것을 뽑으며 주변을 대강대강 정리했다.

그리고 나서 폭포 쪽으로 내려갔다.

산이 깊고, 며칠 전에 비가 온 터이라, 꽤 많은 물이 콸콸콸……. 쏟아져 떨어지고 있었다. 가까이 다가가니 제법 서늘한 기운과 함께 물보라가 확 덮쳐왔다.

"어머— 시원해—"

절로 입에서 환성이 튀어나왔다.

"혜선아, 폭포 좋지?"

텐트를 다 치고 나서 비탈을 내려오며 미애가 싱글벙글 웃었다.

나는 물보라를 뒤집어쓰며 쏟아져 흐르는 물속에 발을 담그고 손이랑 얼굴을 씻었다.

정신이 바짝 돌아올 정도로 시원하고 기분이 좋았다. 여름물이 이렇게 시원할 수가 있을까 싶을 정도였다.

미애도 뛰어와서 첨벙! 물속으로 들어서며,

"어머! 어머, 아이 시원해, 아이 시원해."

싱글벙글 호들갑을 떨었다.

"윗도리 벗어라. 내가 등물해 줄게."

콸콸콸……. 쏟아져 떨어지는 폭포 소리 때문에 미애는 마치 외치듯이 큰 소리로 말했다.

"싫어."

"애도 참, 덥지 않니?"

"안 더워. 오히려 추워질 것 같은데……. 하하하……."

"자, 그럼 나 등물 좀 해줘."

그러면서 미애는 티셔츠를 훌렁 벗었다.

물속에 두 손을 짚고 엉거주춤 구부린 미애의 등에다가 나는 두 손으로 물을 가득 떠올려서 꽉 부었다.

"어머— 시원해."

미애는 깜짝 놀라듯이 외쳤다.

미애의 미끈미끈하고 보들보들한 등살에 곧장 물을 끼얹고, 문질러 주면서 나는 비로소 잘 왔다는 생각이 들었다. 기분이 활짝 걷히는 듯 유쾌하기만 했다. 지금까지 회색으로만 느껴지던 세상이 별안간 한여름의 짙은 원색으로 뒤바뀌는 듯한 황홀한 착각이 들기도 했다.

마치 나의 그런 기분을 알아차리기라도 한 듯 미애가,

"좋지? 산으로 잘 왔어. 바다도 좋지만, 산도 정말 좋은데……."

하고 떠들어 댔다.

언제 왔는지 두현이 곁에 와 서서 빙그레 웃으며,

"혜선 씨, 나도 좀 등물을 해주시겠어요?"

하였다.

나는 공연히 얼굴을 붉히며 킥 웃기만 했다. 그러자 미애가,

"혜선아, 우리 오빠 아마 내가 등물해 주는 건 싫은가 봐. 좀 해 주려무나. 뭐 어려운 일이니. 됐어, 나는 그만……."

하면서 몸을 일으켰다.

"자, 나도 좀……. 아 더워."

두현은 훌렁훌렁 런닝셔츠를 벗어 던지고 첨벙! 물속으로 들어 섰다.

두현이 물속으로 들어서자, 나는 어떻게 했으면 좋을지 약간 당황하지 않을 수 없었다. 절로 화끈 얼굴이 붉어지기도 했다. 훌렁 벗은 그의 윗도리가 눈앞에 다가와 있는 것이 아닌가.

그다지 남성미가 풍기는 그런 상체는 아니었다. 우선 살색이 희고, 알맞게 살이 붙어 있기는 했으나, 근육이 별로 보잘게없어서 그저 깨끗하고 부드러운 인상을 줄 뿐이었다. 말하자면 의과대학생의 체격답다고나 할까, 좌우간 열심히 공부나 하는 사람의 윗도리였다.

그런 체격이 나는 울룩불룩한 남성미가 넘치는 체격보다 어쩐지

더 친밀감이 가고 좋았다. 뭐라고 할까, 지식 청년다운 체격이라고
나 할까 그래서 얼굴이 더 화끈 붉어지는지도 몰랐다.

나는 아직 주 선생의 훌렁 벗은 윗도리를 본 일이 없다. 주 선생
이 어떤 체격을 하고 있는지 분명히는 모른다. 서로 깊은 곳 살까
지 비비고 섞고 한 터이지만, 그것은 다 이불 속에서의 일이었고,
또 어둠 속에서의 일이었으며, 혹 불빛 아래서였다 하더라도 나는
눈을 질끈 감고만 있었던 것이다.

뚱뚱한 편은 아니고, 그렇다고 갈비씨도 아니라는 정도밖에 모
른다. 근육이 좋은지 어떤지 살색이 흰지 어떤지⋯⋯. 그런 것 알고
싶지도 않았던 것이다.

내가 얼굴을 붉히며 약간 당황해하자, 두현 역시 좀 멋쩍은 듯
씩 한 번 웃고는 허우적허우적 냅다 얼굴을 씻었다. 그리고,

"아―시원하다, 시원해."

하면서 두 손을 물속에 짚고 엎드리듯 몸을 구부렸다.

"자, 나도 등물 좀 해줘요."

나는 힉 웃기만 했다.

물에서 나가 수건으로 윗도리를 닦고, 티셔츠를 입고 있던 미애가,

"애, 좀 해주려무나. 등물해 주는 게 뭐 그렇게 어려우니? 우리 오
빠 소원인 모양이다 야."

재미있다는 듯이 말했다.

나는 정말 난처했다. 어떻게 했으면 좋을지 알 수가 없었다. 친척
도 아니고, 그렇다고 애인도 아닌 남자의 등을 씻어주다니, 될 말이
아니었다. 친구의 사촌 오빠이긴 하지만, 나와는 아무 관계도 없는
남이 아닌가.

가령 주 선생이 이렇게 윗도리를 홀렁 벗고 엎드려서 등물을 해 달라고 한다 하더라도 나는 선뜻 응하지 않을 것만 같았다. 참 별꼴이야, 하고 쏘아붙여 줄게 틀림없을 것이다.

등물이란 내 생각으로는 이성 간에는 서로 아무런 부끄럼이 있을 수 없는 그런 사이에서만 가능할 것이라고 생각한다. 그러니까 연인 사이라 하더라도 아주 밀착할 대로 밀착해 버린 그런 사이가 아니면 아무래도 쑥스러울 것만 같았다. 상대방의 맨살에 이쪽의 손이 닿는 터이니 말이다. 그리고 때를 씻어내 주는 판이니…….

그런데 하물며 아무 관계도 없는 남자가 예사로 '나도 등을 좀 해줘요' 하고 홀렁 벗은 등을 내민다는 것은 예의에 벗어나는 일이고, 어쩌면 이쪽을 만만하게 생각하고 함부로 대하는 짓인 것 같기도 했다.

미애까지 덩달아서 '등물해 주는 게 뭐 그렇게 어려우니?' 하고 권해대는 것이 아닌가. 저희 사촌 남매 둘이서 나를 놀리며 재미있어하는 것인지도 몰랐다. 생각하면 슬그머니 모욕감 같은 것이 들고, 화가 날 일이었다.

그러나 어찌 된 영문인지 나는 조금도 불쾌하지가 않고, 그저 쑥스럽기만 했다. 오히려 기분은 유쾌하다고 할 수 있었다.

"애, 뭐하고 있니? 빨리 좀 해주려무나. 우리 오빠 팔 휘어지겠다야."

미애가 호들갑을 떨자,

"아이고 팔이야—"

두현은 정말 팔뚝이 휘어지기라도 하는 것처럼 뇌까렸다.

나는 히힉 웃으며,

“난 몰라.”

하고 내뱉었다. 싫은 생각은 조금도 없었으나, 절로 입에서 그런 소리가 튀어나왔다.

그러자 미애가.

“애도 참, 뭐, 그렇게 부끄럼을 타니?”

하면서 첨벙첨벙 다시 물속으로 들어와 자기가 냅다 등물을 해주기 시작했다.

“아이 차가워, 아이 차가워.”

두현은 마치 깜짝깜짝 놀라듯이 좋아했다.

나는 곁에 서서 곧장 히죽히죽 웃고만 있었다.

철벙철벙 물을 끼얹어서 북북 등을 밀어주던 미애가 별안간 내 손을 덥석 잡아다가 두현의 등에 갖다 대고 문질러대는 것이 아닌가.

“어머 어머—”

나는 화들짝 놀라지 않을 수 없었다.

“이렇게 문지르면 되는 거 아니야. 뭐 그리 어려워서…….”

“난 몰라, 난 몰라…….”

그러면서도 나는 손을 미애의 손아귀에서 빼려고 들지는 않았다. 미애가 하는 대로 내맡겨 놓고서 입으로만 비명 비슷한 소리를 지르고 있었다. 말하자면 엄살을 떠는 셈이었다.

“모르긴 뭘 몰라. 이러면 되는 거지. 호호호 호호호…….”

미애는 재미있다는 듯이 웃으며 내 두 손을 잡은 손에 힘을 주어 문질러댔다.

그러니까 두현의 미끌미끌한 등에 닿고 있는 것은 미애의 손이 아니라, 내 손이었다. 피동적으로 움직이고 있기는 했으나, 좌우간 내 손바닥이 이 두현의 등을 밀어주고 있는 것이었다.

나는 얼굴뿐 아니라, 가슴 속까지 화끈화끈 달아오르는 듯했다.

"아— 시원하고 기분 좋다. 기분 좋아. 으으— 좋아."

두현은 정말 기분이 좋기만 한 듯 탄성을 흘리고 있었다.

5

그날 밤, 나는 텐트 속에 두현과 단둘이 앉아 있게 되었다. 미애가 자리를 비킨 것이다.

저녁을 해 먹고 나서 한참 뒤였다. 보름이 가까운 듯 달이 제법 밝았다. 미애는,

"달이 좋은데……."

하면서 슬그머니 텐트 밖으로 나가는 것이었다.

"어디 가니?"

미애가 밖으로 나가면 텐트 안에 두현과 단둘이 남게 되는 것이다. 어색한 일이었다. 그래서 나도 따라 나가려 했다.

"어디 가긴, 볼일 보러 가는 거야. 응하러 가는데도 따라올래?"

미애는 씩 웃고는 성큼성큼 저쪽 나무 그늘 속으로 걸어가 버렸다.

나는 도로 주저앉는 수밖에 없었다.

한쪽에 비스듬히 누워서 조그마한 램프 불 밑에서 책을 읽고 있던 두현이 부스스 일어나 앉았다. 텐트 안에 단둘이 있게 되었는데

도 비스듬히 누워 있기가 뭐했던 모양이다.

일어나 앉은 두현은 책의 읽던 장을 접어서 덮어 옆에 놓았다. 그리고 담배를 꺼내 불을 붙였다.

나는 어쩐지 어색해서 한쪽에 놓여 있는 취사 용구들을 이것저것 정리하듯이 만지작거렸다.

잠시 말없이 담배를 피우고 있던 두현이 입을 열었다.

"폭포 소리가 제법 크게 들리는군요."

"……."

나는 대답 대신 얼굴에 살짝 미소를 띠기만 했다.

"폭포가 없으면 굉장히 조용할 것 같은데……."

"그렇죠? 폭포가 없으면 너무 조용하겠죠?"

두현은 혼자만 지껄이고 있는 게 멋쩍은 듯 나의 대답을 재촉했다. 그래서 나는,

"무서울 것 같애요."

하고 조그마한 소리로 말했다.

사실 산 속의 밤은 무섭도록 적막했다. 달이 좋기는 했지만, 오히려 그래서 더 호젓하고 적막한 것 같았다. 폭포 소리도 없다면 정말 천지가 무섭도록 조용할 것 같았다.

집에 당일로 돌아가지 않고, 하룻밤을 산에서 잔다는 사실을 알았을 때 나는 슬그머니 겁이 났다. 아침에 함께 따라나섰을 때는 으레 해 질 녘이 되면 돌아오는 것이려니 생각했었다. 산에서 자게 될 줄은 몰랐던 것이다.

지금까지 한 번도 산에서 자 본 일이 없기 때문에 혹시 밤중에 짐승 같은 것이 나타나지 않을까 겁이 났다. 호랑이 같은 맹수는

없겠지만 만일 늑대나 여우같은 것이라도 나타나면 어쩔까 싶었다. 그런 걱정을 하자, 두현은 웃으며 그런 짐승이 좀 나타나 주었으면 좋겠다고 예사로 말하는 것이었다. 쓸데없는 걱정이라는 뜻이었다.

그래서 좀 마음이 놓이기는 했지만, 그런 문제 말고, 또 한 가지 걱정이 되는 것은 조그마한 텐트 속에서 세 사람이 함께 자야 되는 일이었다. 물론 미애가 가운데 눕고, 양쪽에 두현과 내가 누우면 되는 것이다. 그러나 어쩐지 잠이 잘 올 것 같지가 않았다. 그것은 걱정이면서도 한편 이상하게 마음을 조금 설레게 하는 그런 야릇한 무엇이 있었다.

그러나 나는 두현과 단둘이 텐트 속에 앉아 있는 이런 일이 생기게 될 줄은 미처 예기치 못했다.

볼일을 보러 간 미애는 좀처럼 돌아오는 기색이 없었다. 폭포 소리만 산중의 적막을 휘젓고 있었다.

"명년에 졸업이죠?"

두현이 물었다.

"예."

"어느 대학에 갈 생각입니까?"

"……."

"서울로 오세요."

"……."

나는 그저 말없이 가만히 듣고만 있었다.

내가 아무 말이 없자, 두현도 멋쩍은 듯 잠시 담배를 빨기만 했다. 그리고 약간 어색한 텐트 안의 공기를 휘젓듯이 다시 불쑥 입을 열었다.

"왜 아무 답장이 없었어요?"

"⋯⋯?"

"예?"

"⋯⋯?"

나는 그게 무슨 말인지 얼른 알아들을 수가 없었다. 이야기가 갈 피도 없이 엉뚱한 데로 옮아가고 있었던 것이다.

"얼마나 혜선 씨의 편질 기다렸다구요."

"미안하게 됐어요."

나는 그제야 무슨 말인지 알아차리고 조그마한 소리로 대답했다.

"내 말을 곧이 안 들으실지 모르지만, 내가 여자에게 선물을 보 낸 것은 그것이 처음이었어요. 정말입니다. 선물이래야 뭐 시집 한 권이었지만 좌우간 나로서는 처음으로 그런 선물을 혜선 씨에게 보내고 싶었던 겁니다."

"⋯⋯."

"부끄러움을 무릅쓰고 그런 쪽지까지 써 넣었던 거지요. 정말 그 런 쪽지 나는 생전 처음이었어요. 혜선 씨가 볼 때는 몇 마디 되지 도 않는 글이라고 생각하셨겠지만, 나로서는 생전 처음 그런 글을 써 본 것입니다. 짤막하긴 했지만, 내 마음을 그 속에 짙게 담았던 것이죠."

그렇게 말하는 두현의 얼굴이 어쩐지 약간 붉어지는 듯이 느껴 졌다. 나 역시 가슴이 뿌듯해지면서 귀밑이 화끈해지는 듯했다.

어디선지 밤새가 날개를 치는 소리가 들렸다. 폭포 소리 속에 그 소리가 들리는 걸 보니 아마 가까운 데 있는 나뭇가지에서 그러는 모양이었다.

나는 온몸이 가벼운 열기에 휩싸이면서 묘하게 긴장이 되어 가고 있었다. 두현의 넋두리 같은 독백은 계속되었다.

"나의 그런 마음도 모르고 혜선 씨는 한마디 소식이 없더군요. 학교에서 하숙에 돌아가면 혹시나 혜선 씨의 편지가 와 있지 않나 하고 그것부터 살폈죠. 어떤 때는 하숙집 아줌마에게 편지 온 거 없었느냐고 안타깝게 물어보기도 했죠."

"……."

"정말 혜선 씨 너무 무정했어요. 그럴 수가 있어요? 남의 심정을 그렇게도 몰라주시다니……."

"미안해요."

나는 나도 모르게 또 조그마한 소리가 입에서 흘러나왔다.

묘하게 바짝 더 긴장이 되는 듯한 느낌이었다.

"혜선 씨."

"……."

"앞으로는 편질 주시겠죠? 내가 편질 하면 답장을 주시겠죠?"

"……."

"예? 왜 대답을 안 하세요? 예, 주시겠죠?"

두현은 마치 나에게 덥석 다가들 듯이 두 눈이 이글거리고 있었다.

그때였다.

"아!"

나는 깜짝 놀라지 않을 수 없었다. 뱃속에서 무엇이 꿈틀했던 것이다. 분명히 무슨 덩어리 같은 것이 꿈틀 움직였던 것이다.

나는 얼굴이 새하얘지고 말았다.

별안간 내가 깜짝 놀라는 바람에 두현은 눈이 휘둥그레졌다. 무슨 일인가 싶은 모양이었다.

"어머 어머, 아이고—"

나는 왈칵 겁이 나 비명을 쏟아내며 어쩔 줄을 몰랐다. 또 꿈틀 꿈틀하는 것이 아닌가. 틀림없이 뱃속의 아기였다. 뱃속의 아기가 머리를 밑으로 냅다 밀어붙이는 것 같았다.

"아이고 엄마야, 엄마야—"

나는 정신이 하나도 없었다. 곧 아기가 쏟아져 나오는 것이 아닌가 싶어 두현이고 뭐고 눈앞에 아무것도 보이는 것이 없었다.

"아이고 아이고—"

일어설까 하다가 도로 털썩 주저앉으며 비명을 질렀다. 밑으로 밀어붙이며 곧장 꿈틀거리는 것이 아닌가.

두현은 도대체 이게 무슨 일인가 싶은 듯,

"왜 그래요? 어디가 아파요? 어디가?"

하고 정신없이 물었다.

"아기가, 아기가……. 나올 것 같애요."

나는 마치 넋이 뜬 사람처럼 입에서 나오는 대로 내뱉고 있었다. 무의식 상태였다.

"뭐요? 아기가 나와? 아니……."

두현은 더욱 두 눈이 휘둥그레졌고, 입이 딱 벌어졌다. 아기가 나 올 것 같다니……. 도대체 어떻게 된 영문인지, 어처구니가 없는 모 양이었다.

그때 미애가

“왜 그래? 왜 그래?”

하면서 뛰어 들어왔다.

볼일을 마치고 나와 두현의 호젓한 분위기를 위해서 일부러 혼자 근처에 앉아 있었던 모양이다. 어쩌면 애당초 볼일을 보러 간다는 것도 그런 은밀한 자리를 마련해 주기 위한 수작이었는지도 몰랐다.

잠시 후, 뱃속의 꿈틀거림이 멎자, 부옇게 흐려졌던 눈앞이 도로 밝아왔다. 두현과 미애가 이상하고 민망스러운 듯한 그런 묘한 표정으로 나를 바라보고 있는 것이 눈에 들어오자, 나는 그만 두 손으로 얼굴을 가렸다. 그리고 울음을 터뜨렸다.

견딜 수 없는 수치감에 어깨를 떨며 나는 목 놓아 울었다.

가랑비가 내리는 날

1

나는 아무래도 자살을 하는 수밖에 없다는 생각을 하게 되었다. 캠핑을 갔다 온 뒤로 나는 무더운 여름날을 꼬박 집 안에 들어박혀 버렸다. 무더위라는 깊은 늪 속에 푹 가라앉아 버린 것 같은 느낌이었다. 살고 싶은 생각이 조금도 없었다.

그날 밤의 그 수치스러운 장면을 생각하면 얼굴에 확 모닥불이 이는 듯했다. 견딜 수 없는 모욕감이 온몸을 떨게 했고, 현기증 같은 것을 몰고 오기도 했다. 생각할수록 정말 어처구니가 없고, 팍 죽어버리고 싶도록 창피했다.

다른 사람도 아닌 두현이 앞에서, 더구나 그가 말하자면 나에게 은근한 사랑의 고백을 하고 있는 바로 그 순간에 하필 뱃속의 것이 꿈틀거리다니……. 그것도 그저 살짝살짝 노는 정도라면 몰라도 아주 밑으로 밀고 나올 듯이 요동을 칠게 뭔가 말이다.

설사 그렇게 요동을 쳤다 하더라도 정신을 바짝 차렸더라면 아기가 나올 것 같다는 말은 입 밖에 내지 않았을 텐데……. 어디가 아프냐고 두현이 물었을 때 배가 갑자기 아프다고만 말했더라도 괜찮았을 것인데……. 정신없이 '아기가, 아기가…… 나올 것 같애요' 하고 내뱉어 버리다니……. 정말 생각할수록 기가 찼다.

나는 모욕감을 견딜 수가 없어 엎드려 이마를 방바닥에 냅다 문질러대며 흐흐흑 흐느끼기도 했다.

미애가 알게 되었으니, 이제 학교에 소문이 확 퍼질 게 아닌가. 아무리 미애가 친한 친구이고, 또 입이 무겁다 하더라도 그런 놀라운 비밀을 입 밖에 내지 않고, 혼자 속에 담아두기는 어려울 것이다. 설령 소문을 내지 않는다 하더라도, 미애의 얼굴을 부끄럽고 창피해서 어떻게 대한단 말인가. 이제 나는 도저히 학교에 갈 수 있을 것 같지가 않았다.

학교 같은 게 문제가 아니었다. 학교에 간들 어쩔 것인가. 자꾸 배는 불러 오르고, 머지않아 아기를 쏟아놓아야 할 판인데……. 학교가 문제가 아니라 사느냐 죽느냐가 문제였다.

나는 아무리 생각해도 뚫고 나갈 방도가 있을 것 같지가 않았다. 눈앞에 절벽이 콱 다가든 것 같은 느낌이었다. 아무래도 자살밖에 길이 없을 것 같았다. 달리 길이 있다 하더라도 그 사는 길을 택하고 싶은 생각이 없었다. 나는 나이 열아홉에 어느새 삶이라는 것에 대해 진절머리를 치고 있는 것이었다.

자살 쪽으로 마음을 굳히고 나니 슬픈 생각이 고개를 쳐들었다. 열아홉, 꽃다운 나이에 이 세상을 하직하다니……. 학교를 졸업도 못 하고, 여대생이 한 번 되어 보지도 못하고, 그리고 결혼이라는 것을 해 보지도 못하고, 스스로 목숨을 끊어야 하다니…… 가슴속 깊숙한 곳으로부터 스며 나오는 듯한 슬픔이 눈물이 되어 소리 없이 주르르 녹아내리기도 했다.

어떤 방법으로 목숨을 끊을 것인가…… 여러 가지로 생각을 해 보았다. 음독을 하는 방법이 있고, 목을 매는 방법이 있으며, 바닷가 절벽 같은 데를 찾아가서 투신을 하는 방법도 있을 것이다. 혀를 깨무는 방법도 있다고 한다.

그런 가지가지 방법을 머리에 떠올려보며 나는 몸서리를 치기도 했다. 어느 것 하나 무섭지 않은 게 없었다. 그중에서 그래도 음독 자살이 좀 덜 두려울 것 같아, 그 방법을 택하는 수밖에 없다고 생각했다.

옛날 한 많은 여자들은 양잿물을 먹었다 한다. 양잿물을 먹으면 속이 다 녹아 문드러져서 피를 토하며 몸부림을 치다가 절명한다는 것이다. 요즘은 수면제라는 것이 있어서 잠들 듯이 죽어갈 수가 있다. 그러니까 말하자면 옛날 여자에 비하면 행복하게 죽어갈 수가 있는 셈이다.

그렇게라도 자위를 하면서 나는 눈물이 어리는 눈으로 쓸쓸히 웃었다.

마음을 굳힌 나는 수면제를 두어 알씩 사서 모으기 시작했다. 그리고 유서라는 것을 남길 것인지, 그만둘 것인지 생각해 보았다. 죽는 마당에 유서를 남기면 뭐할 것인가 싶기도 했지만, 그러나 십팔 년 동안 생을 누린 이 세상을 영영 하직하면서 한마디 말도 없이 사라져 버린다는 것은 너무 허망하고 쓸쓸한 일인 것만 같았다.

아버지에 대해 불효라는 생각이 들기도 했다. 자살을 한다는 것은 이미 자식으로서 용서받을 수 없는 크나큰 불효가 되는 것이지만, 그런 중에서도 마지막으로 인사 한마디 없다는 것은 더욱 큰 불효가 아닐 수 없었다. 따뜻하고 인자하신 아버지, 특히 어머니가 돌아가신 뒤로 우리 남매에 대해 그럴 수 없이 너그럽고 자상하게 신경을 써주시는 아버지……. 그런 고마운 아버지를 새엄마에게 맡겨 놓고, 훌쩍 내가 먼저 저세상으로 가버린다고 생각하니 목구멍이 뜨겁게 메어 오는 것을 어쩌지 못했다.

그리고 주 선생 생각이 나기도 했다. 원망스럽기 짝이 없으면서도 한편 은근한 미련 같은 것이 가슴을 아리하게 했다. 이렇게 자살을 해야 할 지경에 이른 것이 전부 주 선생 때문인데도, 가슴 한구석에 그리움 같은 것이 남아 있다니, 내가 생각해도 참 알 수 없는 일이었다.

좌우간 나는 주 선생에게도 한 마디 않을 수가 없다고 생각했다. 주 선생 앞으로의 유서는 음독하는 머리맡에 놓을 것이 아니라, 미리 우송을 하는 게 좋겠다는 그런 점까지 생각했다.

여름밤은 무더웠다. 나는 밤이 깊기를 기다려서 배를 깔고 엎드려 펜을 들었다. 먼저 아버지 앞으로 남기는 글을 쓰기 시작했다.

"아버지, 용서해 주세요. 이 불효 여식은 아버지와 동생을 남겨두고, 먼저 어머니 곁으로 갑니다. 제가 이런 불효한 길을 택하게 되었는지 그 까닭은 아버지, 묻지 말아 주세요……."

이런 식으로 써 나가다가 나는 그만 복받치는 설움을 주체할 길이 없어 훌쩍훌쩍 흐느껴 울었다. 불현듯 돌아가신 어머니가 가슴이 짜릿하도록 그리웠고, 한없이 원망스럽기도 했다. 어머니만 살아 계셨더라면 이런 한 많은 글은 쓰지 않아도 되었을 터인데……. 어떻게든지 일을 해결할 수가 있었을 것인데……. 생각할수록 안타깝고 분하고 서럽기만 했다.

그렇게 한참 엎드려 팔뚝에 얼굴을 묻고 흐느끼고 있는데 뜻밖에,

"혜선아, 혜선아."

하는 소리가 들렸다.

아버지의 목소리였다. 나는 얼른 얼굴을 들었다. 마루 끝 토방에 아버지가 서 있는 것이 아닌가. 자다가 소변이라도 보러 나왔던 모양이다.

"아니, 왜 울고 있지?"

아버지는 좀 놀란 듯한 표정이었다.

나는 거의 무의식중에 후닥닥 쓰던 유서를 감추며 당황해하였다.

"그게 뭔데?"

내가 아무 말이 없자, 아버지의 표정이 바뀌었다. 짐작이 간다는 그런 약간 묘한 표정으로 딱한 듯이 나를 바라보았다.

"그만 어서 자거라. 밤이 꽤 깊었을 텐데 아직 안 자고……. 모기는 없니?"

"예."

들릴 듯 말 듯 대답을 한 나는 왈칵 복받치는 뜨거운 것을 참느라 그만 얼른 돌아앉아 버렸다.

"어서 자거라."

아버지는 부드러운 목소리로 어루만지듯 말하고는 변소 쪽을 향해 마당을 걸어갔다.

아버지는 내가 실연을 한 것으로 짐작을 한 모양이었다. 딱한 듯

이 나를 바라본 아버지의 시선과 어루만지듯이 부드럽게 말한 목
소리를 생각하니 나는 가슴이 메어지는 듯했다. 목구멍으로 뜨거
운 오열이 솟구쳐 오르려 해서 그만 불을 끄고 삼베 홑이불을 홀렁
뒤집어써 버렸다.

2

　내가 실연에서 온 괴로움 때문에 운 것이 아니라, 자살을 하려고
유서를 쓰다가 그렇게 흐느껴 울었다는 것을 아버지가 안 것은 그
로부터 사흘 뒤의 일이었다.
　나는 아버지와 주 선생에게 남기는 유서를 쉽게 완성시키질 못
했다. 얼마쯤 써 나가다 보면 어쩐지 마음에 들지가 않아 짝 찢어
버리고, 새로 시작하곤 했다. 아버지 앞으로 남기는 유서를 쓰고
찢고 하다가 지치면, 이번에는 주 선생에게 보낼 유서를 시작해 보
곤 하는 것이었다.
　죽을 마당에 유서에 대해서 그처럼 신경을 쓰며 자꾸 시일을 끌
어 나간다는 것은 결국 죽기 싫다는 무의식적인 행위인지도 몰랐
다. 삶에 대한 미련이 그렇게 무의식적으로 망설임을 가져오고 있
는 모양이었다.
　그런데 한 가지 큰 실수를 저질렀던 것이다. 그렇게 쓰다가 말고
짝짝 찢어버린 종이를 불에 태워버리거나 하질 않고, 그냥 쓰레기
통에 집어넣었던 것이다.
　사흘째 되던 날 아침, 변소에 갔다 나온 아버지가 심각한 표정으

로 내 방으로 들어왔다. 아버지의 한쪽 손에는 웬 종잇조각이 쥐어져 있었다. 그것을 쥔 아버지의 손이 가늘게 떨리는 듯했다.

아버지는 대뜸,

"혜선아, 나하고 이야기 좀 하자."

이렇게 말했다.

아버지의 긴장된 표정을 본 나는 처음에는 무슨 일인가 싶어 얼떨떨하기만 했다.

자리에 앉은 아버지는 무슨 말부터 꺼내야 좋을지 모르겠는 듯 잠시 망설이더니,

"음—"

하고는 입을 열었다.

"혜선아, 너 요즘 무슨 고민이 있니?"

나는 얼른 뭐라고 대답이 나오지가 않았다.

"왜 대답이 없어?"

"……."

"응? 말을 해봐."

"고민은 무슨 고민요."

"그래? 정말이야?"

"예."

나는 살짝 고개를 숙이며 들릴 듯 말 듯 대답했다.

그러자 아버지는 착 가라앉은 목소리로 어루만지듯 부드럽게 말했다.

"혜선아, 그러지 말고 솔직하게 말해봐라. 아버지한테 감출 게 뭐 있어? 아버지한테 거짓말을 하면 아버지가 얼마나 섭섭하니, 안 그

래? 혜선아.”

“…….”

“아버지도 짐작을 하겠어. 무슨 일 때문에 고민을 하는지……. 사춘기에는 누구나 그런 고민이 생기는 법이야. 그걸 나쁘다고 나무랄 수는 없지. 아버지는 그런 것을 잘 이해하는 사람이야. 구식 어른들처럼 연애를 한다고 무턱대고 나무라는 그런 낡은 머리를 가지고 있진 않어. 그러니까 걱정 말고, 무슨 이야기라도 좋으니 솔직하게 이야기해봐. 혼자 고민할 게 아니라, 아버지하고 함께 고민하자구. 그래야 참다운 부녀간이지. 안 그래?”

“…….”

나는 북받쳐 오르는 오열 같은 것을 참느라고 애를 먹었다.

“혜선아, 어서 이야기해 봐, 응?”

“…….”

“아마 실연을 한 모양인데…… 실연 같은 것은 젊을 때 누구나 한두 번은 겪는 일이야. 아버지도 겪은 일이 있지. 학생 시절에……. 물론 그 당시는 괴롭지. 그러나 조금만 지나면 괜찮어. 아무것도 아니야. 그런 걸 가지고 가령 자살을 한다면 그런 어리석은 짓이 없지. 세상에서 가장 어리석고 못난 사람이 자살하는 사람이야. 바보 중에도 바보지. 특히 실연 때문에 자살을 하다니……. 웃기는 일이지.”

정물처럼 가만히 앉아서 듣고만 있던 나는 나도 모르게 불쑥,

“실연이 아니란 말이에요.”

하고 내뱉었다.

“그래? 그럼 내가 잘못 짐작했다. 음—”

“…….”

“그럼, 무슨 고민일까?”

“실연이 아니면, 달리 무슨 고민이지? 무슨 일로…….”

좀 망설이는 듯하더니, 아버지는 한쪽 손에 접어 쥔 종잇조각을 펴 보이며,

“이거 네가 쓴 거지? 이게 무슨 짓이지? 왜 이런 걸…….”

하고 나를 똑바로 바라보았다.

아버지가 펴 보인 종잇조각은 뜻밖에도 내가 쓰다가 버린 유서의 찢어진 조각이었다. 아버지에게 남기는 글의 첫 대목이 적혀 있었다.

나는 아차! 싶었다. 그 찢어진 종이 처리를 소홀히 했다는 생각이 들었다. 쓰레기통에 버릴 일이 아니었는데 싶었다. 새엄마나 부엌 할멈이 주워내어 변소의 휴지로 쓰려고 갖다 놓은 모양이었다. 새엄마가 아니라, 아마 틀림없이 부엌 할멈이 그랬을 것이다. 새엄마가 그랬다면 그 종잇조각에 쓰인 글이 눈에 띄었을 게 아닌가.

변소의 휴지통 속에 갖다 넣어 놓은 것이 마침 아버지 손에 집혔고, 또 거기 쓰인 글이 아버지의 눈에 띄었던 것이다. 무심히 그저 휴지로 써버렸더라면 발각이 되지 않았을 터인데……. 좌우간 일대 실수가 아닐 수 없었다.

내 표정에서 당황하는 빛을 보자 아버지는,

“음—”

하면서 애써 속을 가라앉히는 듯했다. 그리고 부드러운 저음이면서도 어딘지 모르게 노여움 같은 것이 서린 듯한 그런 어조로 말

했다.

"혜선아, 말해봐. 무엇 때문에 이런 글을 썼는지……."

"……."

"어서."

"……."

"말 못 하겠나?"

"……."

나는 온몸이 굳어드는 듯 긴장을 느낄 뿐, 도저히 입이 떨어지지가 않았다. 입을 열어서 뭐라고 말을 한단 말인가.

그러자 아버지는 무너지듯,

"음— 네가 그럴 줄 몰랐다. 네가 이 애비를 두고 먼저 죽으려 하다니……. 음."

괴로운 신음 소리를 토했다.

나는 가슴속이 뭉클해지는 것을 느꼈다. 그러나 애써 그것을 누르고 있었다.

"혜선아, 네가 나를 애비로 생각한다면 어찌 그럴 수가 있느냐. 나를 두고 네가 먼저 죽다니 그게 말이 되느냐? 이 애비가 불쌍하지도 않니? 나는 너희들을, 에미를 잃은 너희 두 남매를 어떻게든지 남들보다 잘 키우려고……."

아버지의 목소리는 약간 떨리고 있었다. 속으로 울먹이고 있는 듯했다.

"아버지."

나는 그만 복받쳐 오르는 뭉클하고 뜨거운 것을 어찌지 못해 아버지의 무릎 위에 무너지듯 얼굴을 묻고, 흐느껴 울기 시작했다.

아버지도 왈칵 감정이 복받쳐 오른 목소리로 원망스럽게 넋두리 하듯 말했다.

"그런데 너는 이 애비의 마음도 모르고, 애비보다 먼저 죽으려 하다니……. 무슨 까닭인지도 모르게……. 네가 내 딸이면 그럴 수가 있느냐? 나를 애비라고 생각한다면 그럴 수가 있느냐 말이다."

"아버지."

나는 고개를 들었다. 눈물이 범벅이 된 얼굴로 아버지를 바라보며 나는 서슴없이,

"애기를 뱄어요. 그래서……."

입에서 흘러나오는 대로 말했다.

"뭐? 애기를 배?"

아버지는 그만 두 눈이 휘둥그레지고 말았다. 입도 딱 벌어졌다.

"학교 선생님이 그랬어요. 아버지."

나는 거의 제정신이 아닌 상태로 내뱉으며 다시 아버지 무릎에 쓰러졌다. 그리고 엉엉 목 놓아 서럽게 울었다.

언제 왔는지 새엄마가 방 밖에 가만히 서 있었다.

나의 모든 비밀이 아버지 앞에 쏟아지듯이 밝혀져 버리자, 나는 뭐라고 형언했으면 좋을지 모를 그런 상태가 되었다. 한마디로 허탈 상태라고 할 수 있을 것이다. 부끄러운 것 같지도 않고, 창피하다는 생각도 들지 않고, 그저 열병을 치르고 난 뒤처럼 멍하고, 아득하고, 맥이 탁 풀린 듯 온몸에 힘이 하나도 없었다.

무겁고 괴로운 짐을 아무렇게나 아버지 앞에 내려놓아 버린 듯한 홀가분한 심정이기도 했다. 이제 앞으로의 문제는 아버지가 알아서 처리하려니 싶을 따름이었다. 죽이든 살리든 이제 아버지에게

내맡긴 거나 다름이 없었다. 나는 그저 처분만 바랄 뿐이었다.

그런데 뜻밖에도 아버지 못지않게 새엄마도 진지하게 나오는 것이었다. 처음에는 너무나도 뜻밖의 일이어서 어이가 없다는 그런 표정이었으나, 새엄마는 곧 자기 친딸의 문제를 해결하려고 드는 친엄마의 진지함과 조금도 다름없는 그런 태도로 나왔다. 아버지가 일일이 구체적으로 물어볼 수 없는 생리에 관한 문제 같은 것을 같은 여자의 입장에서 조금도 어색한 기색이 없이 캐물으며 상의를 하는 것이었다.

지난봄에 화단에 꽃씨를 뿌리다가 헛구역질을 하는 것을 보았는데, 이상하다는 생각이 들었고, 또 살구가 언제 나오느냐고, 신 것이 먹고 싶다고 했을 때도 수상하게 여기긴 했지만, 설마 정말로 임신이 되었을 줄이야 꿈에도 생각지 못했다면서, 어쩌다가 이런 실수를 저질렀느냐고, 이제 도리가 없으니 병원에 같이 가자고, 같이 가서 긁어내 버리면 일은 끝나는 것이라고, 새엄마는 정말 딱해서 못 견디겠다는 듯이 그러면서도 뭐 별로 대수롭지 않은 일이라는 듯이 서둘러 댔다. 정말 코허리가 찡하도록 고마운 새엄마였다.

그러나 나는,

"싫어요, 절대로 병원엔 안 가요."

하고 매정하도록 잘라 말했다.

"병원에 안 가다니, 그럼 어쩌려고 그러나? 아기를 낳을 작정인가?"

"몰라요. 좌우간 죽으면 죽었지 병원엔 안 갈 거예요. 정말이에요."

정말로 나는 죽으면 죽었지 산부인과 병원을 찾아갈 수는 없다
고 생각했다. 병원을 찾아가서 의사 앞에 아랫도리를 드러내 놓다
니, 그래서 그 속에 기계를 집어넣어 아기를 긁어내다니……. 생각
만 해도 끔찍하고 몸서리가 쳐졌다. 더구나 여고생의 머리를 하고
서 어떻게 그렇게 할 수가 있단 말인가. 아무리 심장이 강하고, 낯
가죽이 두껍다 하더라도 나로서는 도저히 감당해낼 수 없는 수모
요, 고통이 아닐 수 없었다. 차라리 수면제를 먹고 고요히 눈을 감
아버리는 편이 훨씬 마음 편할 것 같았다.

그런 나의 옹고집이 아버지에게도 전달이 된 모양으로, 2, 3일 동
안 아무 말이 없었다. 아무 말이 없자, 오히려 불안하고, 슬그머니
또 오만 생각이 다 고개를 들려 해서 심란하기만 했다.

그런 어느 날, 퇴근해 온 아버지가 곧바로 내 방으로 들어왔다.
뒤따라 새엄마도 어떻게 되는 것인지 궁금한 얼굴로 들어섰다.

나는 절로 긴장이 되지 않을 수 없었다.

아버지는 자리에 앉더니, 곧 무슨 대수롭지 않은 말을 꺼내듯이,

"병원엔 갈 필요가 없게 됐다."

이렇게 입을 열었다.

뜻밖의 말이 아닐 수 없었다. 병원에 갈 필요가 없게 되다니…….
도대체 무슨 뜻인지 알 수가 없었다. 꼭 병원에 가야 된다고 해도
결코 갈 내가 아니지만……. 좌우간 나는 한 대 얻어맞은 것 같은
얼떨떨한 기분이었다.

그 말을 하고서 아버지는 잠시 나를 가만히 바라보았다. 노여움
이 서려 있는 얼굴도 아니었고, 그렇다고 우울한 빛이 보이지도 않
았고, 물론 미소 같은 맑은 것이 어려 있는 표정은 더더구나 아니

었다. 그저 아무 감정이 깃들지 않은 듯한 무표정한 얼굴이었다.

그러나 그런 아버지의 얼굴이 나는 어쩐지 두렵기만 했다.

새엄마는 그게 무슨 뜻인지 궁금한 듯, 그러나 조심스럽게 물었다.

"병원에 갈 필요가 없게 되다니요?"

"……"

"그럼 어떻게……? 무슨 말인지 알 수가 없네요."

그러자 아버지는 마치 가라앉았던 울화가 다시 치밀어 오르기라도 하는 듯이,

"음—"

무거운 신음 소리를 내고는,

"담 달에 시집을 가는 거야."

하고 내뱉었다.

"예? 시집을?"

너무나 의외의 말에 새엄마가 오히려 나보다 더 놀라는 것이었다.

나는 그저 어이가 없어서 멀뚱히 아버지를 바라보기만 했다. 다음 달에 시집을 가다니……. 웃음이 나오려고 했다.

내가 그렇게 웃음을 참으며 멀뚱히 바라보자, 아버지는 별안간 왈칵 화가 치민 사람처럼 미간에 굵은 여덟 팔 자를 그리며,

"애를 뱄으니 시집을 가야지, 그럼 어떻게 해."

하고 잘라 말했다.

그 말에 나는 팍 기가 죽어 버렸다. 속에서 기어 나오려던 웃음이 쏙 어디론지 들어가 버리고, 절로 고개가 밑으로 떨어지듯 숙어졌

다. 애를 밴 죄인이 무슨 할 말이 있겠는가 말이다.

새엄마도 입이 얼어붙은 듯 아무 말이 없었다.

아버지는 담배를 꺼내어 불을 붙였다.

잠시 무거운 침묵이 흐르는 동안 아버지는 담배를 깊이 빨아들였다가 푸— 하고 한숨처럼 내뱉곤 했다. 그리고 다시 무표정한 얼굴로 바뀌며 가라앉은 목소리로 말했다.

"그 선생을 만나봤다. 담달에 결혼식을 올리기로 했다."

"어머, 그래요?"

새엄마의 입에서 절로 흘러나온 소리였다.

나는 그저 고개를 떨군 채 정물처럼 가만히 굳어져 있을 따름이었다. 왜 그런지 숨도 제대로 못 쉴 그런 기분이었다.

아버지는 이제 담담한 어조로 혼자 중얼거리듯이 말했다.

"그 선생은 임신이 된 줄을 모르고 있더구나."

"……."

"내가 그 말을 꺼내니 어쩔 줄을 모르더군. 얼굴에 퍽퍽 식은땀을 흘리면서 그저 덮어 놓고 용서해 달라는 거야. 나 참, 딱해서 못 볼 지경이더라."

"……."

"그래, 어떻게 할 작정이냐고 물었지. 네가 죽으면 죽었지 병원에 가서 낙태 수술은 하지 않겠단다니까, 한참 생각하더니, 책임을 지겠습니다, 하잖아. 그래서 당장 데리고 가라고 했지."

"아무리 그렇지만 당장 어떻게 데리고 가요?"

새엄마가 입을 열었다.

"그러나 그렇게 말해야지 어떻게 해."

"그랬더니요?"

"그랬더니, 한 달만 여유를 주세요, 담달에 데리고 가겠습니다, 하잖아. 그래 좋다, 담달에 간단히 결혼식을 올리고, 데리고 가라고 했지."

"어머― 정말 그렇게 됐나요?"

새엄마는 도무지 믿어지지가 않는 듯 어이가 없고 얼떨떨하기만 한 모양이었다.

"알겠나? 그렇게 결정이 됐으니, 담달에 시집을 갈 준비를 해라."

물론 나한테 하는 아버지의 말이었다. 그러나 나는 그대로 머리를 떨군 채 움직일 줄을 몰랐다. 기가 찰 따름이었다. 다음 달에 시집을 가다니, 정말 다음 달에 결혼식을 올리고 주 선생의 아내가 되다니……. 어처구니가 없어서 뭐라고 말이 나오지가 않았다. 설마 다음 달에 시집을 가라는 말이 아버지의 입에서 나올 줄이야 정말 꿈에도 생각지 못했던 일이었다.

"그런데 말이야."

아버지는 다시 입을 열었으나, 좀처럼 말이 안 나오는 듯 망설이다가, 알 것은 다 알고 넘어가야 된다는 듯이,

"그 사람, 아내가 있는 몸이더군."

하고 힘없이 말했다.

"아내가 있어요? 그럼……?"

새엄마는 깜짝 놀라는 것이었다.

나도 두 귀에 그 소리가 마치 화살처럼 와서 꽂히는 듯한 느낌이었다. 주 선생이 총각이 아니라는 것은 이미 알고 있는 사실이었다. 그러나 한 번 결혼을 한 일이 있기는 있지만, 그 결혼생활이 잘 나

가질 못하고, 어떤 불행한 결과를 초래했다는 정도로 짐작하고 있을 뿐이었는데, 아내가 있는 몸이라니……. 천만뜻밖의 일이 아닐 수 없었다. 주 선생이 그렇게 혼자 살고 있는 상태를 결코 아내가 있는 몸이라고는 할 수가 없는 것이다. 그렇다면 요즘 와서 다시 아내와 동거를 하게 되었다는 말인가. 나는 어쩐지 정신이 아찔해지기까지 했다.

주 선생이 아내가 있는 몸이라는 아버지의 말에 그처럼 정신이 아찔해질 정도로 놀라는 것을 보니, 마음속 깊숙한 곳에서는 내가 여전히 주 선생을 무척도 사랑하고 있는 모양이구나 싶었다. 참 알 수 없는, 야릇한 노릇이었다.

"아내가 있기는 있는데……."

아버지는 나직한 소리로 말을 이었다.

"동거를 하고 있는 것은 아니고……."

"그럼요? 헤어졌단 말이에요?"

새엄마는 무척 궁금한 모양이었다.

"헤어진 것도 아니고……."

"그럼요?"

"아마 여자가 정상적이 아닌가 봐. 무슨 요양소에 가 있다고 하는 걸 보니……."

"요양소에요? 그럼 결핵환잔 모양이죠?"

"그건 아닌 것 같고, 확실한 건 얘길 않더군. 좌우간 아내가 있긴 있지만 없는 거나 마찬가지라고 하더군."

"그게 무슨 소리예요? 있긴 있지만 없는 거나 마찬가지라니……."

“…….”

“정말 알쏭달쏭하네요. 있으면 있다, 없으면 없다지, 있긴 있지만 없는 거나 마찬가지라니, 그런 법이 세상에 어디 있어요?”

정말 그런 일이 세상에 어디 있나 싶어, 나도 얼굴을 떨군 채 두 눈을 곧장 깜작거렸다. 얄궂은 일이라 싶었다.

“좌우간 호적상으로 깨끗하다니까 됐지 뭐.”

“호적상으로 깨끗해요?”

“그렇다는군. 그러니까 아무 염려 말고, 담달에 결혼식을 올리자고. 자기도 언젠가는 혜선이를 아내로 맞아들일 작정으로 있었다는 거야. 그런데 뜻밖에 임신이 되었을 줄은 정말 몰랐다나. 그러면서 낙태 수술을 했으면 하는 눈치더군.”

그 말에 나는 파르르 떨리는 기분이었다. 주 선생이 앞에 있다면 왈칵 달려들어 냅다 상판대기를 손톱으로 갈기갈기 보기 좋게 할퀴어주고 싶은 충동을 느꼈다.

“혜선아.”

아버지가 가라앉은 목소리로, 마치 무슨 마지막 말이라도 하려는 듯이 불렀다.

그러나 나는 아무 대답도 없이 그냥 그대로 가만히 굳어져 앉아 있었다.

“혜선아.”

아버지의 목소리에 좀더 힘과 무게가 담기는 듯했다.

“예?”

나는 나도 모르게 나직한 목소리로 대답을 하고는 살짝 고개를 들었다가 다시 가만히 떨구었다.

"낙태 수술을 받는 것이 어떻겠느냐?"

"……"

"아무래도 그렇게 하는 것이 옳을 것 같다. 그래서 학교도 졸업을 하고, 대학에도 가야지. 그 다음에 그 선생하고 결혼을 하든지, 아니면 다른 데로 시집을 가든지, 그건 나중에 알아서 할 일이고, 좌우간 지금은 우선 낙태 수술을 받는 길이 가장 현명한 길이라는 생각이 든다. 어떠냐?"

그러자 새엄마도 한마디 끼어들었다.

"아버지의 말씀이 옳다. 그렇게 하도록 해라. 응?"

그러나 나는 분명히 내뱉었다.

"싫어요. 수술은 안 받겠어요."

그 말에 잠시 방 안이 긴장된 침묵으로 팽팽해지는 듯했다.

"그래? 그렇다면 좋다. 담달에 시집을 가는 거다. 알겠지?"

"예, 차라리 시집을 가겠어요."

나는 정말 당돌하도록 또렷하게 말했다.

그러자 새엄마는,

"어머, 아이고 야야―"

놀랐다는 듯이, 정말 딱하다는 듯이 한숨 섞인 소리를 했다.

아버지는 아무 말이 없었다. 속에서 왈칵 치밀어 오르는 기운을 꾹 눌러 참고 있는 듯, 잠시 눈만 끔벅끔벅하다가 담배를 붙여 물었다.

아버지가 담배를 깊게 빨아들이는 것을 나는 처음 보았다. 온통 가슴 속이 다 연기로 차는 것이 아닌가 싶을 정도로 빨아들이는 것이었다. 그리고 그것을 푸― 하고 한꺼번에 죄다 쏟아낼 듯이 내뱉는 것이었다.

나는 그만 가슴이 뭉클해지는 것을 어쩌지 못했다. 아버지에게 정말 죄송스럽다는 생각과 함께 눈물이 주르르 녹아내리는 것이 아닌가.

"아버지, 용서해 주세요."

나는 나도 모르게 그렇게 말하며, 풀썩 그 자리에 무너지듯 엎어져 흐느껴 울기 시작했다.

새엄마는 말없이 앉아 입맛만 다시고 있었고, 아버지는 담배를 계속 붙여 물고 있었다.

잠시 후, 내 울음이 수그러지자, 아버지는 마치 여담이라는 듯한 그런 투로 담담히 입을 열었다.

"실은 낙태 수술도 쉬운 일이 아니더라. 내가 다 알아봤다. 벌써 늦었다는 거야. 위험하대. 굳이 수술을 받겠다면 해줄 수는 있으나, 의사로서 권하고 싶지 않다는 거야. 넉 달이 지나면 위험하대."

"맞아요. 낙태를 하려면 사 개월 이내에 해야 돼요. 더구나 첫아기는 위험하고말고요. 그런 말을 어떻게 물어봤어요?"

"잘 아는 산부인과 의사가 있어서……."

아버지와 새엄마가 주고받는 이야기를 나는 마치 어디 먼 데서 들려오는 남의 이야기처럼 멍하게 듣고 있었다.

"이제 도리가 없어. 다 제 팔자지 뭐."

아버지는 마치 체념을 한 사람처럼 말하고는 자리에서 무겁게 몸을 일으켰다.

아버지의 입에서 '팔자'라는 말이 나온 것을 나는 그때 처음 들었다. 그리고 그 말이 바로 나를 두고 하는 말이어서 어쩐지 기분

이 이상했다. 벌써 나는 팔자타령을 해야 하는 여자가 되었는가 싶
으니 서글프기 짝이 없었다. 스무 살도 미처 못된 새파란 계집애가
말이다.

"담 달이면 구월이라……. 무슨 일이, 이런 일이 다……."

새엄마는 아무리 생각해도 무엇에 받친 것 같은 듯 혼자 중얼거
리며 아버지의 뒤를 따라 방을 나갔다.

나는 마치 무슨 깊은 수렁으로 쑥 가라앉아 버린 것 같은 기분이
되며 야릇한 피로를 느꼈다. 그리고 곧 온몸이 나른해지며 그 자리
에 쓰러진 채 그대로 스르르 잠이 들어 버렸다.

3

학교를 졸업도 안 하고, 중도에 결혼을 하게 되다니, 열아홉 살에
벌써 남의 아내가 되어야 하다니……. 정말 내가 생각해도 어처구
니가 없고, 기가 막혔다. 그러나 누구를 원망할 수도 없는 노릇이
었다. 모든 게 나의 잘못이라고밖에 달리 생각할 수가 없었다.

물론 나를 이런 꼴로 만들어 놓은 주 선생을 원망할 수도 있었
다. 주 선생과 가까워지게 된 동기는 새엄마가 들어왔기 때문이었
다. 새엄마가 들어오자 공연히 우울하고 심사가 비뚤어져 나가기
만 해서 포대가 있는 학교 뒷산 언덕배기에 오르곤 했던 것이 주
선생과 남다른 사이가 된 계기였다. 그러니까 새엄마를 원망할 수
도 있었다.

새엄마를 들어앉힌 것은 말할 것도 없이 아버지다. 아버지는 언

젠가 '하느님이 우리 서이서 이렇게 재미있게 살라고 하신 거야. 하느님의 뜻에 따라 우리 서이 재미있게 살아가는 거지 뭐' 이런 말을 했었다. 어머니가 돌아가신 슬픔에 젖어 있을 무렵이었다. 그런 말을 했던 아버지가 우리 두 남매를 배신하듯 새엄마를 들어앉히고 말았던 것이다. 그러니까 아버지를 원망할 수도 있는 노릇이었다.

아버지가 새엄마를 들어앉힌 것은 어머니가 돌아가셨기 때문이다. 그렇다면 불의의 교통사고로 돌아가신 어머니를 원망할 수도 있었다. 어쩌면 모든 일이 어머니의 사망에서 비롯된 것이니 그처럼 어이없게 돌아가신 어머니에게 원망이 집중되어야 마땅할는지도 몰랐다.

그러나 돌아가신 어머니를 원망한들 무슨 소용이 있단 말인가. 더구나 그처럼 억울하고 비통하게 돌아가신 어머니를……. 어머니가 어디 교통사고를 당하고 싶어서 당했는가 말이다.

결국 남을 원망할 문제가 아니라, 모든 것은 나의 잘못 탓이라고 생각할 수밖에 없었다. 아무리 그런 처지에 놓이게 되었다 하더라도 내가 내 몸과 내 마음을 올바르게 붙들 수만 있었다면 이런 결과가 되지는 않았을 게 아닌가. 아무리 주 선생과 가까운 사이가 되었다 하더라도 마지막 선만은 어떤 일이 있어도 지켰어야 옳을 게 아닌가 말이다. 더구나 스승과 제자 사인데……. 그렇게 덧없이 허물어져 버리다니……. 그래 놓고서 지금 와서 누구를 원망한단 말인가.

아버지의 말마따나 모든 것이 나의 운명이거니 생각하는 수밖에 없었다. 열아홉 살에 남의 아내가 되어야 할 그런 운명으로 이 세상에 태어난 여자라고…….

그렇게 마음먹어 버리니 뒤숭숭하던 머리가 가라앉는 것 같고, 꽉 메인 것 같던 답답한 가슴이 스르르 트이는 듯했다.

말하자면 그것은 체념이었다. 나는 열아홉 살에 어느덧 체념이라는 운명에 순종하는 슬기를 터득한 셈이었다. 산전수전 다 겪은 사람처럼 말이다. 생각하면 참 우스운 일이었다.

결혼식 날짜가 정해지고, 결혼 준비에 집안이 조용히 술렁거렸다. 결혼 준비라 해야 뭐 별다른 게 아니었다. 내가 가지고 갈 혼수를 장만하는 일이었다. 금침(衾枕)과 내 옷가지와 그리고 신랑의 양복, 코트, 시계 따위였다. 주로 새엄마가 나서서 준비를 했다.

나는 그저 남의 일처럼 모르는 체하고 있을 따름이었다. 떳떳하게 내세울 그런 결혼이 아니니, 그저 해주는 대로, 처분만 바랄 뿐이었다.

그런데 새엄마는 곧잘 나에게 상의를 하려 들었다. 이불 거죽은 무슨 색깔이 좋으며, 어떤 무늬가 마음에 드느냐는 둥, 치마저고리는 몇 벌이나 마련하면 되겠느냐는 둥, 신랑의 구두는 안 맞추어도 되겠느냐는 둥 하고 말이다.

그럴 때면 나는 쑥스럽고 못마땅하기까지 해서,

"엄마가 알아서 하세요. 난 그런 것 몰라요."

하기도 했고, 혹은,

"왜 자꾸 나한테 물어요, 아무렇게나 하라는데……."

하고 짜증을 내기도 했다.

그럴 때면 새엄마는,

"네가 가지고 갈 거니까 너한테 묻는 거 아니니. 네 마음에 들어야 할 게 아니냐 말이야."

퍽 섭섭한 모양이었다. 그러면서도 나의 그런 심사를 조금은 이해하는 듯 별로 토라지는 기색은 없었다.

나는 그런 새엄마가 내심 무척 고마웠다.

그리고 또 한 가지 새엄마가 고마운 것은 결혼식 날짜도 정해지고, 결혼 준비에 바쁘게 돌아가면서도 그런 기색을 되도록 밖으로 나타내지 않으려고 애를 쓰는 점이었다. 혹시나 이웃에 소문이 날까봐 세심한 배려를 하는 게 눈에 보이는 듯했다.

자기의 친딸이 아니니, 보통 계모 같으면 이웃에 알려지거나 말거나 별로 신경을 안 쓸 터인데 말이다. 오히려 알려지기를 은근히 바라며 내심 재미있어하는 그런 계모도 많을 터인데……. 정말 여간 고마운 새엄마가 아니었다.

나는 이웃에 소문이 나는 것도 싫은 일이었지만, 그것보다도 학교에 소문이 퍼질까 봐 그것이 제일 두려웠다. 학교 친구들이 알면 얼마나 웃고 떠들어 댈 것인가 말이다. 그야말로 입이 딱 벌어지도록 신나는 소식이라는 듯이 있는 소리 없는 소리 온통 재잘거리며 재미있어서 못 견딜 것이 아닌가. 더구나 상대가 다른 사람도 아닌 주 선생이니 말이다.

생각만 해도 얼굴이 화끈 달아오르는 듯했다.

이제 학교와는 영 하직인 터이니, 너무 신경을 쓸 필요가 없다면 없는 일이었으나, 그렇게 되지가 않았다. 무엇보다도 나는 그게 제일 두렵고 괴로웠다. 가능하면 아무 소문도 없이 감쪽같이 사라지듯 시집을 가버리고 싶었다. 나중에야 알게 되든 말든 말이다.

그러나 세상에 비밀이란 좀처럼 있을 수가 없는 모양이었다. 결국 학교에까지 소문이 퍼지고 말았다.

방학이 끝나고 2학기가 시작되었으나 물론 나는 학교에 나가질 않았다. 며칠 뒤, 아버지가 학교를 찾아가서 일신상의 형편에 의해서 퇴학을 한다는 통고를 했다.

그러자 그 '일신상의 형편'이라는 것이 무엇인지 학교 측에서 의아스럽게 생각하여 아버지에게 캐묻더라는 것이다. 아버지는 답변에 궁해서 쉬 치유가 되지 않을 그런 병에 걸렸다고 거짓말로 얼버무렸다 한다. 학교 측에서는 병에 걸렸으면 휴학을 할 일이지 왜 대뜸 퇴학이냐고, 쉬 치유가 안 될 병이라니 무슨 병이냐고 묻더라는 것이다. 그래서 입에서 나오는 대로 폐결핵이라고 해버렸다는 것이다. 폐결핵이라도 아주 중증이어서 일이 년 사이에 완치가 될 것 같지가 않다고 했다 한다. 그러자 그것참 안됐다는 표정을 지으며 고개를 끄덕거리더라는 것이다.

그 말을 하면서 아버지는 씁쓰레하게 웃었다. 나도 웃음이 나왔으나, 곧 두 눈에 핑 눈물이 어리는 것을 어쩌지 못했다. 학교를 그만두는 것도 힘이 드는구나 싶으며 묘하게 쓸쓸하고 서글픈 것이었다.

그런 일이 있은 며칠 뒤, 미애를 비롯해서 칠팔 명의 학급 친구들이 집으로 찾아왔다.

나는 당황하지 않을 수 없었다.

그들이 찾아오는 것을 미리 알았더라면 어디로 숨어버리기라도 했을 것이다. 그러나 내가 우물에서 양말과 손수건 같은 간단한 빨래를 하고 있을 때, 난데없이 들이닥쳤기 때문에 어찌할 도리가 없었다.

나는 그들을 보자, 그만 온 얼굴이 홍당무처럼 붉어지는 것을 느졌다.

"아이고, 혜선아, 축하한다."

친구 하나가 장난기 어린 어조로 호들갑스럽게 말했다.

미애는 곧장 싱글싱글 웃으면서 나의 표정을 힐끗힐끗 살피기만 했다. 다른 친구들도 모두 얼굴에 웃음을 띠고 나를 바라보았다.

"웬일들이니? 이렇게……."

나는 쥐구멍이라도 있으면 들어가 버리고 싶은 심정이었으나, 애써 아무렇지도 않은 채 낯가죽 두껍게 말했다.

"웬일이라니……. 친구가 결혼을 한다는데 모르는 체하고 있을 수가 있니? 안 그러니?"

"……."

"결혼을 하면서 우리한테 알리지도 않고, 감쪽같이 속이려 들다니, 그런 법이 어딨어. 결혼은 인생의 중대사 아니니."

한 친구가 곧장 장난기 어린 어조로 말하자, 그것을 가로막듯 미애가 입을 열었다.

"혜선아, 너 그게 정말이니? 결혼한다는 소문이 있는데……."

"정말인지 아닌지 확실한 걸 알아보려고 찾아온 거야. 확실하다면 글쎄, 친구로서 가만히 있을 수가 있느냐 말이야. 안 그래?"

"……."

"그래서 퇴학을 하는 거니, 아니면 정말 폐결핵 때문이니? 어느 쪽이 맞니? 네가 폐결핵이라는 건 금시초문이다."

미애의 진지한 표정 앞에 나도 사실대로 쏟아놓는 수밖에 없다는 생각이 들었다. 그래서,

"폐결핵은 무슨 폐결핵이니."

하고 멋쩍게 웃었다.

그러자 미애가,

"너거 아버지 거짓말 대장이로구나."

했다. 그리고 까르르 웃음을 터뜨렸다.

다른 친구들도 웃어젖혔다.

친구들이 돌아간 것은 해가 거의 질 무렵이었다. 그때까지 내 방을 온통 메우다시피 하고 앉아서 된 소리 안 된 소리, 별별 소리를 다 주워섬기며 떠들어대는 것이었다. 한창 계집애들 칠팔 명이 모여 앉으니 정말 시끄럽고 요란했다.

신랑이 주 선생이라니, 정말 놀랄 놋자라는 둥, 언제 감쪽같이 주 선생을 낚았느냐는 둥, 시집가면 이제 사모님이라고 불러야 되지 않겠느냐는 둥, 별별 소리를 다 꺼내어 웃어젖혔다.

처음에는 그런 소리를 해대는 그들과 함께 있는 것이 싫고 어서 가주었으면 싶었으나, 나중에는 나도 그만 그 분위기에 동화가 된 듯 별로 부끄러운 줄도 수치스러운 줄도 모르고 함께 웃기도 했고, 지껄여대기도 했다.

그렇게 내가 친구들과 별일 없이 자연스럽게 어울리는 것이 새엄마는 뜻밖이라는 듯 과일을 내오기도 하고, 과자랑 마실 것을 오기도 하며 기뻐하는 기색이 역력했다. 속으로 은근히 안심이 되기도 하는 모양이었다.

친구들은 돌아가면서, 결혼식 날짜를 물었다. 그러나 나는 아직 결정되지 않았다고, 두어 달 후에 하게 될 거라고 시치미를 뚝 떼고 거짓말을 했다. 친구들을 따돌리고 싶었던 것이다. 결혼식장에 그들이 몰려오는 것은 절대로 반가운 일이 못 되는 것이었다.

"날짜가 결정되면 꼭 알려야 돼."

"살짝 모르게 시집가면 재미없다. 알겠니?"

"나중에 가만히 안 둘 거다."

친구들은 제각기 한마디씩 하고 돌아갔다.

그들이 돌아가고 나자, 마치 썰물이 나간 뒤처럼 허전했다. 나는 별안간 허전해진 방 안에 혼자 앉아 안도의 숨을 내쉬었다. 무슨 큰일을 무사히 치르고 난 것처럼 느껴졌다.

무엇보다도 다행이었던 것은 그들의 입에서 내가 아이를 밴 사실이 들먹거려지지 않은 점이었다. 그 말이 나왔더라면 정말 나는 견딜 수 없었을 것이다. 그들이 그 사실을 몰라서 그랬는지, 아니면 내 체면을 생각해서 그것만은 들먹거리지 않았는지, 어느 쪽인지 알 수가 없었다.

어쩌면 그 사실은 미애 혼자밖에 모르는지도 몰랐다. 미애가 그것을 입 밖에 내지 않았다면 다른 친구들은 알 턱이 없는 것이다. 다른 친구들이 그 사실을 알고 있었다면 필경 그 말을 꺼냈을 것만 같았다. 내 체면을 생각해서 그것만은 덮어둘 그런 아이들이 아닌 것이다. 실제로 못하는 소리가 없이 온갖 말을 다 꺼내어 떠들어대지 않았는가 말이다.

정말 미애는 입이 무겁고, 진정한 우정을 지닌 친구라는 생각이 들지, 코허리가 찡해 오는 것이었다.

그런데 내가 결혼을 한다는 소문이 어떻게 해서 퍼졌는지 알 수가 없었다. 더구나 상대방이 주 선생이라는 것까지 말이다.

세상에는 비밀이라는 것이 있을 수가 없구나 싶으니 슬그머니 두렵기도 하면서 한편 재미있다는 생각이 들기도 했다. 낮말은 새가 듣고, 밤 말은 쥐가 듣는다더니, 또는 발 없는 말이 천 리를 간다더니, 정말 그런가 보다 싶었다.

4

결혼식 날은 아침부터 가랑비가 내렸다.

결혼식은 상불사라는 절에서 거행되었다.

예식장을 피하고, 절에서 불교식으로 식을 올리게 된 것은 아버지의 뜻에 의해서였다. 남들 앞에 떳떳하게 내놓을 수가 없는 그런 결혼이니 그에 대해 아무도 반대하는 사람이 없었다.

절에서 부처님 앞에 결혼식을 올린다는 말에 나는 좀 얄궂다는 생각이 들었다. 절에서 결혼식을 올리는 수도 있는가 싶었다. 그러나 아무 이의 없이 순순히 따르는 수밖에 없었다.

상불사는 시내에서 제법 떨어진 교외의 산기슭에 있었다. 아담하고 호젓한 절이었다. 우리처럼 세상에 알리고 싶지 않은 사람의 결혼식을 올리기에 안성맞춤인 곳이었다. 가랑비만 내리지 않았다면 썩 기분이 좋을 만큼 어쩐지 마음에 드는 절이었다.

하객이래야 양가를 합쳐서 모두 십여 명밖에 되질 않았다. 아주 가까운 친척만 초청을 했던 것이다.

그러니까 퍽 초라하고 쓸쓸한 결혼식이었다. 물론 웨딩마치도 없었고, 축가 같은 것도 없었다. 독경과 목탁 소리와 주지 스님의 설법 같은 주례사가 있을 뿐이었다.

그러나 시간은 꽤 오래 걸렸다. 예식장에서의 결혼식보다 훨씬

긴 것 같았다.

식이 거행되는 동안 나는 시종 고개를 깊숙이 숙인 채 두 눈을 감고 있었다. 마치 무슨 잘못을 저지른 사람이 주지 스님한테 꾸지람을 듣고 있는 듯한 그런 기분이었다. 도무지 마음이 떳떳하지가 못했다.

내 곁에 지금 서 있는 사람이 주 선생이라는 생각을 하자, 눈을 감고 있는데도 귀밑이 화끈 달아오르는 듯했고, 숨을 구멍을 찾고 싶은 그런 심정이었다.

주지 스님은 우리의 인연을 설(說)하고, 앞날의 행복을 이야기하고 있는 듯했으나, 무슨 소린지 잘 귀에 들어오지가 않았다.

식이 끝나고, 절 방에서 간단한 피로연이 베풀어졌다. 절간이라 술은 없고, 점심 식사였다.

나는 점심을 조금 먹는 둥 마는 둥 하고, 자리에서 일어나 밖으로 나갔다. 바깥엔 여전히 가랑비가 내리고 있었다.

나는 가랑비를 맞으며 변소를 찾아갔다. 변소에서 가랑비 속으로 돌아오자, 마루에 나와 섰던 고모가,

"아이고 야야, 신부가 비를 맞으면 되니."

하면서 손수건을 꺼내어 내 젖은 머리랑 어깨를 닦아 주었다. 그리고 혼잣말처럼 중얼거렸다.

"우리 혜선이 시집가는 날 웬 가랑비가 이렇게 종일……. 아이고 날씨도……."

나는 왠지 그 말에 왈칵 눈물이 어리는 것을 어쩌지 못했다. 가만히 돌아서며 옷고름을 눈으로 가져갔다.

19세의 허니문

1

아침에 잠에서 깨어날 때마다 나는 순간적으로 여기가 어딘가 하고 약간 어리둥절해지는 것이었다. 맨 먼저 들어오는 것은 훤하게 밝아오고 있는 창문이었다. 그런데 그 창문이 내 방의 창문이 아니지 않는가.

그러나 곧 나는 내가 시집을 왔다는 사실이 머리에 떠올라 절로 실소가 나오곤 했다.

그런 새벽의 당혹감 같은 것을 나는 결혼을 한 지 일주일이 지나도록 느끼고 있었다.

그리고 바로 한 이불 속에 누워 자고 있는 사람이 주 선생이라는 사실도 어쩐지 멋쩍기만 하고 이상한 기분을 불러일으켰다. 이제 주 선생이 아니라 남편인 것이다.

그 남편과의 지난밤의 일을 머리에 떠올려보며 나는 공연히 혼자 부끄럽고 얄궂어서 수줍게 얼굴을 붉히기도 했다. 물론 결혼을 하고서 처음 겪은 일이 아니다. 이미 여러 차례 살을 섞어 어린애까지 잉태한 몸이 아닌가.

그러나 결혼 전의 그 일이 얼떨떨하고 초조하고 고통스럽기까지 한 그런 숨 가쁨이었다면, 결혼 후의 그것은 느긋하게 풀어져 몇 번이고 무르익는 푸짐한 뜨거움이었다. 주 선생, 아니 남편은 남자의 부드러움과 억셈을 나의 온몸 구석구석에 잘 퍼부어 주는 것이었다.

나는 남편의 그런 뜨겁고 능숙한 열기 속에 키드득키드득 웃기도 했고, 때로는 아으 아으 하고 자지러지기도 했다.

아직 여자로서의 충분한 기쁨을 맛보고 있는지 어떤지는 알 수가 없었지만 좌우간 희한하고 황홀하기까지 한 밤이 아닐 수 없었다.

한 이불 속에 아직 잠들어 있는 남편의 얼굴을 멀뚱히 바라보며 나는 남자라는 것은 참 부끄럼도 없고 능글맞은 짐승 같다는 생각을 하기도 했다. 그러나 그 짐승이 결코 싫지가 않고 좋기만 했다.

앞치마를 두르고 이른 아침에 부엌으로 나가 아침밥을 짓기 시작할 때면 나는 공연히 조금 슬퍼지는 것을 어쩌지 못했다. 두 눈에 맺히는 이슬을 앞치마로 찍어낸 일도 몇 번 있었다.

밥을 짓기 싫어서가 아니었다. 결혼 전의 아침이 생각나서였다. 그때 같으면 나는 아직 자고 있을 것이다. 혹시 일찍 깼다 하더라도 부엌에 들어가는 일은 없고, 학교 갈 채비나 하며 적당히 아침의 게으름을 피우고 있을 것이다.

　지금도 친구들은 모두 그렇게 하고 있을 게 아닌가. 그런데 나는 앞치마를 두르고 남편의 출근 시간에 늦지 않도록 이렇게 부엌에서 아침 준비를 해야 하는 것이다.

　그런 생각이 들면 절로 쓸쓸해지며 코언저리가 시큰해 오는 것이었다.

　말하자면 남편에게 매인 몸, 조롱에 갇힌 몸이 되어 버렸구나 하는 실감이 가슴을 파고들었다.

　그런 쓸쓸한 생각은 낮 동안에도 문득문득 들곤 했다. 세상이 밝아서 그런지 이른 아침처럼 그렇게 짙게 가슴에 다가오는 것은 아니었지만, 좌우간 비슷한 기분에 싸일 때가 많았다.

　학교가 눈앞에 떠오를 때, 교실에서 공부를 하고 있는 친구들이 생각날 때, 특히 대학 입시 준비에 한창 연을 올리고 있을 방과 후의 과외수업 같은 것을 생각할 때 나는 쓸쓸했다. 마치 아름다운 화원에서 밀려나 바람 부는 언덕 같은 데에 혼자 앉아 있는 듯한 느낌이었다.

　그런 쓸쓸한 외로움 속에서도 나는 남편, 즉 주 선생을 원망할 생각은 이제 없었다. 모든 게 내 탓이고, 나의 운명이려니 하고 체념해 버리곤 했다.

　해가 기울어 남편이 퇴근해 올 시간이 가까워지면 나는 조금씩 즐거워지는 것이었다. 따뜻한 밀물이 찰싹찰싹 다시 내 허전한 가슴을 적시며 밀려들기 시작하는 듯한 기분이었다.

　그리고 남편이 돌아와 저녁 밥상을 가운데 놓고 마주 앉았을 때는 기쁘기까지 했다.

　"오늘은 낮에 뭘 했어? 심심하지 않았어?"

하면서 남편이 미소를 지은 얼굴로 나를 위로하듯 지그시 바라보기라도 할 것 같으면 순간 짜릿한 행복감 같은 것을 느끼기도 했다.

이부자리를 깔고 그 속으로 들어갈 때면 나는 공연히 가슴이 벅차고, 조금 얼굴이 화끈거리기도 했다. 그런 쑥스러움은 날이 가도 좀처럼 가시지가 않았다.

이부자리 속에는 언제나 남편이 먼저 들어가 누워 있거나, 엎드려서 신문 같은 것을 보고 있었다. 내가 먼저 옷을 벗고 이부자리 속으로 들어가는 일은 절대로 없었다.

나는 어머니나 할머니처럼 구식에 속하는 여자는 아니었지만 그러나 왠지 남편보다 먼저 옷을 벗고 이부자리 속으로 들어가는 게 버릇없는 것 같이 생각되고, 멋쩍기도 했던 것이다. 어쩌면 남편이 스승이었기 때문에 그런지도 몰랐다.

먼저 들어가 누운 남편이 가만히 있으면 괜찮은데, 내가 쑥스러워하는 기색을 보고서 짓궂게,

“아직도 나하고 자는 게 부끄러운 모양이지. 뭣이 부끄러워? 남편하고 자는 게 부끄러운 아내도 있다. 허허허…….”

웃기라도 하면 나는 더욱 얼굴을 붉히며,

“몰라요.”

하고 살짝 곱게 눈을 흘기기도 했다.

또 한 가지 몹시 쑥스러운 것은 남편을 ‘여보’, ‘당신’이라고 부르는 일이었다. 왠지 그 말은 나오다가 목구멍에 턱 걸리는 듯 입 밖으로 잘 나와지지가 않았다. ‘선생님’이라는 말이 무의식중에 튀어나오곤 했다.

내 입에서 선생님이라는 호칭이 튀어나올 것 같으면 남편은,

“나 당신 선생님 아닌걸. 남편인걸. 남편. 남편한테 선생님이라고 부르는 사람이 어딨어.”

하면서 재미있다는 듯이 싱글싱글 웃기도 했다. 그리고 내 입에서 기어이 그 소리가 나오도록 짓궂게 다그쳐대기도 했다.

“여보라고 불러. 그 말이 그렇게 힘들어? 자, 여보 하고 불러 보라니까.”

“…….”

“어서.”

“부끄러워요.”

“부끄럽긴…… 남편을 여보라고 부르는데 뭣이 부끄러워. 자, 어서.”

“여보.”

마침내 나는 얼굴을 붉히며 그 소리를 내뱉고는,

“몰라요.”

하고 킥킥거리기도 했고, 이부자리 속일 경우에는 남편의 품 안으로 냅다 파고들기도 했다.

나의 신혼생활은 그처럼 쓸쓸하면서도 한편 즐겁기도 한 하루하루의 연속이었다. 그러니까 해가 돋아 오르면 쓸쓸해지는 셈이었고, 해가 저물고 밤이 되면 즐거움이 찾아오는 셈이었다.

다른 신혼부부라면 낮과 밤이 한결같이 분홍빛으로 곱게 물들어 있을 터인데 나의 경우는 낮에는 회색이었다가 저녁에는 분홍색, 이런 식으로 명암이 교차하듯 회색과 분홍색이 줄곧 교차하는 셈이었다.

그러나 날이 감에 따라 나의 그 저녁의 분홍색도 차츰 회색 쪽으로 변해가는 것을 의식하지 않을 수 없었다.

남편이 퇴근해서 돌아오는 것이 그저 즐겁게 기다려지는 것이 아니라, 슬그머니 두려운 생각이 들기도 하는 것이었다.

어느 신혼생활이나 다 날이 감에 따라 그 농도가 희미해져서, 결국은 심상해지고 때로는 결혼이란 이런 것인가 하고 가벼운 실망 같은 권태감을 느끼게 되기 마련이다. 언제까지나 처음의 그 짙은 농도로 유지되는 결혼생활이란 있을 수 없다.

그러나 나의 경우는 그런 단순한 실망이나 권태감이 결코 아니었다. 분명히 일종의 두려움이었다. 슬그머니 남편이 무서워지기 시작했던 것이다.

그것은 술로 인해서였다. 그는 술을 많이 마시는 모양이었다. 남편이 바깥에서 누구와 어울려 술을 마시는 장면을 아직 나는 직접 보지 못했기 때문에 어느 정도의 양을 마시는지 잘 알 수 없었으나 좌우간 만취가 되어 돌아왔을 때의 그 상태로 보아서 아주 주량이 많다는 것만은 알 수가 있었다.

어떤 때는 거의 몸을 가누지 못할 정도로 비틀거리고 두 눈의 초점이 흐려진 것처럼 보이며 횡설수설 곧장 했던 말을 또 하고 또 하는 것이 아닌가. 많이 마시지 않고서 그처럼 정신을 가누지 못할 턱이 있겠는가 말이다.

그렇게 만취가 되어 돌아와서 횡설수설 내뱉는 소리는 언제나 같은 소리였다.

—왜 낙태를 시키지 않았어.

—왜 아기를 낳으려는 거야?

—아기를 두고 도망갈려고?

─여자란 믿을 수 없어.

언제나 이런 소리를 나에게 퍼부어대는 것이었다. 증오에 찬 눈으로 나를 쏘아보면서.

초점을 잃은 듯한 눈동자를 번하게 뜨고 저주스러운 듯이 나를 쏘아보는 그 두 눈은 정말 두렵고 섬뜩하기까지 했다.

그런데 이상한 것은 그런 식으로 주정을 한 이튿날 아침 남편은 그 사실을 전혀 기억하지 못한다는 것이었다.

정말 기억을 못 하는 것인지 미안해서 그렇게 시치미를 떼는 것인지 확실한 것은 알 수 없었다. 내가 보기에는 아마 기억 못 하는 게 아닌가 싶었다. 표정이나 하는 수작으로 보아 그렇게 생각되었다. 멀쩡한 표정으로 아무렇지도 않게 행동을 하는 것이 아닌가. 지난밤의 주정을 기억한다면 그렇게 멀쩡할 수는 없을 것인데 말이다.

취중에 진담이라는 말이 있듯이, 그렇게 만취 상태에서 쏟아놓는 소리는 남편의 잠재의식임에 틀림없었다. 평소에는 머릿속 깊숙한 곳에 가라앉아 있던 생각이 술기운을 타고 솟구쳐 오르곤 하는 것이다.

자기를 버리고 개가를 한 어머니에 대한 원망이 그렇게 잠재의식이 되어 머릿속에 눌어붙어 있는 모양이었다. 왜 낙태를 시키지 않았느냐, 왜 아기를 낳으려 하느냐, 아기를 두고 도망가려고, 여자는 믿을 수 없어……. 이런 따위의 말이 다 자기 어머니에 대한 잠재의식에서 나온 소리에 틀림없는 것이다.

나는 남편, 즉 주 선생을 포대가 있는 학교 뒷산 언덕에서 처음으로 단둘이 만났던 일 년 전 가을의 일이 생각났다. 그때 주 선생이 내가 어머니를 여의고 새엄마를 맞이해서 울적한 심정에 잠겨 있다는 사실을 알고서 자기의 불우했던 어린 시절을 이야기해 주던 일이 생생히 머리에 떠올랐다.

—나도 어릴 때 혜선이와 비슷한 처지가 되었지.

—나는 어머니가 돌아가신 게 아니라, 아버지가 돌아가셨어. 내가 국민학교 2학년 때였어. 나에겐 어떻게 된 셈인지 동생이 하나도 없었어. 나 하나뿐이었지. 그런데 어머니는 나를 큰아버지 집에 데려다 놓고는 어디론지 사라져버렸단 말이야. 나중에 알고 보니 개가를 했더군. 어린 마음에도 어찌나 야속한지, 혼자 남몰래 얼마나 울었는지 몰라.

—말하자면 나는 고아나 다름없이 자란 셈이야. 물론 큰아버지 밑에서 중학교까지 다녔지만, 그러나 어디 친부모와 같은가. 한 다리가 천 리지.

—나는 여자를 믿지 않아. 여자를 경멸해. 하나밖에 없는 자기 아들을 버리고 개가를 할 수 있는 게 여자란 말이야. 알겠어?

이런 말들이 그대로 잠재의식이 되어 머릿속 깊숙한 곳에 눌러붙어 있었던 것이다.

그리고 처음으로 주 선생이 나를 모델로 해서 '어떤 소녀'라는 제목의 그림을 그리기 시작하던 날 자기는 무자녀주의라고 하던 말이 생각났다.

—나는 본래 무자녀주의야. 결혼을 하면 아이를 가지는 게 정상이지. 그러나 나는 그 정상의 길을 택할 수가 도저히 없어. 어쩐지 무서워. 아이를 낳는다는 것은 어떤 죄악을 저지르는 것만 같애.

—아이를 낳아서 끝까지 잘 키워낸다면 별문제야. 그러나 그렇

게 된다는 보장이 없잖아. 중간에 무슨 일이 생길지 누가 알아. 적어도 대학을 졸업시키는 데까지는 부모의 책임이야. 그런데 그전에 그 책임을 이행하지 못하게 되는 경우를 생각해봐. 그런 죄악이 어디 있느냐 말이야. 아예 안 낳는 것보다 못한 일이지.

정말 어이가 없는 생각이 아닐 수 없다. 무자녀주의라니, 자기를 버리고 개가한 어머니에 대한 원망이 잠재의식으로 눌어붙었을 뿐 아니라, 그처럼 비뚤어져 나가 결혼은 하되 아기는 가지지 않는다는 일종의 비정상적인 인생관을 형성하다니 딱한 노릇이기도 했다.

그런 말을 들었을 당시에는 그저 입으로만 그러는 것이려니 싶었고, 또 남다른 데가 있어 보여 오히려 재미있다는 생각이 들기도 했었다.

그러나 막상 내가 그 주 선생의 아내가 되어 그런 잠재의식과 비틀어진 인생관에서 쏟아져 나오는 취중 진담을 듣게 되니 두렵고 겁이 나지 않을 수 없었다.

더구나 내 배는 하루하루 눈에 띄게 부풀어 오르고 있는 것이 아닌가. 무자녀주의자의 씨를 잉태해서 말이다.

아무리 무자녀주의라고는 하지만, 이제 산월이 몇 달 남지 않았으니 어떻게 할 도리가 없을 것이다. 결국 우리는 아기를 가지게 되는 것이다.

그러나 아기를 원치 않는다는 남편의 생각에 변함이 없는 한 그런 남편의 아기를 낳는다는 것은 결코 즐거운 일이 못 되는 것이다. 아기를 낳아도 진정으로 기뻐해 주지도 않을 것이고, 위로해 주지도 않을 게 아닌가. 속으로 오히려 못마땅하게 생각할 게 아닌가 말이다.

그런 생각을 하니 나는 견딜 수가 없었다. 축복받지 못하는 아기를 낳아야 하다니, 사생아도 아닌데 무슨 이런 일이 다 있나 싶었다.

그래서 나는 남편의 생각을 확실히 알아봐야겠다고 마음먹었다. 취중에 횡설수설 쏟아놓던 그 말이 진정한 남편의 의사인지, 아니면 만취 상태에서 제멋대로 흘러나온 망발인지……. 분명히 밝혀봐야겠다고 생각했다.

물론 만취가 되어 돌아와 주정을 부린 이튿날 아침 조용히 따지듯이 물어보는 것이다.

마침내 그럴 기회가 왔다. 어느 토요일 밤에 거의 열두 시 막 다 되어 비실비실 물에 빠진 도깨비처럼 해가지고 돌아와서 횡설수설 한바탕 수선을 피우고는 늘어져 버렸다.

이튿날 아침, 나는 앞니를 자그시 물며 남편의 밥상 앞에 정면으로 다가앉았다.

그런데 그만 일이 어떻게 잘못 나가 부부 싸움이 되고 말았다. 말하자면 최초의 부부 싸움이었다.

2

술에 만취가 되었던 이튿날 아침은 도무지 입맛이 없는 듯 남편은 주로 죽이나 국물이 있는 음식에만 숟가락을 가져갔다.

표정도 여느 때와는 달리 마치 얼빠진 사람 같기도 했고, 한없이 우울해 보이기도 했으며, 어떤 때는 약간 화가 난 사람처럼 이맛살을 찌푸리고 굳어져 있기도 했다.

물론 아무 말도 없었다.

그날 아침 역시 남편은 얼빠진 사람처럼 아무 말도 없이 국에다가 밥을 몇 숟가락 말아서 훌쩍훌쩍 그것만 주로 떠올리고 있었다.

내가 앞니를 자그시 물며 밥상 앞에 정면으로 다가앉자, 남편은 힐끗 한 번 나를 바라보았다. 그리고는 여전히 울적한 표정으로 숟가락질을 하기만 했다.

나는 무슨 말부터 꺼내야 할지 망설이며 긴장이 된 채 남편을 똑바로 쏘아보고 앉아 있었다.

나의 그러한 태도가 신경을 건드렸던지 그는 약간 이맛살을 찌푸리며,

"왜 그러고 앉아 있어? 아침을 같이 먹지 그래."

하였다.

말에 힘이 하나도 없었다.

나는 가만히 입을 열었다.

"같이 먹을 기분이 나지 않아요."

나직하기는 했으나, 가시가 박혀 있는 목소리였다.

그러자 남편은,

"왜?"

하면서 조금 멋쩍은 듯 씩 웃었다.

"왜는 왜예요. 간밤에 어떻게 했는지 아세요?"

"내가 꽤 취했었나 보지."

"꽤 취한 정도가 아니에요."

그리고 나는 더욱 어조를 냉랭하게 해서,

"물어볼 것이 있어요."

하고 싸늘한 시선으로 남편을 쏘아 보았다.

"뭔데?"

"간밤에 한 말 그게 진심이에요?"

"뭐라고 그랬는데?"

"뭐라고 그랬는지 정말 기억에 없는 거예요?"

"내가 뭐라고 실언을 했는 모양이지. 술집에서 나온 것까지는 기억이 나는데, 그 뒤 어떻게 집까지 왔는지 집에 와서 어떻게 했는지 도무지 기억이 나질 않는다니까. 몇 시쯤 들어왔어?"

"열두 시가 다 되어 들어왔어요."

나는 톡 쏘아붙이듯이 말하고는 어조를 가다듬어 냉정하게 물었다.

"정말 어린애 갖는 것을 원치 않는 거예요?"

"별안간 무슨 소리야?"

남편은 멀뚱히 나를 바라보았다.

"어젯밤뿐 아니라, 술에 취해서 돌아왔을 때마다 왜 낙태를 시키지 않았느냐고 시비조로 나왔잖아요. 나는 어린애를 원치 않아, 무자녀주의야 하고 소리를 꽥꽥 지르면서 말이에요."

"……."

"정말 당신 어린애 갖는 것이 싫어요? 내가 어린애 낳는 것을 진심으로 반대하는 거예요?"

나는 '당신'이라는 말을 서슴없이 사용하며 다그치듯 물었다. 선생님이라는 그런 외경스러운 생각은 이제 조금도 없고, 그저 얄미운 남편으로밖에 보이지가 않았다.

그는 약간 당황하는 눈치였다. 아무 말 없이 국물만 곧장 훌쩍훌쩍 떠올리고 있었다.

"대답해 보세요."

"……."

"왜 아무 대답이 없어요? 정말 무자녀주의를 실천하려는 거예요?"

그제야 남편은 씩 조금 웃으며 입을 열었다.

"실천하고 싶지만 이제 틀렸잖아."

"왜요?"

"당신 배가 이미 너무 부르잖느냐 말이야."

"……."

"낙태를 시키고 싶어도 시킬 수가 없으니 도리가 없지. 그런데 왜 진작 낙태를 시키지 않았는지 이해할 수가 없군."

"내가 낙태를 시켰더라면 속이 시원할 뻔했죠? 나하고 결혼을 안 해도 됐을 테니까……."

"허허허……. 그런 뜻이 아니라."

남편은 조금 기분이 좋은 모양이었다.

"그럼 뭐예요?"

"결혼은 잘한 것이라고 생각하지만, 아이는 갖고 싶지 않단 말이지. 무자녀주의를 실천할 수가 있었을 게 아니야. 정말 나는 자식을 두고 싶지가 않아. 두려워."

"뭣이 두려워요?"

"……."

“예? 말해 봐요.”

“전에 얘기했잖아. 알면서 왜 자꾸 묻는 거야.”

그러면서 남편은 숟가락을 놓고 조금 물러앉았다.

나는 남편이 진정으로 자식 갖기를 원하지 않는다는 것을 알자, 어이가 없고 분한 생각이 치밀어 오르기도 했다. 그만 그 자리에 엎어져 울음을 터뜨리고 싶은 심정이었다.

“어서 상이나 물려 가.”

“…….”

내가 꼼짝을 않고 분한 얼굴로 말없이 쏘아보고만 있으니까, 남편은 씩 웃고는

“그런데 내 아이가 맞기는 맞는 거야?”

이렇게 말하는 것이 아닌가.

“아니, 뭐라구요?”

나는 깜짝 놀라지 않을 수 없었다. 내 귀를 의심할 지경이었다. 도대체 그게 무슨 소리란 말인가.

“당신 아이가 아니고 그럼 누구 아이란 말이에요?”

두 눈까풀이 파르르 떨렸다.

남편은 아차 실수를 했다 싶은 듯 좀 당황하는 눈치였다.

나는 분하고 기가 막혀서 견딜 수가 없었다.

“말해 봐요. 누구 아이란 말이에요? 누구 아이란 말이에요?”

“…….”

“왜 말을 못해요? 왜? 왜?”

“…….”

“선생이라는 것이 제자를 살살 꼬여서 이 지경으로 만들어놓고

서……."

"뭣이 어째?"

남편이 버럭 고함을 내질렀다.

대꾸를 안 하고 그만 가만히 있었더라면 괜찮았을 텐데, 도저히 그 정도로 수그러질 수가 없어서 나도 냅다,

"왜 내 말이 틀렸어요?"

빽 소리를 질렀다.

그러자 남편은 벌떡 일어서더니,

"이년이 누구한테……."

하면서 그만 한쪽 발로 밥상을 왈칵 나를 향해 사정없이 뒤집어 버리는 것이 아닌가.

온통 방바닥이 엉망이 되고 말았다. 나 역시 마찬가지였다.

밥상 벼락을 뒤집어쓴 나는 잠시 어처구니가 없어 멀뚱히 앉았다가 그만 두 손으로 얼굴을 가리며 냅다 울음을 터뜨리고 말았다.

"병신같이 울기는……. 재수 없게 아침부터 계집년이 지랄이야."

남편은 투덜거리면서 방문을 왈칵 열고 나가버리는 것이었다.

3

첫 부부 싸움이 있은 뒤, 얼마 동안 나는 곧잘 혼자서 찔끔찔끔 눈물을 흘렸다. 남편이 두렵기만 했고, 남자라는 존재들 자체가 싫기까지 했다. 결혼을 한 게 후회스럽기 짝이 없었다.

남편이, 다시 말하면 주 선생이 그렇게 독선적이고 폭력적인 사

람인 줄은 정말 미처 몰랐던 것이다.

밥상을 발로 끄떡 들어 냅다 사람을 향해 뒤집어 버리다니, 그런 폭군이 어디 있는가 말이다. 정나미가 뚝 떨어졌다.

아버지와 돌아가신 어머니도 부부 싸움을 했었다. 그러나 아버지는 핏대를 세워 고함을 지르기는 했어도, 결코 밥상 같은 것을 뒤집어 버리는 일은 없었다.

그리고 남편이 진정으로 자식 갖기를 원하지 않고 있다는 사실도 정나미가 떨어지는 일이었다.

결혼을 하고서 자식을 갖지 않겠다니, 정말 무자녀주의라니, 그렇다면 남편은 말하자면 부부간의 성행위를 순전히 쾌락의 수단으로만 생각하고 있는 것이 아닌가.

성의 쾌락을 누리고, 생활의 편의만을 위해서 아내를 얻다니, 그런 이기와 독선이 도대체 어디 있단 말인가.

그러자 남편의 그런 독선과 폭력보다도 나를 더욱 못 견디고 슬프게 한 것은 그의 비뚤어지고 비열한 성품이었다.

'내 아이가 맞기는 맞는 거야'라니, 도대체 그게 무슨 소린가 말이다. 자기 아이가 아니고, 그럼 누구 아이란 말인가.

남편의 그 말은 생각할수록 화가 나고, 기가 막혔다. 사람을 뭘로 생각하고 그런 소리를 한 것인지, 정말 알 수가 없었다.

내가 자기의 꾀임에 빠져 몸을 허락하고 말았듯이, 아무에게나 그렇게 몸을 내맡긴 불량소녀로 생각하는 것인지……. 도대체 분하고 억울해서 견딜 수가 없었다.

아마 두현을 염두에 두고 그런 소리를 한 모양이었다. 두현과 내가 아주 깊은 관계까지 가지 않았을까 하고 의심을 하는 게 분명했다. 그렇지 않다면 그런 소리를 할 턱이 만무했다.

묘한 것은 부부간이었다. 부부 싸움이란 칼로 물 베기라더니, 그 말이 맞는 듯했다.

그처럼 폭군 같던 남편이 며칠 뒤부터는 여느 때보다도 현저히 부드럽고 나긋나긋한 태도로 슬쩍슬쩍 내 눈치까지 보아가며 나의 토라진 마음을 돌이키려고 들었다.

처음에는 그런 남편이 간사해 보이고, 어쩐지 이중인격자 같아 싫었으나, 나중에는 그만 나도 모르게 웃음이 흘러나와 버렸다. 약간 어이가 없고, 같잖다는 그런 뜻의 웃음이었으나, 어쨌든 한 번 웃음이 나와 버리자, 그만 토라진 마음이 흐늘흐늘 허물어지는 것이 아닌가.

그리고 싫다는 나를 왈칵 끌어안아 눕혀 가지고 이불도 안 깐 방바닥에서 여느 밤보다 오히려 더 뜨겁고 요란하게 짓이겨댔을 때, 나는 마침내 어쩔 줄 모르도록 몸이 달아오르고 말았다. 남편의 허리가 휘어지도록 끌어안고 냅다 소리를 지르기까지 했다. 정말 그런 일은 처음이었다.

그러고 나서부터는 토라졌던 마음은 언제 그랬더냐는 듯이 사라지고, 폭군 같던 남편이 그저 못 견디게 소중한 존재처럼 여겨지는 것이 아닌가.

아침에 남편의 도시락을 쌀 때도 그전보다 월등히 정성을 들여 반찬을 만들어 넣게 되는 것이었다.

부부 싸움이 칼로 물 베기가 되는 이유는 성행위라는 것이 있기 때문이로구나 하고, 나는 무슨 대단한 진리라도 깨달은 것 같은 느낌이었다.

그리고 그처럼 여자의 절정을 경험한 나는 그 뒤부터 곧잘 먼저 남편의 품 안으로 파고들어 가게 되었다. 그전에는 부끄러워서 뿐 아니라, 별로 먼저 그러고 싶은 생각이 나질 않았는데 말이다.

말하자면 최초의 부부 싸움은 남편과의 사이를 더 뜨겁고, 짙게 밀착시킨 셈이 되었다.

무엇보다도 나를 즐겁게 한 것은 남편이 만취가 되어 집에 돌아오는 일이 거의 없게 된 사실이었다.

그러나 부부 사이란 정말 헤아릴 수 없는 것이었다. 순풍에 돛을 단 것처럼 잘 나가다가, 얼마 안 가서 또 이상기류가 밀어닥쳐 한바탕 풍랑을 겪게 되었다.

토요일 오후였다.

일찍 퇴근해 온 남편에게 집을 보게 하고, 나는 시장에 나갔다.

시장에 나가는 길에 산부인과 병원에 들러 태아의 건강 상태를 진찰해 보고, 해산 시기가 언제쯤인가를 확실히 좀 알아보았다. 태아는 아무 이상 없이 잘 자라고 있으며, 해산은 아직 두 달가량 남아 있다는 것이었다.

무자녀주의자의 자식이기는 하지만, 좌우간 튼튼한 아기를 낳아서 잘 길러야지 하고, 나는 혼자 굳게 마음을 가다듬고 있었다.

그리고 아무리 무자녀주의라고 하지만, 막상 아기를 낳아놓으면 틀림없이 귀여워서 못 견딜 것이라고 생각했다. 자기 자식을, 더구나 첫아기를 귀여워 안 할 아버지가 천지에 어디 있겠는가 말이다.

이것저것 시장을 봐 가지고 돌아오니, 웬일인지 남편은 저기압이었다. 시장에 나갈 때와는 정반대의 얼굴을 하고 굳어져 앉아 있는 것이 아닌가.

나는 속으로 무슨 일인가 싶으며,

"당신 좋아하는 명란젓이랑 굴비 사 왔어요."

하고 말했다.

그러나 남편은 아무 말이 없었다.

"당신 왜 그래요? 무슨 기분 나쁜 일이 있었어요?"

"……."

"별안간 왜 그러실까. 아까까지 기분 좋으시더니……."

일부러 좀 장난기를 섞은 그런 어투로 말했으나, 남편은 여전히 뚱딴지같이 굳어져 있었다.

별꼴이야, 싶으며 내가 밖으로 나가려 하자,

"이야기 좀 하게 거기 앉어."

하는 것이 아닌가.

나는 가만히 앉는 수밖에 없었다.

남편은 내 얼굴을 똑바로 쏘아보며,

"소월 시집 웬 거야?"

하고 입을 열었다. 차디찬 어조였다.

뜻밖의 말에 나는 아차 싶었다. 얼른 뭐라고 대답이 나올 턱이 없었다.

"경대 맨 밑의 빼닫이*('서랍'의 방언) 속에 깊숙이 넣어 둔 소월 시집 웬 거냔 말이야?"

"……."

"왜, 대답이 없지?"

"알면서 묻는데 뭐라고 대답을 해요."

나는 바짝 긴장이 되어 조심스럽게 말했다.

"소월 시집 가지고 있는 것을 나무라진 않아. 누가 선물로 주었거나 말거나 상관없어. 그런데 그 책갈피 속에 든 편지 그게 뭐야? 그걸 왜 그대로 보관하고 있느냔 말이야?"

"……."

"그 학생을 도저히 못 잊겠다. 그 말이지?"

언젠가 두현이 미애를 통해서 준 소월 시집과 그 속에 든 한 장의 편지를 두고 하는 말이었다.

—왜 교회에 안 나오셨어요? 만나고 싶었습니다. 함박눈이 내리던 그날을 잊을 수가 없군요. 여름 방학에는 자주 만나게 되리라 믿으면서, 그리고 끝에 서울의 하숙집 주소가 적혀 있는, 간단한 몇 마디의 그 편지 말이다.

나는 그것을 앨범과 함께 경대 맨 밑 서랍 깊숙이 간직하고 있었던 것이다.

그렇다고 두현의 나에 대한 사랑을 못 잊어서 그런 것은 결코 아니었다. 그저 앨범과 함께 한 토막의 추억으로 간직하고 싶었을 뿐이었다.

그런데 내가 시장에 갔을 동안, 남편이 그걸 꺼내 본 모양이었다. 나는 뭐라고 변명을 할 여지가 없었다. 그래서 도리어 살짝 화를 내며,

"남의 경대 빼닫이를 열어보는 사람이 어딨어요."

하고 반격을 가했다.

그러자 남편은,

"뭣이 어째?"

냅다 버럭 고함을 지르는 것이 아닌가.

나는 찔끔 놀랐으나,

"남의 경대 빼닫이를 열어 들추어 보는 것은 실례잖아요."

또박또박 말했다.

"적반하장이라더니, 정말 똥 뀐 놈이 성내는군. 그래, 남편이 아내의 경대 빼닫이를 열어보는 게 그렇게 나쁜가?"

남편은 부릅뜬 눈으로 나를 바라보았다.

"좋은 일이 아니에요. 여자에게도 프라이버시가 있는 거예요."

"프라이버시 좋아하네. 경대 빼닫이 깊숙이 다른 남자의 편지를 두고 있는 것이 여자의 프라이버신가?"

"……."

"왜 그 편지를 간직하고 있는지, 그 까닭을 말해봐. 솔직하게……."

"까닭은 무슨 까닭이에요. 그저 그 시집 속에 그대로 넣어둔 것이죠."

"왜 그대로 넣어뒀느냐 말이야. 버리지 않고……. 결혼을 한 여자가 그런 것을 그대로 간직하고 있을 때는 다 무슨 까닭이 있는 게 아니겠어. 그 까닭을 말해 보란 말이야."

남편은 속에서 심술이 끓어오르는 듯 짓궂게 추궁을 해댔다.

무슨 뚜렷한 까닭이 있겠는가. 그저 아련한 그리움 같은 것이 한 구석에 서려 있다면 있다고도 할 수 있고, 이제 그런 것도 말끔히 사라지고 없다면 없다고도 볼 수 있다.

그저 한때의 추억으로 그것을 버리고 싶지 않았을 뿐인 것이다.

"왜 말을 못해? 분명히 무슨 까닭이 있기 때문에 말을 못하는 거 아냐?"

나는 어이가 없어서 그저 비식 웃기만 했다.

"웃기는 왜 웃는 거야?"

"……."

"내가 그 까닭을 모를 줄 알어? 말해 볼까?"

"말해 봐요."

"그 학생과 언젠가는 다시 만나게 되기를 바라고 있는 거야. 그 학생을 못 잊고 있다 그 말이야. 내 말이 틀렸어?"

"호호호……."

"왜 웃어? 그렇게 능청을 떨지 말어. 정나미 떨어져. 안 그렇다면 무엇 때문에 그 편지를 시집 속에 넣어가지고 깊숙이 숨겨 놓고 있는 거야?"

"숨겨 놓긴 누가 숨겨 놔요."

"그게 숨겨 놓은 게 아니고, 그럼 뭐야? 공개해 놓은 건가?"

"호호호……. 앨범하고 같이 그저 빼닫이 속에 넣어둔 거죠 뭐."

나는 남자의 질투를 보는 것 같아 재미있었다. 남편이 그렇게 역력히 질투조로 나오는 게 싫지 않았다.

남편도 이제 좀 기분이 누그러지는 듯 어조가 약간 부드러워졌다.

"그러는 거 아냐. 여자가 결혼을 할 땐 그런 것 다 불살라버리는 거야. 그래야 깨끗이 잊어지는 거란 말이야."

"……."

"그런 걸 간직하고 있다가 남편에게 발각이 되면 가정 파탄이 올 수도 있다는 걸 몰라?"

"가정이 뭐 유리그릇 같은 건가요? 그렇게 쉽게 파탄이 오게."

"유리그릇이 아니라, 놋그릇이라도 냅다 내던지거나 짓밟으면 우그러지든지 깨지든지 하지, 별수 있어."

"여보."

나는 제법 느긋한 표정으로 남편을 바라보았다.

"왜?"

"너무 그렇게 신경과민이 되지 말아요. 남자가 뭐 그런 것 가지고 그렇게 안달을 하고 야단이에요. 그저 흥! 웃고 넘겨버리는 거지."

"뭐? 웃고 넘겨버려? 이거 정말 웃기는데……. 그게 웃고 넘겨버릴 일인가? 입장을 바꿔 놓고 한 번 생각해봐. 웃고 넘길 수 있을 것 같은가."

"좌우간 여보, 아내를 믿어야지요. 남편이 아내를 믿지 않고 의심을 하면 어떻게 해요. 저는 이제 당신밖에 없는 거예요."

"그런데 왜 그런 걸 버리지 않고 가지고 있느냐 말이야. 이해가 안 돼. 지금이라도 좋으니 찢어버려."

그러나 나는 웬일인지 얼른 경대 서랍를 열어 그 편지를 꺼내어 찢어버릴 생각을 안 하고, 그저 히죽히죽 웃고만 앉아 있었다.

그러자 남편이 왈칵 서랍을 열었다.

서랍 깊숙이 넣어두었던 앨범과 시집이 맨 위에 아무렇게나 놓여 있었다.

남편은 시집을 집어 들어 그 책갈피 속에서 편지를 꺼냈다. 그것을 내 앞에 불쑥 내밀면서,

"자, 어서 찢어버려."

하였다.

나는 곧장 히죽히죽 웃으면서 그것을 받았다. 그러나 웬 까닭인지 얼른 찢어버릴 수가 없었다.

“이게 뭐 그리 대단하다고……. 꼭 찢어버려야 하나요?”

“대단하지 않은데 왜 못 찢어버리느냐 말이야. 아무래도 미련이 남는다 그 말이지?”

그제야 나는 아랫입술을 지그시 물었다. 그리고 그것을 짝 찢었다.

그런데 참 이상했다. 그것을 두 동강으로 찢어서 아무렇게나 북북 구겨가지고 한쪽으로 픽 던지고 나자, 왈칵 분한 생각이 치밀어 오르는 것이 아닌가.

그것을 망가뜨려 버려서 아쉬워 그런 것은 결코 아니었다. 남편이 어쩐지 잔인하다는 생각이 들었던 것이다.

기어이 내 손으로 그것을 찢어버리도록 강요를 하다니……. 자기 손으로 북 찢어서 내던져 버렸다면 그런대로 개운하게 끝났을지도 모르는데…….

질투심에 심보가 홰홰 꼬부라지고, 별것도 아닌 조그마한 일에 안달을 하는 그런 옹졸한 남자인 것 같아 싫었다.

내가 못마땅한 표정으로 뚱하고 앉아 있자 남편은,

“아니, 그걸 찢어버리고 나니 그렇게 아쉬운가?”

정색을 하고 말했다.

나는 말없이 고개를 홱 돌려 버렸다.

“정말 이거 안 되겠는데……. 맘속에 딴 남자 생각이 가득 찬 이런 여자를 어떻게 아내라고 믿고 데리고 사느냐 말이야.”

나는 그저 남편이 얄밉고 싫기만 해서 속으로 흥! 콧방귀를 뀌었다.

“그렇게 못 잊겠다면 찾아가서 붙어살라구.”

“…….”

“마음은 늘 콩밭에 가 있는 그런 여자 난 싫어. 정나미가 떨어져.”

남편은 뚱한 표정으로 홱 고개를 돌리고 있는 내 심사를 긁어 일으키려는 듯이 곧장 깔쭉거렸다.

나는 표독스럽게 쏘아붙일까 하다가, 경멸하는 그런 어투로 말했다.

“남자가 좀 아량이 있으란 말이에요.”

“뭣이 어째?”

“남자가 속이 그렇게 좁아 가지고서야 어디…….”

“이게 어디서 주둥아릴 함부로…….”

“왜, 내 말이 틀렸어요?”

“…….”

“좀 남자다우란 말이에요!”

그러면서 나는 벌떡 일어나 후닥닥 방문을 열고 될 수 있는 대로 바람을 요란하게 일으키면서 밖으로 나가 콰당! 문을 닫았다.

그러자 쾅! 하고 곧 문짝 부서지는 듯한 소리가 났다. 남편이 방 안에서 냅다 주먹으로 문짝을 친 것이었다.

“저 미친 놈…….”

하면서 나는 후닥닥 마당으로 뛰어 내렸다.

다행히 남편이 뒤쫓아 나오지는 않았다.

나는 뒤뜰로 돌아가 추녀 밑에 쪼그리고 앉아서 푹 꺼지도록 한 숨을 쉬었다.

잠시 후, 내 두 눈에는 눈물이 홍건히 고여 올랐고, 곧 주르르 흘러내렸다. 쓸쓸하고 처량했다.

낙엽이 한두 잎 바람에 나부껴 떨어지고 있었다.

4

의처증이라는 말을 들은 적이 있었다. 남편이 아내의 행실을 의심의 눈으로 바라보는 일종의 정신적인 질환이라는 것이었다.

그런 얘기를 들었을 때, 나는 별 희한한 병도 다 있구나 싶었다. 재미있고 호기심 같은 것이 동하기도 했다.

아무 부정이 없는 아내를 마치 누구와 은밀한 관계를 맺고 있지나 않을까 하고 늘 불안한 시선으로 바라보며, 때로는 발작 비슷하게 아내를 몰아붙이기도 하다니 참 병치고는 재미있는 병이 아닐 수 없었다.

어쩌면 아내를 너무 사랑하기 때문에 그런 상태가 되는 게 아닐까 싶어, 그런 남자가 오히려 좋은 남자처럼 생각되기도 했다.

그러나 내가 그런 의처증 증세가 있는 남자와 함께 살게 될 줄은 미처 몰랐었다.

남편에게 틀림없이 의처증 증세가 있구나 하는 것을 느꼈을 때, 나는 남편이 나를 무척 사랑하기 때문에 그런 증세를 가지게 된 좋은 남자라는 생각보다도, 옹졸하고 소가지가 좁은 사내라는 생각이 앞섰다.

남편의 의처증은 내가 보기에도 약간 그 종류가 특이한 듯했다. 현재의 나를 의심한다기보다는 과거의 나를 의심하는 것이었다.

과거에 내가 두현과 깊은 관계가 아니었을까 하고 괴로워하는 게 분명했다. 현재의 나를 의심한다는 것은 머리가 돈 사람이 아니고서는 있을 수 없는 일인 것이다. 두현이 서울에서 학교에 다니고 있지 않는가 말이다.

어느 날 밤, 이부자리 속에서 남편은 나에게 이렇게 말했다. 물론 우리 사이의 냉전 기류가 가신 뒤의 일이다.

"여보, 그 학생과 정말 아무 관계도 없었는 거지?"

"관계라니, 뭘 말하는 거예요?"

"관계 몰라? 깊은 관계 말이야."

"그런 귀신 낮 밥 먹는 것 같은 소리 하지 마세요. 그 학생과는 그저 꼭 한 번, 그 눈 오는 날 말이에요, 당신도 봤잖아요. 우연히 길에서 만나 단팥죽 집에 들어가 잠시 얘기를 나누고, 함께 눈 오는 길을 좀 걸었을 뿐이에요."

"사랑한다는 그런 얘기는 안 했었나? 서로 말이야."

"호호호……. 만나자고 약속을 했던 것도 아니고, 길에서 우연히 만났는데, 사랑은 무슨 말라빠진 사랑이란 말이에요."

"흠—"

남편은 좀 기분이 좋은 모양이었다.

"그렇게 둘이 걸어가고 있는데, 당신이 나타나서 나를 뺏어갔었 잖아요."

"뺏어가?"

"뺏어간 거지 뭐예요. 집에 데리고 가서 그날 정말 나를 완전히 뺏어버렸지 뭐예요. 안 그래요?"

"허허허……."

"그 뒤로는 전혀 만난 일이 없어요. 당신한테 몸을 바쳐 버렸는

데, 만나면 뭘 해요. 내가 뭐 창년가요. 이 남자 저 남자 자꾸 만나
게.”

“그렇지, 그렇지.”

남편은 이제 완전히 마음이 놓이고, 기분이 매우 좋은 듯 슬그머
니 나를 품 안으로 끌어넣는 것이었다.

나는 여름 방학에 한 번 미애와 그 학생과 셋이서 등산을 가 하
룻밤 자고 온 이야기까지 솔직하게 털어놓을까 하다가 그만두었
다. 공연히 또 필요 없는 의심을 남편에게 던져주는 것 같았던 것
이다.

그래서 나는 결론을 짓듯 이렇게 말했다.

“당신과 관계를 몇 번 가진 뒤부터 몸이 이상해졌지 뭐예요. 어린
애를 뱄는데, 그 학생을 만날 생각을 하겠어요. 그 학생을 별달리
생각했던 일도 없지만, 좌우간 머리에서 싹 지워버렸지요.”

“암, 그래야지. 잘했어, 잘했어.”

“……”

“그러면서 그 편진 뭐 할려고 가지고 있었지? 그것도 싹 없애 버
렸더라면 더 좋았을 텐데……. 안 그래? 허허허.”

그만 남편은 나를 지그시, 그러면서도 뜨겁게 끌어안는 것이었
다. 남편의 의처증은 말하자면 뿌리가 아주 가늘고 보잘것없는 것
이었다. 그 뒤부터 남편에게서 나를 의심하는 것 같은 기색은 느낄
수가 없었다.

다시 단란한 부부생활이 계속되었다.

거울은 깨어지고

1

낙엽이 지고, 겨울이 서서히 다가올 무렵, 정말 뜻밖의 일이 생겼다. 그 일은 지금까지의 어떤 일보다도 나를 놀라게 했고, 충격을 주었고, 걷잡을 수 없는 슬픈 구렁텅이로 몰아넣었다.

어느 토요일 오후였다.

학교에서 무슨 일이 있는지, 아니면 퇴근길에 어울려 술이라도 마시러 갔는지, 남편은 아직 퇴근해 오지 않고, 혼자서 나는 뜨개질을 하고 있었다.

털실로 나는 빨간 양말 한 켤레를 짜고 있었다. 꼬마 양말이었다. 해산달도 얼마 남지 않았고 해서 나는 갓난애의 옷이니 모자니 양말 같은 것을 준비하고 있었던 것이다.

내 첫아기가 아들일까, 딸일까……. 같은 값에 아들이면 좋겠는데……. 딸이라도 상관없지. 첫딸은 오히려 살림 밑천이라지 뭐야……. 이런 생각을 하면서 열심히 바늘을 움직이고 있는데, 바깥에서 왁자지껄한 소리가 들렸다.

가만히 귀를 기울여 보니, 나를 부르는 소리들이었다.

"혜선아."

"혜선 아줌마—"

"신부 씨."

어쩌고 떠들어대며 깔깔 웃기도 하는 것이 보나마나 학교 친구들이었다.

나는 그만 얼굴이 화끈 붉어지는 것을 어쩌지 못했다.

결혼을 한 뒤로 처음이었다. 그들에게 결혼 날짜까지 알리지 않고, 시집온 뒤로도 숨어 살 듯이 했는데, 어떻게 알고 몰려들 온 모양이었다.

나는 뜨개바늘을 놓고 가만히 일어섰다. 두 눈에 눈물이 핑 도는 것이었다.

내가 대문을 열자,

"야—"

"와—"

"어디 새색시 좀 보자—"

"어머, 벌써 배가 이렇게 불렀네. 어떻게 된 일이냐?"

하면서 호들갑을 떨어댔다.

"들어와, 들어와. 어서들 들어와."

나도 활짝 웃었다.

"신랑님께서는 퇴근해 오셨니?"

"하하하……."

"호호호……."

나는 좀 부끄러웠으나, 까짓것 뭐 이제 그럴 필요 없다 싶어서,

"우리 신랑 아직 퇴근해 오지 않았어."

하고 큰소리로 내뱉었다.

와— 하고 또 모두 웃음을 터뜨렸다.

미애를 비롯해서 모두 다섯이었다.

방에 들어오자 친구들은 책가방을 한쪽에 놓기가 바쁘게,

"어머— 이 수 좀 봐. 곱기도 해라."

"니가 놨니? 계집애, 너 학교 공부는 안 하고, 시집갈 준비만 했던 모양이구나?"

"경대 참 예쁘다."

"어디, 내 얼굴 좀 들여다보자. 히히히……."

"호호호……."

호들갑을 떨어댔다.

"이 앙큼한 것아. 재주도 좋지. 어떻게 감쪽같이 그렇게 멋쟁이 미술 선생을 콱 물었니?"

"정말이야. 난 혜선이가 그런 비상한 재줄 가지고 있는 줄은 예전엔 미처 몰랐어."

"그 비법이 뭐니? 좀 공개해 봐라. 나도 한 번 콱 물어 볼란다."

"하하하……."

"호호호……."

"어느 선생을 물래?"

"글쎄, 어느 선생을 물까? 얘 신랑 같은 멋쟁이 선생이 있어야 말

이지.”

여고 3학년쯤 되고 보니 못 하는 말들이 없었다.

나도 싫지가 않았다. 오래간만에 그들과 어울려 웃어대니 좀 쑥스럽던 기분은 말끔히 사라지고, 여고생으로 되돌아간 듯한 느낌이었다. 그래서 나도 서슴없이 내뱉었다.

“실은 내가 문 게 아니라, 콱 물렸어.”

그러자,

“그래?”

“어머—”

“선생이 먼저 제자를 콱 했구나.”

하고 떠들어댔다.

“당연한 일 아니니, 제자가 먼저 스승을 무는 수도 있니?”

한 친구가 말하자,

“꼬리를 흔들어댔기 때문에 물었지, 얌전히 가만히 있는데 물었겠어. 안 그래?”

딴 애가 반박을 했다. 또 까르르 웃음이 터졌다.

한 친구가 화제를 돌렸다.

“혜선아, 몇 달째니? 솔직히 말해봐.”

내 배를 보고 하는 말이었다.

나는 약간 얼굴이 붉어지는 느낌이었다. 그런 질문은 좀 삼가 주었으면 싶었으나, 이미 분위기가 삼가고 뭐고 없었다.

나는 도리가 없다 싶어 킬룩 웃으며 입에서 나오는 대로,

“콱 물리자마자, 콱 언쳤지*(체했지) 뭐야.”

해 버렸다.

그 말 참 최고라는 듯이 모두 와그르르 무너지듯 웃어댔다.

그렇게 웃고 있는데, 밖에서 누가 대문을 흔들어대는 기척이 났다.

나는 얼른 자리에서 일어났다.

"누구세요?"

하면서 밖으로 나가 마당으로 내려선 나는 아마 남편이 돌아온 모양이라고 생각했다.

그러나 대문을 열고 보니 남편이 아니었다. 노파였다.

내가 시집오기 전까지 이 집에서 남편의 뒷바라지를 해주던, 처가로 아주머니뻘 된다는 그 심술궂고, 나를 대할 때마다 못마땅한 표정을 짓던 노파 말이다.

내가 결혼을 해서 이 집 신부로 들어오자, 노파는 무슨 까닭인지 남편이 만류를 하는데도 굳이 보따리를 싸 가지고 어디론지 떠나갔던 것이다. 나도 겉으로는 할머니, 같이 살아요, 왜 가시려는 거예요, 하고 만류를 했으나, 속으로는 잘 떠나 준다고 은근히 기뻐했었다. 어쩐지 나를 못마땅한 눈으로 대할 뿐 아니라, 남편의 어머니도 아닌 늙은이를 시어머니처럼 모셔야 한다는 게 싫었던 것이다.

노파가 그렇게 굳이 떠나간 것은 나 때문임에 틀림없었다. 내가 신부로 들어왔으니, 다시 말하면 남편의 시중을 들 사람이 생겼으니, 자기의 존재가 무의미해졌을 뿐 아니라, 노파의 눈에는 내가 못마땅하기만 했던 것이다. 제자가 스승과 결혼을 했다고 그러는 것인지, 달리 무슨 까닭이 있는지 알 수가 없었지만, 좌우간 나 때문에 노파가 보따리를 싸 가지고 떠나간 것만은 분명했다.

설사 내가 싫지 않았다 하더라도 아마 노파의 입장으로는 눌러

앉아 있을 수가 없었을 것이다. 남편의 처가로 아주머니뻘이 되는 노파이니 말이다. 조카사위인 셈인 사람이 새로 장가를 들어 색시를 맞아들였는데, 어떻게 그 집에 함께 있을 수가 있겠는가.

노파가 남편의 처가 쪽 사람이 아니라, 친가 쪽이나 외가 쪽 사람이라면 굳이 보따리를 쌀 까닭이 없는 것이다.

아무튼 그렇게 서먹하게 떠나갔던 노파가 갑자기 나타난 것이다.

"어서 들어오세요."

나는 반가운 표정을 지었다. 그러나 속으로는 별로 반갑지가 않았다.

노파는 혼자 온 게 아니었다. 노파의 뒤에 웬 부인이 한 사람 서 있었다.

스물 일고여덟 되어 보이는 여자로, 얼른 보기에 썩 미인이기는 한데, 어딘지 모르게 얼이 빠진 것 같은 표정이었다. 얼굴에 핏기가 조금도 없고, 마치 백랍인형 같은 그런 느낌을 주었다.

그 여자는 나를 보고도 거의 아무 표정이 없었다. 그저 멀뚱히 바라보기만 했다.

노파는 그 여자를 힐끗 돌아보고는 대문을 들어섰다. 그러자 그 여자도 말없이 노파의 뒤를 따라 들어왔다.

그런데 그 여자의 걷는 모습이 어찌나 조용한지 마치 무슨 그림자 같은 것이 움직이는 듯한 느낌이었다. 그리고 그녀의 두 눈은 초점을 잃은 것처럼 어쩐지 흐릿해 보였다. 그런 흐릿한 눈으로 그녀는 곧장 나를 눈여겨보는 듯했다. 기분이 나쁠 지경이었다.

노파는 마루에 걸터앉았다. 내가 방으로 들어가자고 해도 그저 멋쩍게 조금 웃음을 내비쳤을 뿐, 뚝뚝한 표정으로 앉아만 있었다.

그 여자는 마당에 서서 그 흐릿한 시선으로 집안을 이리저리 둘러보고 있었다. 그러나 여전히 얼굴에 별다른 표정은 떠오르지가 않았다.

아마 좀 모자라는 사람이거나, 약간 정신이 이상한 사람이 아닌가 싶었다.

나는 그 여자가 누군지 궁금했다. 누구길래 노파와 같이 찾아와서 집안을 둘러보고 있는 것인지……. 어쩐지 기분이 좋지가 않았다.

"방으로 들어오시라니까요."

"……."

"예? 할머니."

그러나 노파는 고개를 한 번 끄떡했을 뿐, 여전히 움직일 생각을 하지 않고, 마당에 서서 두리번거리고 있는 그 여자를 멀뚱히 지켜보고 있기만 했다.

"할머니."

"……."

"저분 누구예요?"

나는 가만히 물었다.

그러자 노파는 묘한 표정으로 나를 바라보더니 히죽 웃기만 했다.

"할머니 친척이에요?"

"……."

"예? 할머니"

그러나 노파는 아무 대답이 없었다.

"혜선아, 뭘 하고 있는 거야? 우린 이렇게 앉혀 놓기만 하기니?"

방에서 친구들이 빨리 들어오라는 듯이 큰 소리로 말했다.

나는 매우 난처했다.

노파가 웬 여자와 함께 찾아와서 방으로 들어가지도 않고 이렇게 마루 끝에 앉아 있는데, 나만 방에 들어가 친구들과 어울릴 수는 없는 노릇이었다. 그렇다고 친구들을 방 안에 앉혀 놓고, 언제까지나 이러고 있을 수도 없고……. 하필 왜 이럴 때 노파가 찾아와서 지랄이야 싶었다.

이러지도 못하고, 저러지도 못해 망설이고 있는데, 마침 대문 두들기는 소리가 났다.

쾅쾅 두어 번 두들기고는,

"문 열어. 나야."

하였다.

남편이었다. 나는 구원의 손길을 얻은 것 같아 얼른 가서 대문을 열었다.

남편은 얼굴이 적당히 붉었다. 술이 기분 좋은 상태인 모양이었다.

남편이 들어서는 것을 보자, 마루 끝에 앉았던 노파가 자리에서 일어났다. 그리고 방 안에 있던 친구들이 우르르 마루로 몰려 나왔다.

마당에 섰던 여자는 여전히 그대로 그 자리에 선 채 초점을 잃은 듯한 그 눈으로 멀뚱히 남편을 바라보고 있었다.

그 여자를 보자, 남편은 주춤 멈추어 서는 것이었다. 약간 당황하는 기색이었다.

"선생님, 안녕하세요."

"안녕하세요."

"선생님, 오래간만이에요."

친구들이 왁자글하게 인사를 하며 싱글싱글 웃기도 했다. 그러나 남편은 별 관심이 없는 듯, 혹은 좀 난처한 듯 빙글 한 번 웃어 보이고는 노파 쪽으로 얼굴을 돌렸다.

"언제 오셨어요?"

"방금 왔어."

노파는 약간 어색한 표정을 지으며,

"저 사람이 기어이 찾아오겠다고 해서…….'

하고 힐끗 남편의 눈치를 살피는 것이었다.

남편은 잠시 말이 없다가,

"왜 여기 앉아 계십니까. 방으로 들어갑시다."

하였다.

그러자 마당에 멀뚱히 섰던 여자가 남편 쪽으로 얼른 다가오더니, 지금까지 무표정하기만 하던, 백랍 같은 얼굴에 살짝 웃음을 떠올리면서 입을 열었다.

"여보, 나 인제 다 나았어요."

그 말에 남편의 얼굴은 마치 주기가 일시에 왈칵 솟아오르기라도 한 사람처럼 붉어졌다.

나는 한대 얻어맞은 듯 눈앞이 아찔했다. 세상이 온통 노오래지며 빙 기울어지는 듯했다.

"나 인제 애기 안 날래요. 애기 안 낳고 그냥 살래요. 애기 없어도 좋아요. 정말이에요. 여보."

여자는 남편에게 애교를 떨 듯 상글상글 웃어댔다.

남편의 표정은 민망스러울 정도로 일그러졌고, 노파도 난처해서 어쩔 줄을 몰랐다.

친구들은 모두 도대체 어떻게 된 영문인가 싶어 눈들이 휘둥그레져 가지고 멀뚱멀뚱 바라보고 있었다.

"당신이 싫어하는 애기 낳아서 뭐 해요. 안 낳을래요. 정말이에요. 정말. 여보, 정말이라니까……."

어쩐지 여자의 눈동자가 아까보다 더 초점이 흐려져 보였다.

남편은 못 참겠는 듯 일그러진 얼굴로 냅다 고함을 질렀다.

"누가 오라 그랬어? 왜 와 가지고 야단이야."

"여보, 정말이라니까요. 정말 애기 안 낳는다니까……."

"닥쳐! 듣기 싫어."

그리고 남편은 노파에게 쏘아붙이듯 말했다.

"뭣 하러 이런 사람을 데리고 온 거요? 아직 병이 낫지도 않았는데……."

"병이 다 나았다고 요양소에서 돌아왔지 않겠어. 그래서 그런가 보다 하고……."

"그렇다고 데리고 오면 어떻게 해요? 이제 나하고 남이라는 걸 뻔히 아시면서……."

"그저 한 번 가보고 싶다고 우겨대서……."

"당장 데리고 가세요!"

남편은 매정하게 잘라 말하고는 성큼 마루로 올라 방으로 들어가 버리는 것이었다.

그러자 여자는 다시 넋을 잃은 사람처럼 무표정한 얼굴로 멀뚱히 서 있기만 했다.

나는 어떻게 했으면 좋을지 그저 쥐구멍으로라도 쑥 들어가 버리고 싶은 심정이었다. 비참하고 수치스러워서 낯을 들고 있을 수가 없었다. 친구들 보기에 창피해서 견딜 수가 없었다.

친구들은 겁을 먹은 듯한 얼굴로 슬금슬금 모두 책가방을 들고 마당으로 내려서 있었다.

멀뚱히 섰던 여자가 별안간,

"하하하하……."

웃음을 터뜨렸다. 그리고 혼자 중얼거리듯이 뇌까렸다.

"저녁 할 때가 됐구나. 하하하하……. 우리 신랑 시장하실라. 어서 저녁을 해야지. 하하하하……."

그러면서 여자는 그만 살랑살랑 꼬리를 흔들 듯 엉덩이를 살랑거리며 부엌 있는 쪽으로 걸음을 옮겨가는 것이 아닌가.

눈의 흰자위가 월등히 많아진 듯 두 눈이 온통 희끔해 보였다.

"아아—"

나는 그만 두 손으로 얼굴을 가리며 아무렇게나 그 자리에 주저앉았다.

"하하하……. 하하하……."

여자의 웃음소리가 부엌 쪽으로 멀어져 가고 있었다.

얼른 노파가 자리에서 일어나 여자한테로 쫓아가는 듯했고, 방문이 콰당! 열렸다. 남편이 뛰어나오는 모양이었다.

"하하하……. 저녁 늦는다니까. 저녁. 우리 신랑 시장하시단 말이야. 하하하……. 하하하……."

"아이고 이것아, 이것아……."

“하하하……. 하하하…….”

그리고,

“썩 데리고 나가란 말이요. 데리고…….”

남편의 고함 소리가 들렸다.

노파가 여자를 대문 쪽으로 끌고 나가는 모양이었다.

“왜 이래. 왜 이래. 나 애기 안 낳을 거야. 안 낳고 그냥 살 거야. 하하하……. 저녁 해야 돼. 저녁 늦는단 말이야. 우리 신랑 시장하시단 말이야. 하하하……. 하하하…….”

나는 두 손으로 얼굴을 가리기는 했으나 도저히 그냥 그 자리에 앉아 있을 수가 없어, 일어나 비실비실 방으로 들어갔다.

방바닥에 무너지듯 아무렇게나 엎어져서 나는 잠시 숨을 죽였다.

“하하하……. 하하하…….”

여자의 웃음소리가 가물가물 멀어져 가고 있었다.

나는 울기 시작했다. 걷잡을 수 없는 슬픔이 줄줄줄 눈물이 되어 녹아내리는 것이었다.

지금까지의 어떤 눈물보다도 농도 짙은 눈물이었다. 폐부를 쥐어짜는 듯한 아픈 눈물이었다.

2

나는 그 자리에 쓰러진 채 울다가 지쳐서 잠이 들어 버렸다.

잠이 깨인 것은 저녁 무렵이었다. 방 안이 어둑어둑한 것이 저녁 시간이 넘은 듯했다. 그러나 나는 그대로 늘어진 채 멀뚱멀뚱 눈을 떴다 감았다 할 뿐, 일어나질 않았다.

집안은 조용했다. 남편은 술이라도 마시러 뛰쳐나간 모양이었다.

바람이 좀 부는 듯 이따금 창문에 낙엽이 와서 사그락 하고 부딪치고는 떨어졌다.

나는 방에 불을 켜기도 싫었다. 불은 켜서 뭘 하나 싶었다. 이제 만사가 다 싫은 것이었다. 산다는 것 자체가 정나미가 뚝 떨어지는 듯했다.

—하하하 하하하……. 나 애기 안 낳을 거야. 안 낳고 그냥 살 거야.

—저녁 해야 돼. 우리 신랑 시장하시단 말이야. 하하하 하하하…….

억지로 대문 밖으로 끌려 나가며 곧장 웃어대던 여자의 목소리가 지금도 귓가에 쟁하게 맴도는 듯했다.

—누가 오라 그랬어? 왜 와 가지고 야단이야.

—당장 데리고 가세요! 썩 데리고 나가란 말이요!

노기를 띠고 내뱉던 남편의 목소리도 귀에 울리는 듯했다. 정나미가 떨어지는 그 목소리…….

정말 남편이 그런 사람인 줄은 미처 몰랐었다. 생각할수록 무섭고, 증오스럽고, 정나미가 뚝 떨어졌다.

결혼한 뒤로 벌써 몇 차례 다툰 일이 있고, 그럴 때마다 남편의 얄궂은 일면을 발견하고서 놀랐지만, 그러나 그때는 그저 밉고, 지랄 같다는 생각이 들었을 뿐이었다. 말하자면 껍데기를 스치는 혐오감에 불과했다. 그러나 이번은 그게 아니었다. 폐부 깊숙한 곳까지 멍이 든 것 같은 그런 결정적인 혐오감이었다. 절망감이라고 해도 과언이 아니었다.

남편의 본처에 대한 수수께끼가 이제 풀린 셈인데, 생각만 해도 몸서리가 쳐졌다. 아이를 못 낳게 한 바람에 여자가 정신 이상이 되고 말았던 게 틀림없다. 그래서 요양소에 가 있었던 것이다.

얼마나 충격이 심했으면 정신 이상이 되기까지 했을까. 정신 이상이 되도록 자기 처에게 충격을 가하다니……. 낙태 수술을 안 받겠다는 것을 강제로 병원으로 끌고 가서 긁어내기도 했을 것 같고, 또 수태를 하면 술을 퍼마시고 와서 고래고래 고함을 질러대기도 했을 게 뻔하다. 그런 압력과 충격이 거듭되어 마침내 실성해지고 말았을 것이다.

정말 겁나는 일이며, 남편이 무서운 남자가 아닐 수 없었다.

남편의 무자녀주의에 대해서는 어느 정도 이해가 안 가는 것은 아니다. 자기의 과거가 뇌리에 깊숙이 응혈처럼 박혀서 그것이 강박관념이 되어 그런 엉뚱한 생각으로 굳어져서 좀처럼 안 풀리는 모양이다. 말하자면 일종의 병적인 상태라고 볼 수가 있다.

그러나 어디까지나 그것은 머릿속에서의 관념상의 문제이지, 실제로 여자를 아내라고 맞이해서 가정이라는 것을 이루어 서로 체온을 나누고, 살을 섞으며 살아가노라면 생각과는 달리 두 사람의 사랑의 결실인 아기를 갖고 싶어지는 게 자연일 텐데 말이다. 인간의 종족 보존 본능으로 보아서도…….

그런데 끝내 아내가 정신 이상이 되도록 자식 낳는 일을 가로막다니……. 도저히 납득이 가질 않았다. 어쩌면 남편은 저주받은 별종의 인간이 아닌가 싶기도 했다. 한 여자의 본능으로서의 소망을 그처럼 무참히 짓밟아 버리다니, 그래서 그녀의 정신을 망가뜨려

못쓰게 만들어 버리다니……. 죄인치고는 용서받을 수 없는 독종이라 아니할 수 없었다.

더구나 여자는 실성한 상태에서도 '저녁 해야 돼. 저녁 늦단 말이야. 우리 신랑 시장하시단 말이야' 하고 남편 걱정을 할 만큼 선량한 여자가 아니었는가 말이다.

같은 여자로서 견딜 수가 없었다. 그 여자가 가련하고 측은해서 슬프기까지 했다.

그녀가 남편을 욕하고, 나에게 악을 쓰고 했더라면 차라리 그처럼 가슴 아프지는 않았을 것이다.

어쩌면 그 여자가 정신이 본래 좀 허약한 사람인지도 알 수 없었지만, 어쨌든 그녀가 정신 이상이 된 모든 책임을 남편이 져야 마땅할 것인데, 그런 뉘우침의 빛도 없지 않았는가. 뉘우침의 빛은 고사하고, 오히려 화를 내며 왜 데리고 왔느냐고 썩 데리고 나가라고, 이제 남남이라는 것을 뻔히 알지 않느냐고, 노파에게 뇌까려대지 않았는가 말이다.

사람이 도대체 그럴 수가 있는가. 어떤 결말을 짓고 헤어졌는지 알 수는 없지만, 좌우간 한때 살을 섞고 살던 사람이, 더구나 정신 요양소에 들어가 있다가 나와서 찾아온 터인데, 그처럼 매정하게 내쫓다니……. 냉혈동물도 이만저만한 냉혈동물이 아니었다. 정나미가 뚝 떨어지고도 남았다.

그리고 나를 견디지 못하게 한 것은 그 창피하고 치욕스럽기 짝이 없는 장면을 학교 친구들이 목격을 했다는 사실이었다. 하필 왜 친구들이 찾아와 있을 때 그런 일이 벌어졌는지, 공교로워도 정말 재수 더럽게 공교로운 일이었다. 운수 옴 오른 날이 아닐 수 없었다.

나는 시장한 줄도 모르고 입맛이 싹 떨어진 채 축 늘어져 누워 있는데, 만취가 된 듯한 남편이 돌아왔다.

"여보, 어 여보, 어디가 아프오? 왜 이렇게 누워 있어? 남편이 오셨는데 늘어져 누워 있다니……."

혀 짧은 듯한 소리를 흘리면서 방문을 열고 들어서자, 나는 속으로 흥! 남편 좋아하네, 콧방귀를 뀌며 꼼짝도 안 하고 그대로 늘어진 채 눈을 딱 감아버렸다. 온몸에 소름이 쫙 끼칠 정도로 정말 꼴도 보기 싫었다.

남편은 상의를 훌렁 벗어 책상 위에 아무렇게나 던져 놓는 기척이더니,

"아니, 자는 거야? 여보, 자는 거야, 뭐야? 남편이 돌아왔으면 벌떡 일어나 밥상을 가져와야지. 벌써 몇 신 줄 알아? 에― 일곱 시 십 분이란 말씀이야. 아니, 십일 분이군. 일곱 시 십일 분이란 그 말씀이야."

"……."

"시장하단 말이야. 알아? 으으윽, 아― 시장해. 시장해. 으으윽."

목구멍에 술이 피어오르는 듯 그르륵 트림까지 해대며 수선을 떨었다.

나는 여전히 싸늘한 표정으로 꼼짝도 안 하고 늘어져 있었다.

"여보, 내 말이 안 들려? 시장하다는 말이 안 들려?"

"……."

"응? 여보!"

"……."

“일어나란 말이야!”

마침내 남편은 고함을 빽 지르며 발로 나를 툭 건드렸다.

나는 반사적으로 발딱 일어나 앉으며,

“왜 차요? 무엇 때문에 차요?”

하고 냅다 쏘아붙였다. 두 눈의 눈꺼풀이 바르르 떨리고 있었다.

내가 마치 발작을 한 듯 새파랗게 나오자, 남편은 약간 당황하는 듯 벌겋게 상기된 얼굴로 멀뚱히 서서 나를 내려다보고 있었다. 마치 불에 익은 도깨비 같았다.

나는 냉랭한 시선으로 될 수 있는 대로 흰자위를 많이 드러내 가지고 쏘아보며,

“여자는 뭐 함부로 차도 되는 물건인가요? 여자는 사람이 아닌가요?”

하고 잇달아 독기를 내뿜었다.

“아니, 당신 왜 그러는 거야? 이상한데……. 왜 그렇게 화를 내지?”

남편은 뜻밖이라는 듯 좀 어이가 없는 모양이었다.

“당신이라고 부르지도 말아요!”

나는 날카롭게 쏘아붙이고는 도로 발딱 드러누워 눈을 딱 감아 버렸다.

잠시 나를 내려다보고 있는 듯 남편은 아무 말이 없더니, 혼자 투덜거리기 시작했다.

“도대체 왜 화를 내는지 알 수가 없군. 자기가 화낼 게 뭐야. 저녁도 안 해 놓고 늘어져 누운 여자가 뭘 잘했다고 화를 내는 거야. 여자가 그래 남편이 돌아와도 꼼짝도 안 하고 누워 있는 그런 법이

어디 있어. 으으윽. 그런 버르장머릴 어디서 배웠어. 으으윽."

"……."

"어디서 배워먹었느냐 말이야?"

남편은 혀 짧은 소리로 돼먹지도 않게 공연히 언성을 높였다.

나는 같잖아서 들은 척도 안 하고, 오히려 더 반듯이 누워 있기만 했다.

"남편이 남편 같잖다 그 말인가? 왜 들은 척도 안 하고, 반듯이 누워만 있지? 응?"

"……."

"썩 일어나지 못해? 일어나 저녁상 차려와! 어서!"

"……."

"말 안 들을 거야? 안 들을 거야?"

나는 딱 감고 있던 두 눈을 반짝 떴다. 누운 채 그대로 남편을 매섭게 쏘아보며,

"안 일어나면 어쩔 거예요? 죽일 거예요? 죽이려면 죽여요."

정나미가 떨어질 정도로 냉랭한 목소리로 내뱉었다.

"이게 정말 못 하는 소리가 없군. 죽고 싶어서 환장을 했나."

"환장을 했어요. 자, 죽여요! 죽어!"

"……."

"죽이란 말이에요. 정신이상이 되어 요양소에 들어가는 것보다는 차라리 죽는 게 나아요. 자, 죽여요."

"뭣이 어째?"

"한 사람은 정신 이상이 되게 하고, 한 사람은 죽여 버리면 속이 시원할 게 아니에요. 배에 든 자식도 죽어 없어질 것이고……. 얼마

나 좋아요.”

“이년이…….”

남편은 그만 벌겋게 충혈이 된 두 눈을 번들거리며 왈칵 덤벼들었다.

“엄마야!”

냅다 비명을 지르며 나는 반사적으로 날쌔게 뛰어 일어났다.

남편은 정말 내 목을 졸라 죽이려는 듯 두 손아귀를 짝 벌려 가지고 무섭게 덤벼들었다.

나는 후닥닥 몸을 일으켜 방문을 열고 밖으로 정신없이 뛰어나가며,

“죽여라! 죽여!”

악을 써댔다.

마루에 커다란 거울이 걸려 있었다. 결혼식 때 선물로 들어온 ‘축 결혼’이라는 글자가 새겨진 거울이었다.

그런데 그 순간, 그 거울이 쨍그랑! 하고 박살이 나는 것이 아닌가.

남편이 방에서 재떨이를 집어 들고 냅다 내 뒷모습을 향해 내던진 것이 빗나가 거울에 맞은 것이었다.

“으악!”

나는 질겁을 했다.

어느새 내 한쪽 손이 한쪽 볼에 가 있었다. 손바닥에 끈적끈적한 물기가 느껴졌다. 피였다. 피가 주르르 목줄기로 흘러내리고 있었다.

깨어진 거울 조각이 한쪽 볼을 찢어놓은 모양이었다.

“아이고 엄마—”

나는 덜컥 겁이 났다.

피는 걷잡을 수 없이 곤장 흘렀다.

나는 마루 한쪽에 걸린 수건을 벗겨 가지고 피가 흐르는 볼을 누르고서,

“아이고 아이고…….”

어쩔 줄을 모르다가 황급히 신을 신었다. 그리고 대문 밖으로 튀었다.

병원을 찾아가 상처를 치료한 다음, 나는 친정으로 갈까 하다가, 걸음을 미애네 집으로 돌렸다. 아버지에게 무슨 면목으로 이런 붕대를 휘감은 얼굴로 찾아가겠는가 말이다. 새엄마 보기에도 얼마나 부끄러운 일인가.

미애는 깜짝 놀라며,

“아니, 어떻게 된 일이니? 어서 들어와. 어서.”

하고 반겨 주었다.

친동기 못지않게 고마운 정이 뭉클 가슴을 적시는 듯해서 방으로 들어가 앉자 나는 주르르 쏟아지는 눈물을 어쩌지 못했다. 미애 혼자 쓰는 방이었다.

내가 흐느껴 우는 동안 미애는 곁에 가만히 앉아 있다가,

“이제 그만 울어. 응? 왜 이렇게 됐는지 말을 안 해도 알겠어.”

하면서 나직이 한숨을 쉬었다. 마치 따스한 사촌 언니 같은 느낌이었다.

가라앉으려던 울음이 다시 복받쳐 오른 나는 더 서럽게 흐느꼈다.

그날 밤, 이부자리 속에서 나는 미애에게,

"나 그만 죽어버릴까 싶어."

하고 말했다.

그러자 미애는 약간 놀라는 듯, 그러나 침착하고 부드러운 목소리로,

"그런 소리 하는 거 아냐. 죽다니, 목숨이라는 것이 그렇게 간단하고 값싼 것인 줄 아니?"

마치 인생을 먼저 산 선배이기나 한 듯이 타이르는 것이었다.

"너도 내 입장이 돼봐. 죽고 싶지 않은가."

"네 심정 이해하고도 남어. 그러나 죽어서는 안 돼. 자살은 지나쳐."

미애는 낮에 우리 집에 와서 그 창피하고 치욕스러운 장면을 목격했기 때문에 내 심정을 충분히 이해하는 듯했다.

"살고 싶은 생각이 요만큼도 없는데, 살아서 뭘 하니. 차라리 죽는 게 낫지."

"그렇게 간단히 죽을 수 있는 줄 아니? 그게 아니야. 더구나 넌 가벼운 몸도 아니잖어. 배 속의 아기를 위해서도 죽는다는 것은 죄악이야."

그 말에는 나도 할 말이 없었다. 그러나 나는 일부러 비뚤어져나가,

"애비가 그 모양인데, 새끼는 낳아서 뭘 해."

하고 내뱉었다.

"하하하하……."

미애는 까르르 웃었다. 그리고 말했다.

"좋아서 콱 물렸을 때는 언제고……. 왜 애비가 어떤데? 하하하……. 고비야, 고비. 이 고비를 잘 넘겨야 돼. 도리 있니?"

"……."

"일단 시집을 갔으니, 좋으나 나쁘나 내 낭군 아니니."

"낭군 좋아하네."

"낭군 아니고 뭐니? 그럼……."

"낭군이 아니라, 똥군이더라, 똥군……."

"하하하……. 똥군이라도 도리 있니? 섬겨야지."

"야, 너 언제부터 그렇게 춘향이가 됐니? 웃긴다."

나도 웃음이 나왔다. 그러나 붕대로 싸맨 볼이 아파서 잘 웃을 수도 없었다.

미애와 그렇게 둘이 한 이부자리 속에 들어 지껄여대니 좀 기분이 누그러지는 듯했으나, 역시 밤이 깊어도 잠이 오지는 않았다.

미애는 색색 가늘게 코를 골며 잘도 자는 것이었으나, 나는 자정이 넘도록 잠을 이루지 못하고, 앞으로 어떻게 했으면 좋을지, 정말 죽어버릴 것인지, 어쩔 것인지……. 뒤숭숭하고 심란한 생각에 휘감겨 있었다.

3

이튿날은 일요일이어서 미애와 함께 종일 방 안에서 지냈다.

날씨가 제법 추워져 이불이 깔린 아랫목에서 누웠다 일어나 앉았다 하며 별별 이야기를 다 나누었다. 미애는 여느 때보다 한결 부드럽고 따스한 태도로 시종 나를 위로하고 다독거리며 신경을 쓰는 게 역력했다. 나는 정말 좋은 친구를 가졌다는 것을 새삼 가슴이 짜릿하도록 느꼈다.

저녁까지 미애네 집에서 먹고, 나는 병원에 치료를 받으러 갔다. 미애는 병원까지 동행을 했고, 병원에서 나와서는 다시 자기 집으로 가자고 손목을 잡아끌었다.

그러나 도저히 다시 미애네 집으로 갈 수는 없었다. 미애 혼자서 자취라도 하는 그런 처지라면 까짓것 몇날 며칠이고, 얼굴의 상처가 아물 때까지라도 엎혀 있을 수가 있는 일이지만, 그녀의 가족들 보기에 부끄럽고 창피해서 도저히 발길이 향하질 않았다.

“그럼 어디로 갈래?”

“글쎄, 어디로 갈까……. 바닷가 낭떠러지나 찾아갈까 싶다.”

“뭐? 얘, 장난이라도 인제 그런 소리 말어.”

“그럼 어디로 가니?”

“집에 들어가. 그게 옳은 일이야.”

“어느 집에?”

“너거 집 말이지, 어느 집은…….”

“우리 집?”

“그래, 너거 신랑 기다리는 너거 집 말이다.”

“얘, 인제 그건 우리 집이 아냐. 정말이야. 다시는 그 집으로 가진 않겠어. 그 집으로 갈 바엔 차라리 바닷물에 뛰어들고 말겠어.”

나는 나도 모르게 그만 조금 격해진 어조로 내뱉고 있었다.

미애는 빤히 나를 바라볼 뿐, 말이 없었다.

나는 미애한테 너무했다 싶어 얼른 음성을 낮추어서 부드럽게 말했다.

"미애야, 정말 나 그 집엔 들어가기 싫어. 생각해봐. 이런 꼴이 되었는데도 다시 내 발로 걸어서 그 집에 찾아 들어간단 말이니? 안 그러니?"

그러자 미애는 할 수 없다는 듯이,

"그럼 친정으로 가는 수밖에 없구나. 우리 집에도 기어이 안 가겠다……. 가자. 내가 너거 친정까지 데려다 줄게."

하면서 앞장을 서는 것이었다.

"싫어, 싫어."

나는 마치 언니에게 투정을 하는 동생처럼 그 자리에 서서 움직일 줄을 몰랐다.

행인들이 힐끗힐끗 바라보기도 했다.

미애는 돌아서서 도로 내 곁으로 다가오며 말했다.

"아니, 친정에도 안 가면 그럼 어디로 가려고 그러니?"

"……."

"혜선아, 괜히 그러지 말고, 내가 데려다 줄 테니 친정으로 가. 그러는 수밖에 없잖어. 밤이 깊어 가는데, 그럼 여기 언제까지나 이렇게 서 있을 거야?"

"나 상관 말고, 인제 집에 돌아가. 내가 알아서 할 거니까."

"안 되겠어. 아무래도 안심이 안 돼. 자, 어서 가자구. 친정으로……."

그러면서 미애는 내 손목 하나를 덥석 잡고 강제로 끌어당기는 것이었다.

"이런 꼴로 친정엘 어떻게……. 아버지 뵐 면목이 없어."

"괜찮어. 부모 자식 간인데 무슨 상관이야. 아버지 앞에 가서 막 울면서 하소연을 하라구. 우리 신랑 단단히 혼 좀 내주라고 말이야."

"……."

"왜 아무 말이 없니? 신랑 혼내주는 것은 그래도 싫은 모양이지."

"싫긴……. 그런 자식 좀 두들겨 패 주었으면 속이 시원하겠어."

"그런 자식? 하하하……. 맞아. 그런 미술 선생 자식 좀 두들겨 패 주라고 나도 같이 거들까? 하하하……."

그만 나도 킥 웃음이 나와 버렸다.

집 가까이 이르자, 나는 미애를 그만 돌아가도록 했다. 미애와 함께 친정으로 들어간다는 것도 이상했던 것이다.

미애도 그제는 마음이 놓이는 듯 잠시 망설이더니,

"무슨 불편한 일이 생기거든 언제든지 나한테로 와. 알았지?"
하고는 돌아서 갔다.

집골목으로 걸어 들어가는 나는 온몸의 맥이 탁 풀리는 듯, 걸음은 한없이 무겁기만 했다.

집 대문이 가까워지자, 이상하게 가슴이 벅차오르며 목구멍이 뜨끈해지는 것이었다.

대문 앞에 서자, 나는 그만 훌쩍훌쩍 코를 들어 마셨다. 물코와 함께 주루루 눈물이 흘러내려 얼굴을 칭칭 휘감은 붕대를 적셨다. 왜 그렇게 서러운지 알 수가 없었다. 돌아가신 어머니 생각에 목이 칵 메이며 온몸이 물큰해지는 느낌이었다.

그러나 마음 놓고 울 수는 없는 노릇이었다. 녹아 흐르는 설움을 깨물며 잠시 조용히 흐느낀 다음, 나는 애써 울음을 삼키고 얼굴을 수습했다. 그리고 가만히 서서 숨을 가다듬고 나서 대문을 밀었다.

대문은 잠겨 있었다.

가만가만 대문을 흔들었다. 곧,

"누구야?"

하는 소리가 들렸다.

동생 목소리였다. 영규의 공부방 문이 열렸다.

"나다. 대문 열어다오."

"누나야?"

영규는 대뜸 목소리를 알아듣고 후닥닥 방에서 뛰어나왔다.

대문을 연 영규는 나를 보자 깜짝 놀라며,

"아니, 누나 왜 그랬어?"

눈이 휘둥그레졌다. 얼굴을 붕대로 칭칭 감고 있으니 놀랄 수밖에……

나는 얼른 뭐라고 대답이 나오지가 않았다.

"어쩌다가 이랬지? 응? 누나."

그제야 나는,

"좀 다쳤다."

하면서 대문 안으로 들어섰다.

"머리가 깨진 거야?"

"아니."

"그럼 어디가……?"

"그저 좀 다쳤다니까."

고등학교 1학년인 영규는 그새 더 훤칠하게 커 보였다.

나는 또 두 눈에 핑 눈물이 도는 것을 애써 참으며,

“아버지 주무셔?”

하고 물었다.

“아직 안 주무실 거야.”

영규는 큰방 쪽을 향해 아버지를 부르려 했다. 나는 얼른 영규의 옆구리를 집적했다.

“그만둬.”

“왜? 누나.”

“주무실지도 모르니까. 내일 뵙지 뭐.”

“…….”

“나 니 방에서 좀 잘란다.”

그러면서 나는 방문이 그대로 열려 있는 동생 공부방으로 후딱 들어갔다. 만삭이 된 몸이어서 방에 들어가 앉으니 숨이 찼다.

방문을 닫고 마주 앉은 영규는 곧장 내 얼굴이랑 아랫배를 힐끗힐끗 보면서 좀 착잡한 표정을 짓더니,

“누나, 자형하고 싸웠지?”

나직한 목소리로 물었다.

“아니.”

“거짓말 마. 자형하고 싸웠어. 틀림없어. 그지?”

“아니라니까. 그저 다쳤다니까.”

나는 어물어물 부인을 했다.

“어쩌다가 싸웠어? 싸워도 아주 대판 전쟁을 한 모양인데…….”

“…….”

“어딜 다친 거야? 많이 다친 것 같애.”

“…….”

“자형이 때린 거지? 그지? 누나.”

영규는 약간 분노의 빛이 얼굴에 떠오르고 있었다.

나는 또 코허리가 시큰해지는 것을 느끼며 그러나,

“아니야. 싸운 게 아니라니까 그러니. 청소를 하다가 마루에 걸린 거울이 떨어지면서 얼굴을 다쳤단 말이야.”

하고 단호한 어조로 말했다.

“청소를 하는데 왜 거울이 떨어져?”

영규는 아무래도 미심쩍은 모양이었다.

“먼지떨이로 먼지를 터는데 글쎄 그만 거울이 떨어지잖아.”

“정말이야?”

“정말이라니까.”

“그럼 왜 이렇게 밤중에 집에 온 거야? 왜 자고 가려는 거지?”

“…….”

“아무래도 이상해.”

“호호호……. 이상할 것 하나도 없어. 남의 집도 아닌데, 밤중에 오면 어떻고, 자고 가면 어떠니. 나 피곤하다. 잘란다.”

나는 일어나 영규의 이부자리를 펴기 시작했다.

“누나, 가만있어. 베개랑 이부자리 하나 더 가져올게.”

“그만둬. 아버지 아신단 말이야.”

“아시면 어때?”

“글쎄, 싫다니까. 이런 꼴 아버지가 보시면…….”

“바로 그 점이 수상하단 말이야. 청소하다가 그랬으면 뭣이 어때서…….”

“좌우간 나 피로해서 그래. 잠 좀 자게 가만히 내버려둬.”

그러자 영규는 얼른 제가 이부자리를 폈다. 그리고 내 배를 힐끗 힐끗 보더니,

"누나, 배 참 부르다. 곧 아기 낳을 모양이지?"

하고 히죽 웃었다.

동생이지만 나는 어쩐지 좀 부끄러워서 얼른 이불 속으로 배를 집어넣어 버렸다.

동생의 이부자리 속에서 같이 자면서 나는 자꾸 눈언저리가 축축해지려고 해서 애를 먹었다.

4

결국 친정 식구들 모두 내가 남편과 싸우다가 다쳤다는 것을 알고 말았다.

물론 이튿날 아침 아버지랑 새엄마를 대하자, 나는 영규에게 말했던 대로 둘러붙였다. 그러나 눈치를 보면 뻔한 일 아니겠는가. 끝내 내가 청소를 하다가 그랬다니까, 반신반의를 하는 듯했으나, 아버지는 씁쓰레하게 쩝쩝 입맛을 다시는 것이었다.

그런데 그날 저녁때에 남편이 아버지를 찾아온 것이다.

어깨가 축 처진 모습을 하고 남편이 대문을 들어서자, 걸레로 마루를 닦고 있던 나는 얼른 걸레를 놓고 영규 방으로 들어가 버렸다. 가슴이 덜컥 내려앉으면서 정말 꼴도 보기 싫은 것이었다.

내가 새초롬한 표정으로 급히 방으로 들어서자, 책상에서 공부를 하고 있던 영규는 무슨 일인가 싶은 듯 힐끗힐끗 나를 보더니,

슬그머니 자리에서 일어나 마루로 나갔다.

"자형 오세요?"

영규가 인사를 하자, 남편은,

"응, 잘 있었니?"

약간 기운이 없는 듯한 목소리로 받았다.

나는 그 목소리도 정나미가 떨어졌다.

아버지는 막 퇴근해 와서 우물에서 세수를 하고 있는 참이었다.

남편이 아버지 쪽으로 다가가는 모양이었다.

"장인어른, 안녕하십니까?"

"응, 오는가."

그리고 잠시 말이 없더니,

"웬일인가, 별안간……."

좀 서먹한 듯한 아버지의 목소리가 들렸다.

나는 방문을 딱 닫고 앉아 문밖으로 신경을 곤두세우고 있었다.

"장인어른한테 사과를 드리러 왔습니다."

"사과? 무슨 사과……. 좌우간 방으로 들어가세."

그러자 부엌에서 새엄마가 내다보는 듯,

"주 서방 오시는가?"

하는 소리가 났다.

"예, 안녕하십니까?"

"어서 방으로 들어가시게."

"예."

아버지와 남편이 큰방으로 들어가는 기척이 났다.

나는 마치 몸이 굳어지기라도 한 것처럼 그 자리에 가만히 앉아서 움직일 줄을 몰랐다.

얼마나 지났을까. 영규가 묘한 표정을 하고 방으로 들어왔다.

"누나, 봐, 내 짐작이 맞았지."

"……."

"자형이 아버지한테 잘못했다고 온통 사과를 했단 말이야. 재떨이를 던져서 거울이 깨졌다며?"

영규는 문밖에서 엿들은 모양이었다. 나는 아무 말 없이 무표정한 얼굴로 앉아 있기만 했다.

"이 사람아, 아무리 그렇지만 재떨이를 던지는 법이 있나. 재떨이가 자네 처 머리에 맞기라도 했으면 어쩔 뻔했나. 음—"

영규는 아버지의 목소리를 흉내 내어 말하고는 킥 웃었다. 그리고 말을 이었다.

"아버지가 이렇게 점잖게 타이르니까, 자형은 좋아서 예, 예, 앞으로는 절대로 그런 일이 없도록 하지요, 하면서 머리를 굽실굽실하는 모양이야."

"……."

"누나 부부 싸움은 칼로 물 베기라던데, 내 생각에는 누나가 잘못인 것 같애."

"왜?"

"사랑싸움을 하고서 집을 뛰쳐나오는 법이 어딨어."

"사랑싸움 좋아하네. 모르거든 입 다물고 있어."

나는 팩 쏘아붙였다.

아버지가 새엄마를 시켜서 나를 큰방으로 건너오라고 했으나, 나는,

“싫어요.”

하고는 꼼짝도 하질 않았다.

남편이 아버지에게 부부 싸움을 했다고 털어놓고서 용서를 빌기는 한 모양이지만, 왜 부부 싸움이 되었는지 그 까닭을 구체적으로 얘기했을 턱은 만무했다. 그래서 아버지는 대수롭잖은 일로 생각하고 나를 불러다가 같이 앉혀 놓고서 좋은 말로 훈계를 할 모양이었다. 그리고 같이 집으로 돌아가도록 할 게 뻔했다.

나는 절대로 응할 수가 없었다. 남편인가 뭔가 그 정나미가 뚝 떨어지는 남자하고 한 방에 앉고 싶지도 않았다.

“누나, 그러지 말고, 가봐.”

“싫단 말이야.”

“자형이 우리 집까지 찾아와서 잘못했다고 비는데, 누나가 끝까지 그러면 오히려 누나가 나쁜 사람이야.”

“나쁜 사람이라도 좋아. 너는 상관 말어. 내가 왜 이러는지 아무도 모를 거야.”

“무슨 말 못 할 사정이 있는 모양이군. 누나, 그 사정이라는 게 뭐야? 도대체…….”

“…….”

“동생한테도 말 못 하나?”

“미안하다. 너한테도 얘기하고 싶지 않어. 그 생각만 하면 창피하고 몸서리가 쳐져서 난 죽어버리고 싶어. 정말이야. 날 좀 가만히 놔둬.”

그러면서 나는 그만 만삭이 된 배를 옆으로 하고 방바닥에 길게 뻗었다. 앉아 있기도 피로했던 것이다.

이불도 안 덮고 그렇게 옆으로 뻗은 내 꼴이 우스웠던지 영규는,

"누나, 미안하지만 내 방에서 아길 낳지는 말어."

하고는 킬킬 웃었다. 꼭 새끼 밴 돼지가 옆으로 누워 있는 꼴 같았을 것이다.

"걱정 말어. 니 방에서 낳진 않을 테니까."

나도 나오는 웃음을 참을 수가 없어 히들히들 웃었다.

5

이튿날 퇴근을 해 온 아버지는 나를 큰방으로 불렀다. 그리고 엄하면서도 인자하게 타이르는 것이었다. 남편한테로 돌아가라고, 그러는 법이 아니라고, 여자가 너무 콧대가 뻣뻣하면 못쓴다고…….

새엄마도 처음에는 말없이 앉아 있다가, 나중에는 조심스럽게 아버지의 말을 거들었다.

"아버지 말씀대로 하는 게 옳아. 주 서방이 찾아와서 사과를 했는데도 안 돌아간다는 것은 말이 안 되지. 인제 분이 풀릴 때도 됐잖어. 오늘 밤만 더 자고 내일 돌아가도록 해. 혼자 가기가 멋쩍으면 나하고 같이 가. 내가 데려다 줄게."

그 말에 나는 눈물이 핑 어리는 것을 어쩌지 못했다. '오늘 밤만 더 자고, 내일 돌아가도록 하라'는 말이 고맙기도 하면서 한편 묘하게 서럽기도 한 것이었다.

오늘 밤 당장에 돌아갈 게 아니라, 하룻밤 더 자고 내일 돌아가

라는 그 측은하게 여기는 마음이 따뜻하게 느껴지면서도, 여기가
이제 내 집이 아니라는 생각이 절실하게 가슴에 와 닿는 것 같아
코허리가 시큰했다. 출가외인이라는 말이 실감되는 셈이었다.

그리고 친엄마 같았으면 결코 하룻밤만 더 자고 가라는 그런 가
벼운 정을 베풀지는 않을 것이라 싶으니 더욱 쓸쓸했다. 친어머니
같았으면 이년아, 당장 오늘 밤에 돌아가라고, 아마 억지로 끌어냈
을지도 모르는 것이다.

아무튼 나는 고맙기도 하면서 서럽고 외로운, 묘하게 축축한 그
런 기분에 휩싸여 눈물 어리다가, 그러나 이러고만 있을 자리가 아
니라는 생각에 입을 열었다.

"아버지, 저 곧 해산을 할 것 같애요. 집에서 해산을 하도록 해 주
세요."

생각 같아서는 절대로 돌아가지 않겠다고, 돌아가느니 차라리
죽어버리겠다고 내뱉고 싶었으나, 아버지 앞에서 차마 그럴 수는
없었다. 그래서 해산을 핑계로 삼았던 것이다.

그 말은 내가 생각해도 썩 잘 나온 말인 것 같았다. 즉효가 있었다.

곧 해산을 하게 되니 친정에서 몸을 풀겠다는데, 그것마저 거절
하고 굳이 돌아가라 할 부모가 어디 있겠는가.

아버지는 잠시 생각에 잠기는 듯하더니,

"언제쯤 해산을 하게 되니?"

하고 물었다.

"확실한 건 알 수가 없지만, 좌우간 멀지 않은 것 같애요. 집에서
첫아기를 잘 낳고 싶어요, 아버지."

그러자 아버지는,

“그렇다면 할 수 없지.”

하였다.

새엄마도 얼른,

“해산 날짜가 멀지 않다면 그러는 게 좋지. 첫아기니까…….”

하고 맞장구를 쳤다.

말하자면 어려운 고비를 넘긴 셈이었다.

곧 해산을 할 것 같은 예감이 들기는 했으나, 그게 언제쯤인지 확실한 걸 알 수는 없었다. 만일 곧 해산을 하질 않고 오래 끌게 된다면 어쩔 것인가 하는 불안이 뒤따르기는 했으나, 어쨌든 나는 남편한테로 돌아가지 않고, 친정에 머물러 있게 된 게 여간 다행이 아니었다.

그렇지 않고, 끝내 아버지가 돌아가라고, 받아들이지 않았다면 어쩔 뻔했는가 말이다.

나는 결혼하기 전에 내가 쓰던 방을 대강 치우고서 연탄을 피웠다. 내가 시집을 간 뒤로는 빈방이 되어 구질구질한 물건들을 넣어 두는 창고처럼 되어 있었다.

내가 연탄을 피우고 있는 곁으로 와서 부엌 할멈은,

“아이고, 내가 피워줄게. 방으로 들어가 있어. 몸도 무거운데…….”

하고는 혼자 중얼거리듯,

“첫아기는 친정에 와서 낳는 게 상책이지. 잘됐어, 잘됐어.”

자기 일처럼 좋아하는 것이었다.

그런 부엌 할멈이 나는 무척 고맙고, 육친의 정 같은 것이 느껴지기까지 했다.

으스스 추운 날씨 탓인지, 부엌 할멈은 전보다 한결 늙어 보였다.

6

겨울 방학이 시작되었다.

이제 방학은 나와는 직접적으로 아무 상관이 없는 일이었으나, 그래도 아직 학생 기분이 덜 가셔서 그런지 방학이 시작되자, 어쩐지 심정이 좀 예사롭지가 못했다.

친구들은 방학이 되어 모두 즐거운 기분으로 실컷 게으름을 피우기 시작했겠지. 긴 겨울 방학을 어떻게 재미있게 보낼까 하고 궁리들을 하겠지. 미애는 금년에도 크리스마스 연극에 열을 올렸을 것이고, 그것을 마치고 찬송가를 흥얼거리며 들떠 있겠지. 서울에서 두현이가 내려와 금년에도 연극 지도를 했을까. 내가 결혼했다는 소식을 물론 들었겠지. 어떻게 생각했을까. 겨울 방학 동안 내내 고향 집에 머물러 있는 것일까……. 생각할수록 나는 공연히 안타깝고 쓸쓸했다.

그리고 문득 남편 생각이 나기도 했다. 방학이 됐으니 이제 아침으로 일찍 안 일어나도 되겠군. 실컷 늦잠을 자겠지…… 싶다가도 나는 무슨 생각을 하고 있는 거야, 하고 고개를 내저었다. 그런 남자 늦잠을 자거나 말거나 지랄같이 내가 무슨 상관이야 싶으며, 그런 생각을 떠올리고 있는 내 자신이 쓸개도 없는 것 같아 한심했다.

방학이 시작된 지 며칠 뒤, 아침나절에 불쑥 남편이 찾아왔다. 웬 여행용 백을 들고서였다.

찾아온 남편을 나는 대하지 않으려고 내 방에 들어앉아 있기만 했다.

그러나 남편은 방문을 열고 기어이 내 방으로 들어왔다. 새엄마가 약간 걱정스러운 듯한 얼굴로 함께 들어섰다가,

"그럼 주 서방, 조용히 얘기하소."

하고는 자리를 피해 주듯 나가 버렸다.

나는 가만히 돌아앉아 있었다.

남편은 돌아앉은 나의 뒷덜미에다가 대고 혼자 중얼거리듯 입을 열었다. 착 가라앉은 조용한 음성이었다.

"나 오늘 여행을 떠나려고 그래. 방학도 됐고 해서 부산에 있는 친구한테 놀러 갔다 올까 해. 방학에 한 번 놀러 오라고 편지가 왔었어."

나는 속으로 흥! 콧방귀를 뀌었다. 여행을 떠나거나, 부산에 있는 친구한테 가거나, 미국에 있는 친구한테 가거나, 내가 알게 뭐야 싶었다. 찾아와서 그런 얘길 한다고 내 마음이 풀릴 것 같애. 어림도 없지……. 나는 토라진 마음을 더욱 굳히듯 일부러 더 싸늘한 표정을 짓고 있었다.

"부산에 갔다가 올 때는 여수로 돌아서 올 작정이야. 여수에도 친구가 하나 있어. 그 친구도 이번에 한 번 찾아볼 생각이지."

찾아보려면 찾아보라구. 누가 뭐래나. 흥! 나는 홱 돌아보며 콧방귀를 뀌어 주고 싶은 충동을 참느라고 애를 먹었다.

"방학이라고 그냥 단순히 놀러 가는 게 아니야. 빙 한 바퀴 돌면서 나 자신을 좀 정리해 보려고 그래. 내가 그동안 생각해 온 게 아

무래도 옳지 않은 것 같은 느낌이 든단 말이야. 여보, 무슨 말인지 알겠어?"

내가 알게 뭐야 하고 톡 쏘아버릴까 하다가 가만히 있었다.

"내가 지금까지 머릿속에 넣어 가지고 온 무자녀주의가 아무래도 옳지 않은 생각인 것 같애. 비뚤어진 생각 같은 느낌이 들어. 여보, 내 말 듣고 있어?"

듣고 있으니까 어서 지껄이기나 해 봐 싶었다.

"이번에 한 바퀴 돌면서 머릿속의 그 생각을 말끔히 씻어버릴 작정이야. 부산에 갔다가 바로 오지 않고, 여수로 돌아서 오려는 것도 그래서지. 부산에서 여수로 갈 때는 배를 타고 갈 생각인데, 후련한 바닷바람을 쐬면 그런 비뚤어진 생각이 말끔히 씻어져 버릴 것 같단 말이야. 그러니까 여보, 너무 마음 아파하지 말고, 내가 돌아오길 기다려. 그래서 우리 새 출발을 해 보자구."

새 출발 좋아하네 싶었으나, 나는 그저 다소곳이 앉아만 있었다. 어쩐지 아까보다 좀 마음이 누그러지는 듯한 느낌이었다. 내가 생각해도 아무래도 좀 쓸개가 물렁물렁한 것 같아 입맛이 씁쓰레했다.

"그럼, 여보 다녀올게. 몸조심하고……. 참 여보, 해산은 언제쯤 하게 되지?"

나는 대답을 하지 않았다.

"응? 여보."

"……."

"해산 날짜가 언제쯤이냐니까?"

그제야 나는,

"몰라요, 언제쯤인지."

겨우 들릴 듯 말 듯 말했다.

남편은 방문을 열고 나가버렸다.

나는 한참 뒤에야 가만히 고개를 돌려 뒤를 돌아보았다. 방문은 열린 채 있었고, 싸늘한 공기가 방 안으로 몰려들고 있었다.

열린 방문으로 새엄마의 배웅을 받으며 대문을 나서는 남편의 뒷모습이 보였다.

여행용 백을 들고 남편이 대문 밖으로 사라졌으나, 무슨 외판원이라도 왔다 가는 듯 나는 그저 심상하기만 했다. 말하자면 이제 밉지도 않고 곱지도 않은 것이었다. 저는 저고, 나는 나라는 그런 생각이라고나 할까.

7

남편이 여행을 떠난 이튿날 밤, 나는 아기를 낳았다. 마치 남편이 어디로 멀리 떠나기를 기다리기라도 했던 것처럼 그 이튿날, 저녁을 먹고 나자 진통이 시작되었던 것이다.

진통이 시작되자 곧 산파를 불러왔고, 두 시간가량 지나서 나는 무사히 해산을 했다. 아들이었다.

첫 아기치고는 아주 수월하게 해산을 했다고 새엄마랑 부엌 할멈, 그리고 산파까지 안도의 숨을 내쉬었으나, 나는 지칠 대로 지쳐 늘어져 버렸다. 그처럼 겁나는 아픔과 두려움과 그러면서도 이상할 정도로 설레는 듯한 벅찬 기분을 나는 난생처음 맛보았던 것이다.

비지땀이 기름처럼 척척한 내 이마를 닦아 주며 새엄마는,

"아이고 욕봤다. 정말 욕봤다. 첫아들을 낳았으니 주 서방이 얼마나 좋아하겠나."

진심으로 대견해하는 것이었다.

늘어져서 정신이 가물가물하면서도 나는 첫아들이라는 말이 귀에 들어오자, 왠지 눈물이 핑 어리는 듯했다.

이튿날 아침 고모가 달려왔다. 영규가 가서 소식을 알렸던 모양이다.

방에 들어서자, 고모는 대뜸 쯧쯧쯧……. 혀를 찼다.

"첫아들을 낳았다면서? 잘했다. 잘했어. 아이고 애기가 애기를 낳았구먼그려, 쯧쯧쯧……."

고모는 측은하고 대견해서 못 견디었다.

고모의 말에 나는 어쩐지 몹시 부끄러웠다. 열아홉 살에 아기를 낳았으니, 아기가 아기를 낳은 셈이 아니고 무엇인가.

열아홉 살의 어머니가 된 나는 아기에게 젖꼭지를 물리면서도 어쩐지 누가 보는 것 같아 부끄럽기만 했다.

아버지가 아기를 보러 처음으로 내 방에 들어왔을 때도 나는 부끄러워서 애를 먹었다. 마침 아기에게 젖꼭지를 물리고 있는 참인데, 아버지가 방문을 열었던 것이다.

"아들이라지? 어디 좀 보자."

아버지는 빙그레 미소를 띤 얼굴로 들어와 다가앉았다.

"어디 이 녀석, 고추 좀 볼까."

아버지는 아기의 고추를 들추어 만지작거리며 대견하고 흐뭇한

표정으로 고개를 끄덕거렸다.

그리고 좀 물러나 앉으며,

"몸은 어떠냐?"

하고 나를 바라보았다.

나는 어쩐지 부끄러워서 살짝 고개를 떨구며,

"괜찮아요. 아버지."

나직이 대답했다.

아버지는 잠시 멀뚱히 앉아서, 아기에게 젖을 먹이고 있는 나를 바라보고 있다가,

"주 서방은 부산에 갔다지?"

하고 입을 열었다.

나는 대답을 할까 말까 하다가 가만히 있어 버렸다.

"부산 친구한테 놀러 갔다면서?"

그제야 나는,

"예."

들릴 둥 말 둥 대답했다.

"언제 돌아온다더냐?"

"……."

"곧 돌아온대?"

"모르겠어요."

"언제 돌아오겠다는 말이 없더냐?"

"여수까지 갔다가 오나 봐요."

"여수까지? 여수는 왜?"

"여수에도 친구가 있나 봐요."

나는 나와는 상관이 없는 남의 일을 말하듯 심드렁한 어조로 대답했다.

"음— 그럼 언제 돌아올지……. 아직 멀었겠군."

아버지는 잠시 말이 없다가 또,

"부산에 있는 친구 주소 혹시 모르니?"

하고 물었다.

"모르는데요. 왜요?"

"주솔 알면 전볼 치게."

"……."

"아기를 낳은 줄도 모르고 돌아다니다니……. 전볼 받으면 좋아서 얼른 돌아올 게 아니냐."

나는 그렇지도 않을 거예요, 하고 말하려다가 그만두었다.

"첫아들인 줄 알면 얼마나 좋아하겠어."

그리고 아버지는,

"부산서 여수까지 가려면 배를 타야 할 건데."

혼자 무심히 중얼거리듯이 말하고는 담배를 꺼냈다. 담배에 불을 붙이려다가,

"아차, 내가 어디서 담배 피우려고……."

씽긋 웃고는 자리에서 일어나 밖으로 나갔다.

아버지가 나간 다음, 나는 아기를 품에서 떼어 아랫목에 눕히면서 문득, 남편이 여수에는 가지 말고, 바로 돌아왔으면……. 하는 생각을 하고 있었다.

문득 그런 생각을 하고 있는 자신을 깨닫자, 나는 픽 웃음이 나왔다. 역시 나는 쓸개가 없거나, 있어도 아주 형편없이 물렁물렁한

그런 것인 모양이라고 생각했다.

여수로 돌아서 오거나, 구라파로 돌아서 오거나 무슨 상관이란 말인가……. 며칠 전에는 정말 그런 심정이었는데, 어찌된 셈인지 이제 슬그머니 그게 아니었다. 오히려 빨리 돌아왔으면 싶어지는 것이었다.

8

밤바람에 이따금 방문 문풍지가 파르르 떨리곤 했다.

나는 도무지 잠이 오지가 않았다. 왠지 기분이 뒤숭숭하고 심란하기만 했다. 그럴 만한 아무 까닭도 없었다. 날씨가 궂어져서 겨울 밤바람이 스산하게 불고 있기 때문에 그런 모양이었다.

바람 소리 탓인지 공연히 늦도록 잠들질 않고 젖을 물고 보채 쌓던 아기도 조금 전에 젖꼭지를 놓고 조용해졌다. 잠이 든 모양이다.

나는 아기를 품 안에서 떼어 조금 저만큼 밀어내 놓고, 반듯이 누워서 두 다리를 쭉 뻗었다. 하루 종일 변소에 간 일밖에, 아무 한 일도 없는데, 다리가 뻐근하게 무거웠다.

나는 천정을 멀뚱멀뚱 바라보며 문득 남편은 지금 부산에 있는 것일까, 아니면 여수 친구한테 가 있는 것일까 하는 생각이 들었다. 어쩌면 아직 부산에 머물러 있을 것도 같고, 어쩌면 여수에 갔을 것도 같았다.

해산을 한 지 나흘째니, 남편이 떠난 지는 닷새째 되는 셈이다.

닷새째 되도록 돌아오지 않다니……. 첫아들을 낳은 줄도 모르고 친구와 어울려 쏘다니고 있다니, 야속하다는 생각이 들었다.

남편에 대해 그처럼 싸늘하게 굳어졌던 마음이 해산 뒤로는 흐늘흐늘 녹아서, 이제 언제 그랬더냐는 듯이 슬그머니 그립기까지 했다. 첫아기를 낳았는데, 그 아빠가 곁에 없다니 허전하기만 해서, 하루속히 돌아왔으면 싶었다.

여행을 떠나면서 남편이 말한 대로 무자녀주읜가 뭔가 하는 그 비뚤어진 생각을 말끔히 씻어버리고, 새로운 기분으로 돌아와서, 정말 따뜻하고 밝은 새 가정을 이루어서 새 출발을 했으면 싶었고, 이 세상에 새 손님으로 온 우리 귀여운 첫아기를 중심으로 말이다.

그런 생각을 하면서도 왠지 나는 기분이 가라앉질 않고, 맥없이 산란하기만 했다.

바람에 문풍지가 파르르 파르르…… 떨리고 있기 때문에 그런 것만은 아닌 듯했다. 뚜렷한 아무 까닭도 없이 막연히 불안하고 뒤숭숭한 것이 아닌가. 정말 이상한 일이었다.

마루에 걸려 있는 오래된 괘종이 뎅뎅뎅…… 열한 점을 쳤다. 겨울밤의 열한 시면 제법 이슥해진 셈이다. 그런데도 이상하게 머릿속이 산란하면서도 쌩하게 맑아지기만 하는 듯 도무지 졸음이 와 주질 않았다.

나는 나른하기만 한 몸을 아기 쪽으로 돌렸다가 반대편으로 돌아누웠다가 하며 지난날의 회상에 잠겨 들었다. 회상이란 다름 아니라, 남편을 만나게 된 지난해 가을부터의 일이었다.

남편이라기보다도 미술 선생인 주 선생을 포대가 있는 학교 뒷동산의 숲속에서 처음으로 단둘이 만났던 그날의 일……. 그리고 주 선생 집으로 그림 모델 노릇을 하려고 일요일마다 찾아가곤 하던 일……. 크리스마스이브의 즐거웠던 연극과 의대생인 미애 사촌 오빠 두현이……. 두현이와 둘이서 단팥죽을 먹고서 함박눈이 쏟아지는 거리를 걷던 일……. 주 선생을 만나 주 선생 집으로 강제 동행되다시피 해서 마침내 그날 여자의 가장 소중한 것을 빼앗기고 말았던 일……. 학교 변소의 낙서와 주 선생의 전근……. 봄철의 입덧……. 여름 방학 때 두현과 미애와 셋이서 등산을 갔던 그날 밤 태아의 진통으로 질겁을 했던 일……. 그 뒤의 수치스럽고 죽고 싶었던 나날……. 마침내 아버지랑 새엄마가 알게 되어 온통 집안이 뒤집히다시피 했던 일……. 끝내 낙태 수술을 거부하고 마침내 주 선생과 결혼을 하게 되어 호젓한 절간을 찾아가 결혼식을 올리던 일……. 그날 슬픔처럼 젖어 내리던 가랑비…….

여기까지 떠올리다가 나는 그만 스르르 용케 잠이 들어 버렸다.

학교 뒷동산의 포대가 있는 언덕을 나는 혼자서 찾아 올라가고 있었다. 그런데 이상하게도 눈앞이 온통 바다였다. 바다가 여느 때와 달리 포대가 있는 언덕 바로 밑까지 철썩철썩 물결치며 벙벙히 부풀어 올라 있는 것이 아닌가. 나는 이상한 일이라고 생각했다. 그 전에는 언덕에서 보면 저만큼 멀티 바다가 펼쳐져 있었는데 말이다.

바로 내가 서 있는 발아래까지 바닷물이 출렁출렁 파도치며 부풀어 오르더니, 그 거센 물결 속에서 불쑥 사람 하나가 솟구쳐 오르는 것이었다.

"아이고 여보! 날 살려—"

냅다 비명을 지르며 허우적거리는데 보니, 뜻밖에도 다름 아닌 남편이 아닌가.

"아니 여보! 이게 웬일이에요?"

나는 소스라치게 놀랐다.

"아이고, 날 좀 살려주— 날 좀— 날 좀—"

남편은 거센 파도에 잠겼다 떴다 하며 곧장 허우적허우적 나를 향해 냅다 손을 내뻗고 있었다.

"여보! 여보!"

그만 나는 남편의 손을 잡으려고 나도 모르게 물속으로 풍덩 뛰어들었다. 그 순간, 집 더미만 한 파도가 나와 남편을 냅다 머리 위로부터 덮쳐 함께 집어삼켜 버렸다.

"아이고—"

나는 비명을 지르며 번쩍 눈을 떴다. 물론 꿈이었다.

나는 온몸을 바르르 떨었다. 전신에 한기가 쫙 끼치며 기분이 으스스한 것이었다. 남편을 구하려고 실제로 겨울 바닷물에 뛰어들었다가 기어 나온 듯한 느낌이었다. 이상한 꿈이 아닐 수 없었다.

그때였다. 난데없이 쾅! 하는 소리가 났다. 마루에서였다. 무엇이 떨어져 와장창 박살이 나는 모양이었다.

나는 깜짝 놀라 반사적으로 자리에서 뛰어 일어났다.

아기도 자다가 놀라서 빼— 하고 울음을 터뜨렸다.

나는 우선 아기를 안고 도닥거렸다. 가슴이 벌떡벌떡 뛰는 것을 어쩌지 못하며, 도대체 무엇이 떨어져 박살이 났는가 싶어서 마루 쪽에 신경을 쓰고 있었다.

새엄마가 자다가 일어나 마루로 나온 모양이었다.

"아이고, 웬일이지? 시계가 떨어져 박살이 났네."

그러자 방 안에서,

"뭐? 괘종이?"

아버지의 잠이 덜 깬 듯한 목소리가 들렸다.

아기의 울음이 멎자 눕혀 놓고, 나도 마루로 나가 보았다.

오래된 괘종이기는 했으나, 아직 얼마든지 제 기능을 발휘하는 시계가 마룻바닥에 뚝 떨어져서 유리뿐 아니라, 형체까지가 온통 망가뜨려져 버린 것이 아닌가. 참 얄궂은 일이었다.

여전히 바람이 불고 있기는 했다. 그러나 벽에 걸려 있는 시계를 떨어뜨릴 만한 그런 기세의 바람은 결코 아니었다. 정말 한밤중에 난데없는 변고가 아닐 수 없었다.

"못쓰게 돼 버렸네. 아이고, 이게 무슨 일이지. 별안간……. 쯧쯧 쯧……."

새엄마는 박살이 난 시계를 주섬주섬 끌어 모으며 혀을 찼다.

나는 어찌 된 영문인지 공연히 온몸이 와들와들 떨리고, 기분이 몹시 으스스했다. 슬그머니 무서운 생각이 들기도 하는 것이었다.

그래서 그만 나는 찔끔 목을 움츠리며 도로 방 안으로 후닥닥 들어가 버렸다.

바람에 문풍지는 여전히 파르르 파르르…… 기분 나쁘게 떨리고 있었다.

9

이튿날 새벽이었다.

나는 아직 잠에서 깨어나질 않고 있는데, 누군가가 방문을 열고 들어섰다.

"누나, 사고가 났대."

동생 영규였다.

"뭐?"

나는 기지개를 켰다.

"간밤에 여객선이 침몰했다는 거야."

"여객선이 침몰해?"

나는 그저 예사로 말하며 자리에 그대로 누운 채 하품을 했다.

"방금 라디오에서 특별 뉴스를 보도했어. 승객이 백오십 명가량
되는데, 거의 전부 익사했다는 거야. 부산에서 여수로 가는 여객선
이었대."

"뭐야?"

그제야 나는 귀가 번쩍하지 않을 수 없었다. 부산에서 여수로 가
는 여객선이라니……. 그렇다면 혹시 싶었던 것이다. 남편의 얼굴
이 퍼뜩 떠올랐고, 간밤의 꿈 생각이 문득 났다.

그러나 나는 그런 방정맞은 생각 말자는 듯이 일부러,

"아이고, 벌써 날이 샜구나……."

딴전을 부리며 이불을 들추고 부스스 일어나 앉았다.

아기는 잘 자고 있었다.

"누나."

"왜?"

"자형 여수에도 다녀온다 그랬다면서?"

"응."

나는 그저 예사롭게 대답했으나, 속으로는 바짝 초조하고 불안

하기만 했다.

영규는 뭐라고 더 말을 꺼내려는 듯하다가, 내 눈치를 보더니 그만 슬그머니 돌아서 나가버리는 것이었다.

간밤의 바람은 이제 자고, 조용한 새벽이었다.

나는 불안하고 초조한 마음을 누르며 설마 그럴 리야…….

하고 도로 자리에 파묻혀 버렸다.

그러나 간밤의 이상한 꿈과 난데없이 시계가 뚝 떨어져 박살이 나버린 괴이한 일이 생각나 도무지 불길한 예감이 들어서 견딜 수가 없었다. 나는 아기를 끌어당겨 품 안에 안고, 다시 잠을 청해 보려 가만히 눈을 감았다. 그러나 잠이 올 턱이 만무했다.

남편이 바로 그 여객선에 탔다가 익사했다는 사실을 안 것은 그날 오후였다. 신문에 익사자 명단이 실려 있었고, 그 속에 분명히 '주상운' 세 글자와 현주소, 나이까지 나와 있었다.

그것을 본 나는 입이 딱 벌어졌다. 그러나 어찌 된 셈인지 비명소리도 나오지 않고, 잠시 그저 멍한 느낌이었다. 그리고 핑 머리가 어지러워지더니, 눈앞이 서서히 노오랗게 물들며 그만 나는 앉았던 자리에 비실 무너지듯 쓰러지고 말았다.

함께 신문을 들여다보고 있던 영규가,

"누나, 누나……."

놀라서 어쩔 줄을 모르며 불러대는 소리가 귓전에 가물가물 멀어져 갔다.

기러기 한 마리

기러기가 날아가고 있었다. 꾸룩 꾸르륵……. 울기도 하면서 한 떼의 기러기가 가지런히 줄을 지어서 북녘으로 날아가고 있었다.

나는 길가에 잠시 멈추어 서서, 포대기를 둘러 등에 업은 아기를 추슬러 올리며 하늘을 우러러보았다.

기러기의 행렬은 차츰 북녘 하늘로 멀어져 가고 있었다.

날씨는 아직 쌀쌀했다. 그러나 어느덧 긴 겨울이 가고, 봄이 오고 있다는 것을 알 수 있었다. 기러기들이 북녘으로 돌아가고 있는 것을 보아도 알 수 있었다.

그러나 나는 그저 기러기가 날아가는구나 싶었을 뿐, 다른 아무 생각도 없었다. 무표정한 얼굴로 다시 걷기 시작했다.

병원에 가는 길이었다. 아기가 감긴지 뭔지 간간이 기침을 하고, 몸에 열이 좀 있는 것이었다.

진찰을 해 보더니 의사는 감기 증상이라면서 별 걱정할 것 없다고 주사를 놓고, 약을 주었다. 그러나 유아들은 감기가 자칫하면 폐렴으로 번질 우려가 있으니, 찬 공기를 쐬지 않도록 유의하라고 했다.

포대기를 둘러 아기를 업는데, 그게 어찌나 서툴렀던지, 간호원이 웃으면서 거들어 주었고, 의사도 곧장 미소를 지으면서 지켜보고 있었다. 요즘 어머니치고는 너무 앳되군 싶은 모양이었다.

나는 어쩐지 몹시 부끄럽고 창피한 생각이 들어 귀밑이 붉어지는 듯했다.

병원을 나온 나는 주위를 한 번 둘러보았다. 혹시 누구 아는 사람이라도 없는가 해서였다. 특히 학교 때 친구들이라도 만나면 어쩌나 싶었다. 병원 안에서 쑥스러워 혼나서 그런지 공연히 자꾸 신경이 쓰이는 것이었다.

나는 빨리빨리 걸음을 옮기기 시작했다. 마치 무엇을 피해서 가듯이 말이다. 그러나 얼마 안 가서 나는 걸음을 멈추었다. 숨이 찬 것이었다. 아기를 업고서 그렇게 잰걸음을 친다는 것은 꽤 힘이 드는 일이었다.

걸음을 늦추어 천천히 걸으면서 나는 문득 과연 내가 이 아기를 업고 언제까지 이렇게 걸어갈 수가 있을까 하는 생각이 들었다. 이 아기를 끝까지 떨쳐버리지 않고, 한세상을 걸어갈 수가 있을까 싶었다.

그런 생각이 들자, 어쩐지 두렵고 암담한 느낌이기도 했다.

이 아들 하나를 키우면서 평생을 혼자서 살아갈 수가 과연 있을까……. 그게 가능한 것일까…….

남편이 해난사고로 비명에 간 후, 한없이 슬프고 암담한 밤과 낮을 거듭했으나, 평생을 내가 아들 하나를 믿고 혼자 살아갈 수가 있을까 하는 이런 생각을 해보기는 처음이었다.

나는 남편의 어머니, 그러니까 한 번도 만나 본 일이 없어서 어떻게 생겼는지도 모르지만 좌우간 시어머니인 셈인 그분이 머리에 떠올랐다. 어린 아들을 떨쳐버리고 개가를 했다는 그분…… . 그래서 아들로 하여금 어머니에 대한 원망을 품게 하고, 결국은 그것이 무자녀주의라는 비뚤어진 관념으로 굳어지게 했던 그분…… . 어쩌면 자기 자식을 버리고 다시 시집을 갈 수가 있을까 하고 이해가 잘 안 되던 그분…… .

그러나 나는 어쩐지 이제 그분이 친근하게 느껴지는 것이 아닌가. 조금도 매정한 여자라는 생각이 들지 않는 것이 아닌가.

왜 그럴까…… . 나도 그럼 그분처럼 이 아들을 떨쳐버리고 다시 남자를 얻어 가겠다는 것일까……

"안 되지. 안 될 말이지."

나는 속으로 중얼거리며 고개를 내저으려 했다. 그러나 어찌 된 셈인지 고개가 뻣뻣해진 듯 도무지 내저어지지가 않았다.

그런데 그때 누군가가 지나가면서 곧장 나를 눈여겨보는 듯한 느낌이었다.

힐끗 그쪽을 보니, 뜻밖에 두현이가 아닌가.

나는 절로 얼굴이 발그레 붉어지는 것을 어쩌지 못했다.

"안녕하세요. 어디 갔다 오세요?"

하면서 두현은 좀 멋쩍은 듯 씩 묘하게 웃는 것이었다.

학년말 방학에 내려온 모양이었다.

그런데 두현은 웬 묘령의 처녀와 둘이 걸어가고 있었다. 얼른 보아도 여대생인 듯했다. 그녀도 나를 바라보며 누구냐는 듯이 미소를 짓고 있었다.

나는 얼른 고개를 떨구고 나도 모르게 걸음을 빨리했다. 마치 그들이 포대기로 아기를 싸 업은 나를 돌아보며 킬킬킬 웃는 것만 같아 견딜 수가 없었다.

한참 가다가 숨이 헐떡거려 걸음을 늦추었는데, 마침 기러기 우는 소리가 머리 위에서 들렸다. 나는 무심히 하늘을 우러러보았다.

기러기 한 마리가 꾸르륵 꾸르륵…… 울면서 날아가고 있었다. 혼자 뒤처져 버린 모양이었다.

무리에서 뒤처져 혼자가 되어 울면서 날아가는 가련한 기러기…….

나는 그만 두 눈에 눈물이 핑 돌았다.

꾸르륵 꾸르륵……. 그 한 마리 기러기는 나의 뿌우옇게 흐려진 시야 속을 차츰 멀어져 가고 있었다.